イケメンに転生したけど、チートはできませんでした。
3
みかんゼリー
Illustration　桑島黎音

ミュリエル
テオドール

フレドリック
カトリーナ

ジン
デューク

イケメンに転生したけど、チートはできませんでした。 3

みかんゼリー
Illustration　桑島黎音

新紀元社

CONTENTS

テオドール・ゴルドバーグ

現代日本に生きる高校生だったが、事故死をきっかけに転生。侯爵家嫡男で、攻略対象者。

ミュリエル・アンバー

子爵令嬢。美味しいものに目がない、素直で優しい女の子。テオドールとは相思相愛。

カトリーナ・ライラック

公爵令嬢。転生者で、自分が生まれたのが乙女ゲームの世界だと気づいている。

アイリーン・プラム

孤児だったが現在は男爵令嬢。乙女ゲームの世界にヒロインとして転生した自覚がある。

フレドリック・セレンディアス

攻略対象者。国王の長子だが、庶子のため立場が弱い。テオドールと親しくなる。

デューク

攻略対象者。封印を解かれた魔王。

Character

Story

平凡な男子高校生だった「俺」は、告白もしていない相手にフラれるという不幸に見舞われたあと事故死。本人はまったく気づかぬまま、乙女ゲームの世界に、攻略対象者のひとりであるテオドールとして転生していた。そんなことは知らないテオドールの意図しない行動が次々とシナリオ改変に繋がることに！　一方、復活した魔王一派の陰謀がテオドールとその周辺に影響を及ぼしはじめ……!?

序　とある王太子の呟き　その二

その出会いは、僕にとって忘れられないものだった。

なぜかその日は、延々と続く来訪者たちの挨拶から逃れたかった。いつもなら、この程度など我慢できるのに。それがわかったのか、カトリーナが僕を逃がしてくれた。

彼女に感謝しつつ、広間をあとにする。

カトリーナとはだいぶ仲よくなれた気がする。あのとき――六騎神の兆候がなにもなくて、癇《かん》癪《しゃく》を起こした僕を慰めてくれた頃から、カトリーナは僕の相談をよく聞いてくれるようになったし、いろいろと融通を利かせてくれるようにもなった。異母兄《あにうえ》と猫カフェに行けたことや、聖女の助言として、僕は必ず六騎神になるから余計なことは言うなと、周囲を黙らせてくれたりした。

今回だってそうだ。

中等部《ちゅうとうぶ》最後の聖女祭《せいじょさい》だったせいか、来訪者たちがなかなか解放してくれなかった。長々と挨拶をされ、自慢話を語られ、年頃の娘がいるので早いかもしれないが側室に、と続くのだ。

カトリーナは、僕がうんざりしている様子を見抜いたのだろう。相手の言葉を巧みに断り、僕には気分転換に散歩でもしてきたらどうかと、送り出してくれた。

本来なら、彼女も婚約者としてついてきてくれるのだけれど、生憎と、彼女は母上に捕まってしまった。それでも僕を逃がしてくれたのだから、感謝しかない。しばらくぶらついて、気分を切り替えたら、迎えに行こう。カトリーナだって、母上の相手はつらいだろう。

そうして『薔薇《ばら》の迷路』にやってきた。昔はよくここでブラブラしていたものだ。勉強が嫌で、家庭教師の目を盗んで来ていたな。最近は、カトリーナと来ることが多くなったけれども。

そうだ。彼女に土産を持っていかないと。一輪くらいなら、庭師も許してくれるだろう。どの色の薔薇がいいか見繕っていると、背後で人の気配がした。

「誰だ」

「きゃっ」

ガサリと音を立てて、小さな令嬢が薔薇の生け垣に埋まっていた。

どうやら、僕が驚かせてしまったらしい。

「申し訳ありません、わ、私……あまりにも素敵なところだったので、立ち入ってしまいました。誰かいらっしゃるとは思わなくて……。すぐに失礼致します。痛っ……！」

令嬢は生け垣から抜け出そうとするのだが、細い絹糸のような金髪が生け垣に絡まってしまっていた。彼女が動くたびに、ほかのトゲにも絡まっていく。

「動くな。抜けてしまうから、おとなしくしていろ」

痛みで涙目になっている令嬢に告げて、髪を丁寧に解《ほど》いていく。

「そんな、殿下ご自身がそのようなことをなさらなくても……」

令嬢は慌ててそう言うが、僕は構わなかった。令嬢の髪は本当に綺麗で、サラサラだった。この髪が傷むのを見るのは嫌だと思ってしまったのだから、仕方がない。それに、細い髪を解いていく作業は、なかなか面白かった。

僕を止められないとわかったのか、令嬢はおとなしくしていた。ふるふると小さく震えてはいたが。僕を王太子だと知っているようだから、恐縮しているのかもしれない。悪いことをしたかな。見たところ、まだ幼さが抜けていない令嬢だ。とすると、初等部《しょとうぶ》なのかもしれない。可愛らしい顔立ちをしていて、誰かに似ている。誰だったか、思い出せないが。

そういえば、今回の聖女祭では、初等部は二年生ではなく、一年生が初等部代表の聖女役に選ばれたと聞いた。おそらく、この令嬢がそうなのだろう。

……母上に怒られてしまうな。ほかの聖女役を知らなかったなんて。カトリーナなら「仕方がないですわねぇ」と苦笑して、どこの令嬢か教えてくれるのだろうけれど。

絡まった髪を解き、令嬢を薔薇の生け垣から救い出す。

「すまなかったな。僕——ではない、私が驚かせてしまったようだ」

謝罪をしてみたのだが、返事がない。見ると、令嬢は頬を染めて、僕をジッと見つめ続けていた。綺麗な金色の瞳が、キラキラと輝いていて、不思議と心が落ち着いた。しかし、どうにも気恥ずかしくもある。

「そこまで見つめられると、穴が開いてしまいそうだ。できれば、やめてほしい」

「もっ、申し訳ありません！　失礼を致しました。また、髪を救っていただきまして、感謝しております！　ありがとうございます」

慌てて、令嬢が謝罪と感謝を述べた。

「いや、君の視線は不快ではなかった。このような心地よい視線もあるのだな」

本当に。いつもなら、不躾《ぶしつけ》にジロジロと見られたら、イライラしていたのに。令嬢の視線はなぜか温かく感じてしまった。

　すると、令嬢はカアッ、と頬を真っ赤にして、カーテシーの姿勢のまま、顔を伏せた。

「申し訳ありません……」

「構わないと言っている。それより、どこか怪我はしていないか？　薔薇にはトゲがあるからな。小さな傷でもついていたら、大変だろう」

「いいえ、平気です。お気遣いありがとうございます。私は大丈夫ですので、どうか、お気になさらないでください」

　令嬢は頑《かたく》なに態度を崩さず、顔を伏せたままでいる。そう畏まらなくてもいいのに。

「そうだ。少し、意見をもらいたいのだが。君は、ライラック公爵令嬢を知っているだろうか。彼女に似合う薔薇を探したいのだが、一緒に見繕ってもらえないだろうか」

「カトリーナ様に、でしょうか？」

「ああ」

　令嬢が恐る恐る尋ねたので、鷹揚《おうよう》に頷いてみせる。すると、令嬢は笑顔になって、嬉しそうに請け負ってくれた。そうして、ドレスの裾を翻しながら、広場のあちこちを見て回る。おとなしい令嬢だと思っていたが、少々、お転婆らしい。

　令嬢は、真っ赤な薔薇が咲き乱れるなかでも一際《ひときわ》大きな薔薇に触れた。

「こちらの薔薇はいかがでしょうか？」

　令嬢が指し示した薔薇は、真っ赤ではなく、意外にもピンクがかった赤い薔薇だった。

「カトリーナ様は、可愛らしい一面もおありですので、きっとお似合いになると思います」

よく見ている。確かに、カトリーナはしっかりしているように見えるが、ときどきわけのわからない言葉を言ったり、猫と戯れるのが好きだ。そういうときは決まって柔らかい優しい表情をする。

「そうだな。君の言うとおり、似合いそうだ。ありがとう。これを土産にしよう」

礼を言うと、令嬢ははにかんだ。微笑ましくて、こちらも嬉しくなる。

令嬢の示した薔薇を一輪手折《たお》ると、その横にあった、薄いピンクの小さな薔薇が目に入る。こちらは可愛らしくて、まるで令嬢のようだった。これも、いただいていこう。

「探してくれた礼に、君にも贈ろう」

そう言って、令嬢に薔薇を差し出したときだった。

「エリオット殿下。お茶でも致しませんか？」

声をかけてきたのは、カトリーナだ。僕が迎えに行く前に、自分で脱出したらしい。

そうして、僕と令嬢を交互に見ると、目を丸くした。

「…………」

「…………」

その、気まずい。

カトリーナはこんなことで怒る令嬢ではない。それはよくわかっているのだけれども、やはり婚約者でもない令嬢と一緒にいたのはまずかったのではないだろうか。

せめて、この可憐な令嬢が怒られないようにしなければ。

「あー、その、カトリーナ……」

「まぁまぁまぁ！　ウェンディ様ではありませんか！　初等部の聖女役、ご苦労様でした。まだ一年生でしたのに、大役を無事に果たされたこと、皆様、たいそう感心しておられましたわ。ですが、大変でしたでしょう？　一息、つきたいですものね。エリオット殿下もそうでしたのよ。それで、お茶を用意して参りましたの。その間、エリオット殿下のお相手もしてくださっていたのですね。ありがとうございます。いかがですか？　お礼と言ってはなんですが、ご一緒にお茶でもされていきませんか？」

　言い訳をどうしようかと言葉に詰まってしまった僕には目もくれず、カトリーナは矢継ぎ早に言葉を発しながら、素早く令嬢の両手を握りしめてお茶に誘っていた。

「カトリーナ？」

「エリオット殿下、ぐっじょぶですわ」

　親指を立てて、カトリーナがまたわけのわからない言葉を呟く。

「え？　あの、カトリーナ様。わ、私はご遠慮させていただきます……」

　ウェンディ嬢が狼狽《うろた》える。それはそうだろう。こんな突然の招待は辞退するのが普通だ。なのに、カトリーナは満面の笑みでウェンディ嬢を誘う。

「ささっ、そんなこと仰らずに、いらしてくださいな。ね、ウェンディ様。美味しいお菓子もございますのよ」

　聞く耳を持たずに、カトリーナはぐいぐいとウェンディ嬢を引っ張っていく。

　公爵令嬢に逆らえるはずもなく、ウェンディ嬢は困惑したまま、なかば引きずられるように連れていかれた。

「……どうなっている？」

だが、誰も答えてはくれない。

「エリオット殿下、早くこちらへ。一緒にお話ししましょうね」

にっこり笑って、カトリーナが促す。

僕は溜息をひとつついた。

なにが原因かはわからないけれど、こうなったカトリーナは意地でも自分を貫く。

そのことを、ライラック公爵も、おそらく異母兄《あにうえ》も知らないだろうけれど、僕だけは知っていた。


その日のお茶会は、とても楽しいものだった。

ウェンディ嬢は話し上手でもあり、また、礼節をわきまえてもいた。

カトリーナとも話が合うようで、話題が尽きなかった。

そして薔薇を渡し、ふたりで選んだと話したら、カトリーナはことのほか喜んだ。僕が令嬢にお礼として薔薇を贈ったことも、なぜかものすごく喜んだのだ。

そうして名残惜しい時間が過ぎたあと、カトリーナが唐突に言った。

「私、ウェンディ様に決めました。エリオット殿下も、きちんとしてくださいね」

そう言って、カトリーナが微笑む。

「なにを」

僕は驚きのあまり、呆然とするしかなかった。

第一章

（一）問題児には関わりたくない

春は新学期の始まりだ。

この前、中等部を卒業した俺は、順当に高等部へと進学した。

「ここから見える桜も、綺麗だな」

高等部男子学生寮の三階にある部屋からは、中庭に植えられた桜がよく見えた。

女子禁制でなかったら、ミュリエルを誘ってお花見できたのに残念だ。

まぁ、中央広場にもお花見できる場所があるから、ほかの連中も誘ってみんなでお花見しよう。

「というわけで、リチャード。お花見の用意をしてくれるか？」

荷解きをあらかた終えて、お茶を用意してくれているリチャードに頼んでみた。リチャードは優雅に微笑んで「わかっておりますとも」と、淹れたばかりのお茶を差し出してくれる。

「春の恒例行事ですからね。いままさに、ご予定をお伺いするつもりでした。ほかの方々とも連絡を取って、明後日あたりを予定しておりましたが、いかがでしょうか？」

さすがリチャード。俺の従者にしておくのはもったいないくらい、有能だよな。

今年十七歳になるリチャードは、すらりとして格好よくなっていた。俺よりもちょっと背が高いのが、少しだけムカつくが。

俺だって背は伸びたんだぞ。憧れの一八〇センチメートルまで、あともう二センチだ。俺は十六歳だから、まだ望みはある。まぁ、前世《まえ》なんか、一七〇センチにはあと一センチ届かずに成長が止まったから、それを考えるとマシなんだが。

けれど、ほかの連中も一八〇センチ前後だから、大きくなった気がしねえ。ヴィンスなんか、もう一九〇センチ超えているしな。くそう、羨ましい。

ともかく、リチャードには世話になりっぱなしだ。

たぶん、俺、リチャードがいないと、なにもできねー。

「さすが、リチャードだな。準備万端だ。それで頼む。それでもって、今度こそ地面にシートを敷いて……」

「無理です。皆様、お断りされているでしょう。今回も、テーブルと椅子をご用意致しますので、そこでお食事をなさってください」

ちっ、お花見の醍醐味をわからないとは……。お花見だぞ？　お花見はレジャーシートを広げてみんなで楽しむもんだ。

それを話したら、みんなは結構乗り気だったんだ。特にミュリエルとカトリーナが賛成してくれた。だけど、従者や侍女たちが大反対したんだよな。

反対が酷いうえに、あんまり強くも言えないから、テーブルと椅子で妥協したけど……やっぱりレジャーシートを広げて、ワイワイやりてー。

「じゃ、じゃあ、俺とミュリエルが座るぶんだけでも……」

「無理です」

にっこり笑って、断られた。くそう。

「わかったよ。――ってことは、みんなもう入寮しているんだな？」

「ええ、皆様、お花見を楽しみにされているようで、すでに入寮されておられます。テオドール様が最後だったようですよ。サディアスさんたちにご挨拶に伺ったら、幹事が最後とは何事かと言われてしまいました。――いつのまにか、幹事になっていたようです」

　リチャードが苦笑する。

「まぁ、言い出しっぺは俺だからな。俺の従者ってことで、そうなってしまったんだろ。悪いな、面倒をかけて」

「そう思われるのでしたら、自重なさってください。ですが、このお花見は私どもも楽しみにしておりますからね。準備など苦になりませんよ」

　例年、従者たちにも一緒に花見を楽しんでもらっている。俺たちから少し離れたところでだけど。

　最初、従者たちを誘ったときには、当然のように断られた。だけど、ミュリエルはもちろん、カトリーナも賛成してくれたので、みんなでお願いした。そうしたら、渋々、俺たちと一緒の席には着けないけれど、少し離れた場所でなら、という条件で承知してくれた。やっぱり、花見はみんなで楽しく食べることも含まれるよな。給仕だけしてもらうのは、なんか嫌だし。

「ただ、学園内といえど、少し心配ですね。……お花見だけでも、ケヴィンさんや警護の方々を呼びましょうか？」

「これだけのために来てもらうのは、迷惑じゃないか？　大丈夫だろ。俺たちみんなそれなりに強いし、ヴィンスの奴なんか、張り切りそうだ」

そう、初等部の寮生活が始まってから、ケヴィンは俺の側付《そばづ》きを外れた。

学園では従者を連れ歩くのは、ひとりと決められていたからだ。『連れ歩くのは』の言葉どおり、それぞれに割り当てられた部屋に残るのは認められている。なので、複数人を連れてきている者たちも多い。

けれど、ケヴィンには「待つだけってぇのは、性《しょう》に合わないんで」と、断られてしまった。

学園内では、まず荒事は起きないから、必然的にリチャードを連れ歩く。そうなると、ケヴィンは留守番だ。うん、俺も部屋でジッとしてるのは嫌だな。

その代わりに、リチャードを徹底的に扱《しご》いたとも言っていた。ケヴィンがいなくて、最初は寂しかったけど、もう慣れた。帰れば、いつも傍に付いてくれるしな。

いま、ケヴィンは、弟のチェスターとケヴィンの息子――バーニーに稽古をつけている。

今年八歳になるチェスターと、七歳になるバーニーは、小さい頃から遊んでいるので仲がよい。

ケヴィンはどうやら、バーニーをチェスターの警護にと考えているようだった。

「そうですね。どうも、私は心配性のようです。毎年、恙《つつが》なく行えておりますし、今年もきっと、大丈夫でしょう」

「そうだぞ。お前はもう少し楽観的に考えていいと思う」

「テオドール様が楽観的すぎるのですよ」

そうかな、と、首を捻ると、苦笑された。

「あ、そうだ。今年はフレドリックも呼んでくれたよな？　あいつが中等部を卒業してからは誘いにくかったけど、今年は同じ高等部だし」

そう言うと、リチャードが青ざめた。

「——も、申し訳ありません。フレドリック様には、まだご連絡をしておりませんでした。いますぐ行って参ります！」

「いいよ、俺が行く」

「テオドール様？」

「その様子だと、料理も足りないんじゃないか？　リチャードにはそっちを頼むよ。その間に俺が誘っておくから。お前が行くより、俺のほうがフレドリックも来やすいだろう」

「で、ですが、お傍を離れるわけには参りませんので……」

「少しくらいなら大丈夫だろ。そのほうが効率がいいし。料理の手配が済んだら、追いかけてきてくれればいいさ」

リチャードはしばらく躊躇《ためら》っていたが、わかりましたと頷いた。

「すぐに手配を致します。——三年生の寮棟は、この棟の正面玄関から中庭を挟んだ向かい側です。受付に用件を伝えれば、呼び出してくださいますので」

「わかった。じゃあ、よろしく頼むな」

「はい。お任せください。すぐに参ります」


リチャードと別れ、言われたとおりに中庭を突っ切って、三年生の寮棟へと向かう。

その途中、変な光景を見た。女生徒が、桜の木を見上げてピョンピョン飛び跳ねているのだ。

なにがあるのかと見上げると、木の上に書類のようなものが引っかかっている。どうやらアレを取りたいらしい。取ってやろうかという気になったが、足が止まった。

その女生徒の髪が、ピンクだったからだ。ピンク頭には嫌な思い出しかない。俺のミュリエルを突き飛ばし、ケヴィンに怪我をさせたのは、絶対に許せない。あの女生徒が〝狂犬〟と同一人物だとは限らないが、関わりたくなかった。それに、なんか変なんだよな。でも、その〝変〟の理由がわからない。モヤモヤした気持ちを抱えたまま、女生徒をスルーして三年生の寮棟へと向かう。

それがわかったのは、寮棟に着いたときだった。

「ここ、男子寮棟の敷地内じゃねーか」

そう。女子寮棟とは、かなり離れている。女子寮棟は中央広場を挟んで向かい側、広場の西側にあるのだ。男子寮棟は東側で、南側には校舎がある。広場へと出るには、それぞれに門が設置され、守衛がいる。それなのに、あの女生徒はどうやって男子寮棟敷地内に侵入したんだろう。

なぜか悪寒が走った。

あの〝狂犬〟も、誰も知らなかった王族専用退避路を使っていなかったか？　ひょっとして、ここにも誰も知らない隠された通路があるのか？　なんだか気味が悪い。

三年生棟の受付でフレドリックを呼び出してもらうのと同時に、敷地内に女生徒がいることも報告した。なにかの書類を取ろうとしていることも、隠し通路があるかもしれないこともだ。受付にいた守衛が対処してくれるようなので、任せる。

そうして、ロビーでフレドリックを待っていた。

「やあ、テオドール。久しぶりだね。……どうかしたのかい？　顔色が悪いよ」

長身の、穏やかな雰囲気を纏った青年――フレドリックが階段を下りてきた。そして怪訝な表情で俺を見る。ああ、そんな変な顔しているのか、俺は。ちょっと気持ちを落ち着かせよう。

「久しぶり。ああ、うん、悪い。ここに来る途中、嫌なものを見たんだ。関わってないから大丈夫だけどな」

「ふうん。ま、いいや。僕の部屋に案内するよ。そっちで話そう」

察しのよいフレドリックは、なにも聞かずに俺を促した。ふたりで廊下を歩いている途中で、窓から中庭の騒動が見えた。あの女生徒が、数人の守衛に取り押さえられて、暴れている。おとなしく帰ろうとしない様子だった。

「——ああ、確かに嫌なものを見たね」

フレドリックの顔も強張っていた。あのときのことを思い出したらしい。

「だろう？」

「僕からも園長と理事長、そして陛下に報告書を出してみるよ。生徒会長としても見過ごせないしね。隠し通路でもあったら大変だ」

「頼む。俺も父上に報告しておく」


招かれた寮部屋で寛ぎながら、フレドリックにお花見に参加ができるか聞いてみた。生徒会長になっていたフレドリックは忙しいようだったが、花見には来ると言ってくれた。

やっぱり、みんなとは久しぶりだから、会いたかったらしい。

「今年は、特待生も入学するらしくてね。ついでに、そのことも話しておきたいんだ」

なんでも、カトリーナと同じ六属性で、魔術レベルも高いようだ。

ただ、神殿の報告では、性格に難ありとの情報がもたらされているので、学年が同じで、しかも複数属性である俺たちに様子を見ておいてほしいそうだ。上級生の委員でも気にかけておくそうだが、同学年である俺たちのほうが監理《かんり》しやすいだろうと言われた。

「監理って、なんだよ。そんなに変な奴なのか？」

「プラム男爵領の初等部と中等部の報告書では、変なところはないようなんだけどね。神殿から、わざわざ報告してくるというのが、なにかがあると、先生方は思っているようだね。生徒会にも伝えるくらいだから、重要視しているのは間違いないよ」

「そっか。厄介事じゃないといいな」

「……本当は伝えるかどうか迷っていたんだけどね。さっきのアレを見た以上、伝えたほうがいいと判断したんだ」

「まさか、アレなのか」

さっき、中庭で守衛相手に暴れていた女生徒の姿が、頭をよぎる。

「たぶんね。いままで王都の学園には通ってなかったらしいから、常識を知らないってのは報告書にあった」

フレドリックが、妙な確信を持って頷いた。

確かに、学園では見かけたことのない生徒だったが……。

「マジかよ……。常識がないってレベルじゃねーぞ」

「悪いけど、よろしく頼むよ」

「嫌だぁー！　関わりたくねー!!」

頭を抱えている俺の横で、フレドリックが苦笑している。どこか面白がってねえか？


今日は快晴。お花見日和だ。お花見は昼からだけど、午前中に準備をしておかないとな。

中央広場に向かうと、広場の一角が衝立で仕切ってあった。中を覗くと、リチャードや、ほかの従者たちがテーブルや椅子、食器などを用意していた。みんなが楽しそうに準備をしているのを邪魔しないよう、衝立の外で少し待つ。もう少ししたら、呼んでくれるだろう。

その間、桜でも見て和んでいよう。

ふと、女子寮へ続く門からこちらを窺うような視線を感じたので目を向けると、数人の女生徒が覗いていた。こちらが気になるようだった。その視線が不快だったので、衝立の中に入った。リチャードたちの準備を邪魔しないよう、隅っこにいることにする。

できれば、チラチラ見るのは、やめてほしいんだけどな。

俺たちは、王太子であるエリオットの側付きが約束されている高位貴族だ。——俺はたぶん、外されるだろうけど、ほぼ一緒にいるからそう見えると思う。

そのせいか、交友関係を結びたがる連中は多い。

幼い頃のパーティーでは、従者たちが付いていたからそういう連中も無闇に近づいてこなかった。おそらく従者たちが突撃させてこなかったのだろう。

だけど、初等部に入り、従者たちが校舎にまで入ることができなくなると、馬鹿が多くなった。

なにせ王太子がそこに——同じクラスにいる。

そして、公爵子息に侯爵子息、おまけに伯爵子息までいる。さらには、聖女と名高い公爵令嬢のカトリーナや、聖女のお供とされているミュリエルたちもいる。

それらの誰でもいいから仲よくなって、玉の輿を狙う馬鹿女たちや、出世できると信じている馬鹿たちがやたら近づいてきた。みんな、婚約者がいるのにお構いなしだ。これがフリーだったら、どうなっていただろう。きっといまよりも、もっと狙われていたに違いない。

父上たちは、断れる理由を用意してくれていたのだ。もう、感謝しかねえな。

それが中等部になると、なぜかミュリエルが狙われた。子爵令嬢なのに、侯爵子息と婚約しているなんて生意気だ、しかも、聖女のご友人を騙《かた》っているとまで揶揄されて、イジメられた。

どうも、俺たちの集団から、一番爵位の低い家の出であるミュリエルを引きずり下ろして、後釜に居座ろうと考えたらしい。馬鹿だろ、そいつら。

ミュリエルをイジメていた連中は、俺の前ではしおらしくしていたけれど、俺がミュリエルの異変に気づかないとでも思っていたのか。教科書や制服まで破いたうえに、さらには階段上で突き飛ばしやがって。俺がすかさず受け止めたから怪我がなくて済んだけど、下手したら死んでいたかもしれないんだぞ。

傷害及び殺人未遂、器物破損で訴えようとしたら、担任に止められた。事を大袈裟にすれば、父上に迷惑がかかるからと。学園内のことは学園内で収めてほしいと、頼み込まれた。

ここもイジメに対する対処は、前世と一緒かよ。クソッタレ。

当のミュリエルにも止められたので、違う方法で報復した。

うん。俺の女神を馬鹿にする奴らを許せるほど、俺は寛大じゃないですが、なにか？

まずは、猫カフェの出入りを禁止にしてやった。なんか、エリオットとカトリーナの贔屓《ひいき》の店ってことで、いつのまにか、猫カフェでお茶をするのはステイタスになっていたらしい。そこを出入り禁止にしたことで、そいつらは流行に乗り遅れることになった。あとはひたすら無視だ。

そして俺は、ほぼ四六時中、ミュリエルの傍にいた。さすがに、女子寮には行けないから、そこではカトリーナたちがガードしてくれていた。

俺のあからさまな敵として扱っていたら、周囲もそう認識していったようで、ほかの連中もそいつらの相手をしなくなった。そんな状況になって初めて理解したのか、イジメていた令嬢たちが泣いて謝ってきたのだ。

だけど、俺にだけ謝罪して、ミュリエルには謝らなかったので、さらに無視した。

しかも、「子爵令嬢に、騙されてお可哀想」なんて言ってくるものだから、俺は、もひとつ、ぶち切れてしまった。なんか、羽虫のように扱っていたらしい。怒りすぎて、覚えていないけど。

さらには「カトリーナのためにイジメた」などと、ふざけたことを抜かすものだから、それまでそいつらの擁護に回っていたレックスも激怒し、無関心を決め込んでいたエリオットですら、不快感を露わにした。

そんな俺たちを見かねたのか、ミュリエルが取りなした。イジメられていたのに、そいつらを許したのだ。さすが俺の女神だ。優しい。優しすぎる。

ミュリエルが許したのなら、俺も許さなければならない。

「次はないから」

そう言うと、そいつらは青ざめていたけれど。

ともかく、そういった騒動を回避するためにも、ある程度はこちらも配慮すべきだろうってことで、俺たちが集まるときは衝立で仕切るようになったのだ。


花見会場では準備が整ったらしく、リチャードたちが「お食事を運んで参ります」と、寮の厨房へと向かった。俺もちゃんとホストを務めないとな。言い出しっぺなのだから仕方がない。

「テオドール様、ごきげんよう」

衝立の隙間から、ミュリエルがそっと入ってきた。今日は、ふたりで一緒にホストを務めるのだ。

今年、十六歳になるミュリエルは、めちゃめちゃ可愛く育った。

大きな瞳は、キラキラと俺を見つめてくれる。睫毛も長い。つんと上を向いた小さな鼻は可愛くて、淡いピンクの唇はプルプルだ。ふわんふわんの長い金髪はツヤツヤでいい香りがして、いつも俺の編んだレースリボンを髪に飾ってくれている。卵型の小さな顔に、手足もすらりと伸びていて、モデルのようだった。ほんと、身長だって一六〇センチを超えているしな。それでも、みんなよりも低いほうだけど。くそう、ここの連中、みんな背が高い。

「あの、高等部の制服はどうでしょう?」

「可愛いよ。似合ってる」

本当に可愛い。

クリーム色のブレザーに白いシャツの襟元を赤いリボンで結び、赤地のチェックのスカートからは綺麗な細い足が見える。そして左手首には俺の作ったブレスレットが巻いてあった。

「ありがとうございます。テオドール様も素敵です」

はにかみながら、嬉しそうに言ってくれるミュリエルが、世界一可愛い。

俺もミュリエルに褒められて嬉しかった。男子の制服も女子と一緒で、クリーム色のブレザーに白シャツ、白と赤と紺のストライプのネクタイ、そして赤地のチェックのズボンだ。ブレザーのポケットには、土人形《ヒヨコ》を入れてある。毎回花見に連れてこないとうるさいんだよ、こいつら。

「君たちは、相変わらずだねぇ」

呆れた口調で、俺たちの世界に割り込んできたのは、いつのまにか来ていたフレドリックだ。

フレドリックも同じ制服だが、胸ポケットに校章と三年生を示す緑色の学年章があった。俺たち一年生の学年章は赤だ。

「ごきげんよう、ミュリエル嬢。三年ぶりくらいかな？　なかなか会えないけれど、元気そうでなによりだよ。ますます綺麗になったんじゃないかい？　テオドールが羨ましいよ」

「やらんぞ。でも、ミュリエルが綺麗なのはそのとおりだ。存分に羨ましがっていいぞ」

「もう、恥ずかしいですから、おやめになってください、おふたりとも。——ごきげんよう、フレドリック様。フレドリック様もお元気そうでなによりですわ。生徒会長に就任されたそうで、おめでとうございます」

「ありがとう。あんまりめでたくはないんだけどね。ただの生徒たちの調停役だから。出世というわけでもないんだ。雑用係と言ってもいい。去年に引き継ぎをしてからずっと、毎日あちこち走り回っているよ」

「でも、内申点は上がるだろう？　就職するには有利じゃないか」

高等部を卒業したら、なにかしらの職に就くのが普通だ。女子たちは結婚して家庭に入る者が多いらしいが、男はそうはいかない。親の仕事を手伝ったり、官僚や騎士になったり、事業を興したりして、稼がないといけないのだ。

俺はというと、猫カフェの経営がなんとか順調で、ゴルドバーグ領に二号店をオープンできるまでになった。ブタ猫のグッズ販売で儲けられたお陰でもある。

なぜか、カトリーナがブタ猫を気に入って、イラストまで描いてくれたのだ。意外とカトリーナは絵が上手くて、デフォルメしたブタ猫はブサ可愛かった。せっかくなので、店のキャラクターとして看板に描いて、グラスやコースター、マグカップ、茶器などにイラストをプリントして、店で使っていたら、妙に人気が出て、いつのまにかグッズ販売をすることになっていた。

さらには、猫や犬などを飼っている人たちからノミ駆除の首輪を売ってくれと頼まれ、それも販売することになった。なので、カトリーナにはイラストの使用料、ルークには首輪の特許料を支払っている。

俺の場合、卒業後は当面、この猫カフェを経営しつつ、グッズなどの販売が仕事になる。あとは、父上の仕事を手伝って、領地経営を学ぶつもりだ。

フレドリックの場合、領地はもらえないだろうから、領地経営は無理だろう。そうすると、雇われになる。だから、生徒会長就任ってのは、就職に有利だと思うんだけどな。管理職ができるってことだろ？

「そりゃ、生徒会長なんて、普通の生徒なら有利だろうね。でも、僕はもう、決まっているようなものだし、厄介事は引き受けたくなかったんだよ」

「決まってる？」

「そうだよ。管理職は無理だろうね。たぶん辺境か、直轄地に派遣されるんじゃないかな？　中央にはいられないだろうからね」

そう言って、空を仰いだフレドリックは寂しそうだった。

そうか。こいつの処遇は国王陛下の胸三寸で決まる。

フレドリックは俺から見ても優秀だ。下手に中枢で高い能力を示すと、エリオットのハードルがさらに高くなるし、厄介な連中が寄ってくる可能性もある。かといって、辺境で力をつけられても困るし、管理職のトップに就ける可能性は低い。反乱が起きないよう、誰かの下に就くことは決まっているようなものだ。

「――そっか。まぁ、今日は楽しんでいけよ。休暇だと思って」

それしか言えなかった。俺の店で働けよ、とも言えない。

「ありがとう。お言葉に甘えるよ」

フレドリックもわかっているのか、それ以上は言わなかった。

そうこうしているうちに、みんなも会場に揃った。

料理も並べられて、舌鼓を打ちながら花見と歓談を楽しむ。そのなかで、フレドリックから一昨日、俺が見たピンク頭の少女のことが話されると、ミュリエルの表情が固まった。あのときのことを思い出したのだろう。リチャードが背後で「絶対に許しません」と黒い笑顔を浮かべている気配が窺える。一昨日、部屋に帰ってから話をしたら、怒り心頭だった。

けれども、みんなはあの騒動を知らないためか、事態の深刻さがピンとこない様子だ。カトリーナだけは、わかっているようで、複雑そうな表情をしていた。まぁ、お見舞いに来てくれたしな。

「でもその女生徒が、昔、テオドールに危害を加えた者だとは限らないんだろう？　まぁ、問題児であることには変わりないようだけど」

眼鏡をクイっと上げて、ルークが〝狂犬〟だと断定してしまうのは危険だと忠告した。

「そうですわねぇ〜。決めつけるのはよくないと思います〜。ですが、間違えて男子寮敷地内に侵入してしまった、までは大目に見ることはできますけれど、そのあとが問題ですわねぇ〜」

オリアーナも断定には慎重だったが、やはり守衛相手に暴れたのは問題だと指摘した。

ルークは本をよく読むせいか、中等部に上がる頃には眼鏡をかけるようになっていた。それでもガリ勉みたいな雰囲気はまるでなく、理性的とか理知的という言葉が似合う感じだ。

オリアーナもルークと似たような雰囲気を持った、賢さが前面に出ているような、おっとり美人だ。まさか、こののんびり優しそうな彼女から、心を抉《えぐ》るような言葉が出てくるとは思うまい。

そんなふたりの仲は以前よりかなりよくなっていて、共同で魔導具アクセサリーの製造販売をする会社まで立ち上げていた。なんでも、自分たちの魔導具を普及させて、みんなが魔族の魔導具に引っかからないようにしたいんだそうだ。本当によく考えているよな、こいつら。

会社を作ったきっかけは、いまもオリアーナの胸ポケットに光る杖のブローチらしい。ルークからの贈り物だそうで、初等部の頃からオリアーナはいつも身に着けていた。

「守衛相手に怯まないのは、たいしたものだとは思うが、謝罪をしないで悪態をつくのはどうかと思うぞ」

「怯まないっていうより、開き直りでしょ。しかも悪い意味での。明らかに間違っているのに、過ちを認めないっていうのは、確かに問題があるわよね」

ルークたち同様、問題だと指摘したのは、大型コンビのヴィンスとラモーナだ。

ヴィンスはまだ一年生なのに、体格はガッチリしていて、一九〇センチを超えているし、ラモーナも女子では一番高く、一七〇センチを超えている。元気溌剌《はつらつ》、健康的美人だ。おまけに胸の発育も一番だ。まだ俺の身長を追い越してはいないが、三年生までには追い越されそうで怖い。

剣の腕では、このふたりに勝てる気がしねえ。

「そうだよねぇ。神殿からも、忠告があった人物なんでしょ？　どうしてそんな危険人物を、僕らに面倒見させようとするのさ。むしろ、遠ざけなきゃいけないよね？」

「ですが、その女生徒は六属性なのでしょう？　カトリーナ様と同じ実力があるとは到底思えませんが、六属性が使える以上、複数属性を持たない方々では、荷が勝ちすぎると判断されたのではないでしょうか？」

「だったら、魔導研究所あたりが面倒を見ればいいと思うんだけどね」

不満を吐き出しているのは、シミオンだ。相変わらず見た目は儚げなイケメンなのに、吐く言葉は結構キツイ。

ソニアは、俺たちがその問題児の世話役として指名された理由を推測していた。神秘的な雰囲気を纏った美人だけど、物事をなんでもいい方向に解釈しようとするのが玉に瑕《きず》だ。いや、悪いことじゃないんだけどな。ただ、相手の言い分を聞きすぎて、どう見ても相手が悪いのに下手な口車に乗せられて、信じてしまうことがある。まぁ、シミオンが傍にいる以上、騙されることは少ないだろうけど。捻くれているシミオンと、信じすぎるソニアは、ある意味お似合いだ。

まぁでも、俺もシミオンに賛成だ。問題児の世話なんて、誰もしたくないんじゃないか？

「だが、実際に入学した以上、誰かが監理をしなければならないだろう。不本意だが、私たちが適任だろう。その女生徒のためだけに、魔術省や研究所、神殿から、学園に対して監理者を派遣することは難しいだろうからな。ソニア嬢の言うとおり、六属性持ちというのが本当であるのなら、正直に言って、私たち以外では抑えることも難しいと思う」

「そうですわね。その女生徒が、上手く六属性を制御できるならばよいのですが、魔力を暴走でもさせたら、さらに大変なことになるでしょう。用心に越したことはありませんわ」

レックスとシェリーは真面目に対処法を考えていた。

俺に対しては怒鳴ることが多いレックスだが、実務的なことに手腕を発揮する。見た目どおりクソ真面目で、常に冷静に状況に対処し、鮮やかに片づけていくのだ。

中等部で起こったイジメも、副会長として公平に双方の言い分を聞いていた。まぁ、相手の言い分は、自分は悪くない、ミュリエルが悪いの一点張りで、なにが悪いのかを懇々《こんこん》と説明するのが大変だったそうだが。うん、そのことについては、マジで感謝している。

シェリーも真面目が服を着ているような、黒髪の似合う凛《りん》とした美人だ。レックスより四角四面なところがあるが、それは相手を思いやりすぎての言動だったりする。要はお節介なわけだが。

俺も、猫カフェでの猫の安全対策に、キャットウォークの下に転落防止のネットを張り巡らせろと言われたことがあった。猫にとっては、別に普通に歩ける幅だし大丈夫だと、むしろネットがあるほうが危ないと言ったのだが、聞いてくれなかったので、実践してみた。キャットウォークから、くるりと体を丸めて軽やかに降りる姿や、キャットタワーを伝って一気に二階の梁まで駆け上がる姿、ネットに足を引っかけてもがいている様子などを見てもらって、ようやく納得してもらった。納得すれば素直に引いてくれるんだけど、納得するまでが大変だったりする。

「カトリーナ様はどう思われますか？」

「えっ、ええと、し、仕方がないかと思いますわ」

珍しく、カトリーナが慌てている。

なんかこの話の間中、遠い目をしていたけど、大丈夫か？

カトリーナは本当に綺麗になった。一見、少し目がキツめの気が強そうな美人だけれど、生来の優しさが表情に滲み出ていて、柔らかい印象を受ける。聖女様だからな、当然かもしれないけれど。

「その方は六属性なのに、いままで王都の学園には通っておられず、今回は特待生で入学されたのでしょう？　まだこちらに慣れていらっしゃらないのではないでしょうか？　仲よくできたらいいのですけど」

「悪い、俺は遠慮したい」

楽観的なカトリーナの意見に、つい、口を挟んでしまった。

「なにかあったら面倒は見るし、世話もする。だけど、必要以上に近寄りたくない。それに、男爵令嬢だろ？　俺たちが構うことで勘違いされても困るし、周りの連中の憶測も心配だ。なにより、中等部のような騒動はごめんだからな。その特待生の能力や、俺たちの事情を知りもしないで、やっかむ連中もいるだろう？」

「いないとは言えませんわね〜」

オリアーナが同意してくれた。

「でしたら、皆様に、事情を全部話しておくほうがよさそうですわね。私たちが面倒を見るのは、教師及び神殿、生徒会からの要請だと」

カトリーナが提案する。

「それくらいしか事前に打つ手はないか。それでも穿《うが》った見方をする者がいるだろうが、それは仕方がない。なるべく誤解を生まないよう、動くことが肝心だな。授業以外では極力近づかないようにしよう。その女生徒が同格の友人を作る機会を、奪いかねないしな」

「……それはどうかなー……あはは」

小さな声でカトリーナが呟く。なんか、虚《うつ》ろだな？

けれど、レックスやほかの連中には聞こえなかったらしく、レックスは振り返って「お前たちもそのつもりで」と、従者たちに伝えていた。

「もちろんですとも！　レックス様のためなら、その女生徒には地獄を見てもらうしかありません。お任せください！　きっちり徹底的にトラウマレベルに教育して、レックス様には絶対に近づけませんし、魔力暴走はさせないとお誓い申し上げ……痛い痛い痛いっ！　ちょっ、エイベルさん⁉　痛いですよ⁉　エイベルさーん！」

レックスの従者のひとりであるサディアスが、自信満々に胸を叩いて請け負っていると、大男の従者エイベルが、サディアスの頭を鷲掴みにして引きずっていった。大丈夫か？

「すまん、騒がせたな。ともかく、その女生徒には気をつけよう。フレドリック様もそれでよろしいでしょうか？」

「うん、構わないよ。こちらとしても、なにからなにまで、面倒を見てほしいわけじゃないんだ。新年度だからね。まだ一年の生徒会役員はいないし、クラス委員もいないだろう？　教師や生徒会の手も足りなそうだからね、君たちにお願いしているんだ。問題が大きくなる前に潰したいしね。もちろんこちらからも人手は出すよ。それで手に負えなそうだったら、退学請求を出すことも、考えている。まぁ、学習の機会を奪うことになるから、難しいかもしれないけれど」

レックスから確認をされて、フレドリックが説明する。確かに、態勢が整うまで、時間がかかりそうだよな。

「ただ、まだ実際に言葉を交わしていないうちから、排除はできないだろう？　行動が不審なのは都会の流儀に慣れていない場合もあるからね」

——希望的観測だけど。そう呟いたフレドリックに、みんな乾いた笑いしか出なかった。

「エリオット殿下にも、お願いできますか？」

フレドリックが尋ねると、黙ってみんなの話を聞いていたエリオットは、こくりと頷いた。

「皆がそれでいいのなら、私も異論はない」

エリオットは最近ますますイケメン度が増して、神々しいくらいの顔になっている。もう、誰が見ても王太子だとわかるだろう。それくらい、目を惹くのだ。

それに、いつの頃からか、自分のことを〝僕〟じゃなく、〝私〟と言うようになった。なんか、遠い存在になった感じがして、ちょっと寂しい。

「けれど……ひとつ、異母兄《あにうえ》にお願いしたいことがあります」

改めてエリオットがフレドリックに向き合う。なぜか、隣でカトリーナが両手でガッツポーズをして、エリオットを励ましていた。

「その……ここは、学園です。王宮じゃない。わ、私のことは、以前のように、敬称を省いてください。誰にも文句は言わせませんから」

なんとか言い終えたエリオットを、「よく頑張りました」とばかりに、カトリーナは嬉しそうに満面の笑みを浮かべ見つめている。

ええと、ふたりともどうしたんだ？　大丈夫か？

フレドリックは驚いた様子だったけれど、すぐに微笑みを浮かべた。

「わかったよ。今年度だけ甘えさせてもらうね、エリオット」

エリオットは嬉しそうに笑って、カトリーナに至っては、感極まって目に涙を浮かべていた。

なんなんだ？　周りを見ると、女の子たちとヴィンスは感動していたようだけど、ルークやシミオンは冷めた目で見ていたし、レックスは困惑していた。うん、俺もわけがわからない。でも本人たちがそれでいいならいいんじゃないか。たぶん。

そんなとき、頭上から急に桜の花びらがたくさん降ってきた。と、思ったら、メキメキと嫌な音がして、

「きゃあああああああ！」

と、人が落ちてきた。しかもテーブルの上に。

ああああああ！　料理が！　まだ半分も残っていたのに！　どうしてくれよう、こいつは！

「あいたたた……」

みんなが驚いて固まっているなか、むくりと起き上がった女生徒の髪は、ピンクだった。

うん、八つ裂きの刑でいいんじゃないかな。食い物の恨みは、恐ろしいと知れ。

「い、痛たた……。ちょ、マジ痛いわ……あのクソ猫、覚えてなさい……」

むくりと上半身を起こしたピンク頭は、料理の残骸まみれになっていた。頭にパンやレタスの切れ端を載せ、制服にはケチャップやマヨネーズが染みを作っている。そんな状態に気づかない様子で、頭を振ってから、ピンク頭が周囲を見回した。頭の上にあったレタスの切れ端が転げ落ちる。あとで食べようと取っておいた、厚切りベーコンサンドの残骸だった。くそう。

従者たちは俺たちを庇いつつ、ピンク頭を警戒していた。当然、俺たちもだ。

ピンク頭はそれらを確認したのか、顔を青ざめさせて、その場で勢いよく土下座した。

「す、すみません。お話し中に、失礼しました」

……あれ？　なんか思っていた反応と違う。

「すぐに出ていきますので、許してください」

そう言って、そそくさと帰ろうとする。

「待ちなさい」

止めたのは、レックスの従者、サディアスだ。そして、ピンク頭に言い放った。

「きちんと謝罪もせずにこの場を去ろうなどと、許されるものではありませんよ。まずはご自分のお名前を仰って、改めて謝罪なさってください。そうして、貴女に皆様からの沙汰《さた》が下されるのを待たなくてはなりません。勝手に乱入したうえ、食事を台無しにし、皆様を危険に晒した行為を、有耶無耶にしてもらおうなどという甘い考えは、捨てていただきましょう」

さっき、地獄を見てもらうと言っていたとおり、サディアスは冷たい目をピンク頭に向けていた。

なぜか乗馬鞭まで持って、ヒュンヒュン鳴らしている。

え、なにこいつ。怖いんだけど。

「当然ですね。私たち従者の目を掻い潜って、ここまで侵入したのです。それ相応の覚悟はおありでしょう」

リチャードが鞘に収めたままの剣で、ピンク頭の行く手を塞いでいた。

いや、お前、サディアスに感化されすぎてねえ？

そんなふたりの動きに応じて、ほかの従者たちはピンク頭が逃げないように囲んでいた。

怖いのか、ピンク頭は引きつった顔で震えている。

「ではまず、お名前から伺いましょうか」

この場を仕切ることを任されたらしいサディアスが、乗馬鞭をピンク頭の鼻先に突きつけて、尋ねた。

「あ、アイリーン・プラムです。祖父は男爵です」

怖々と、それでもにっこり笑いながら、アイリーンが答えた。なぜか妙にあざとく見えるのは、気のせいか。顔立ちは可愛いのに、ぜんぜん可愛くない。

「それはそれは。プラム男爵様といえば、領地は小さくとも忠義心に篤く、誠実で、心優しい方だとお聞きしております。その孫娘である貴女が、このような無作法な振る舞いをなさるとは。とんだ山猿ですね。なにを学ばれてこられたのでしょうか」

よく覚えているな。さすがレックスの従者だ。知識量が半端ない。

　そんなサディアスが言い放つと、アイリーンは恥じるように俯いた。けれど、微かに笑っていたように見えたのは、気のせいだろうか。一方で、カトリーナが手で顔を覆って、「違うよ、イジメイベントじゃないよ」と呟いていた。わけがわからん。

「も、申し訳ありません。桜が綺麗で、ちょっと登ってみたかったのです。お邪魔するつもりはありませんでした」

「桜の木なら、この広場にたくさん植えてあるでしょう。女子寮の中庭にもあるはずです。わざわざこの木を、皆様がお花見をされているこの場を選んだのはどうしてです？　理由如何《いかん》によっては退学も覚悟なさることですね」

　リチャードも鋭く質問する。

「そ、それは……あの、えっと、その……衝立があったので、中がどうなっているのかなー……なんて思いまして……。そ、そう。み、皆様がお花見をされているなんて、知らなかったんです！　本当です！」

　目に涙を浮かべて、アイリーンが訴える。それすらも嘘くさく見えるのは、なんでだろうな。

「そうですか。それが本当だとしても、当然、許されるとは思っていらっしゃいませんよね。ここにおられる方々は、尊い身分の方々ばかりです。そのお花見の邪魔をされたのですから」

　リチャードの追及は、緩まない。

「す、すみません。私にできることなら、なんでもします。なので、お許しください」

「どうやら本当に、礼儀作法を学ばれておられないようですね。その町娘のようなお振る舞いはおやめになったほうがよろしいですよ」

アイリーンの返答に、サディアスが少し呆れた様子で嘆息する。

そうして俺たちを振り返った。

「いかがなされますか？」

「わ、私は帰っていただいて、よろしいかと思います。いちおう謝罪をいただいたわけですから、受けてもいいのではないでしょうか」

勢い込んで言ったのは、カトリーナだ。おそらく、こいつとは関わりたくないのだろう。

「俺も賛成。とっとと帰ってもらおうぜ」

ご飯を台無しにされて腹は立つけれど、こいつを怒鳴ったところで元に戻るわけじゃないしな。

「そうだな。ボクもそのほうがいいと思うよ。まぁ、不毛だしね」

ルークも賛成する。謝罪しているのだから、それを受けないという対応はできない。それに、本人が「他意はない」と主張している以上、証拠がない限り追及は難しいからな。水掛け論になるのは目に見えている。だったら、さっさと追い返したほうがいい。

そんな俺たちを見て、アイリーンが目を丸くしていた。あっさり許されるとは思っていなかったようだ。

「……なんで、黄色は髪が短いの。ロン毛のはずよ。緑だって、白衣を着ていないし、どうなっているの……？」

違った。なにに目を丸くしているんだ、こいつ。

そして、そのアイリーンの呟きを聞いたカトリーナは、またも頭を抱えている。

うん。頭痛がするのは、よくわかる。

「ならば、このまま帰っていただいても、よろしいのですね」

「そうだな。仕方あるま……」

「——待て」

サディアスが確認を取って、レックスが許可を出そうとしたとき、止めたのは意外にもエリオットだった。

「貴様に質問がある。十一年前、王城の『薔薇の迷路』に入り込んだ少女は、貴様か」

隣でカトリーナが驚いた様子で目を見開いている。なんだ？

「えっ、え……」

「——それは私もお聞きしたかった。ミュリエル様を突き飛ばし、テオドール様に怪我をさせた賊は、貴女ですか？」

満面の笑みを浮かべて答えようとしたアイリーンを遮ったのは、リチャードだった。底冷えのする目で、アイリーンを睨みつけている。

「もし、あのときの娘であるのなら、誰がなんと言おうと、我が剣の錆にさせていただきます」

柄に手をかけ、いまにも抜きそうな構えを取っていた。

「え、えっと、その………………違います」

長い逡巡《しゅんじゅん》のあと、アイリーンは諦めたように否定した。

「なるほどそうですか。——エリオット殿下、差し出がましい真似をしてしまい、申し訳ありませんでした」

リチャードはあっさり納得すると、エリオットに向き直り、謝罪した。

「……構わん。お前の主人の災難だったのだからな」

エリオットはリチャードを許してくれた。昔だったら怒っていただろうに、本当に上に立つ者として成長したなぁ。これなら、安心して仕えられる。

「――もし、あのときの娘であるなら、少しばかり礼を言いたかっただけだ。お前の言うとおり、異母兄《あにうえ》と仲よくなれたと」

「エリオット殿下……」

カトリーナが涙ぐんでいる。そんなに、フレドリックと仲よくしたかったのか？

あれ？　でも、エリオットって、フレドリックを嫌っていたんじゃなかったっけ？　あれ？

「だが、これ以上、騒ぎを起こすことは許さない。またなにかあれば、今度はなにかしらの処分があると思え」

「は、はい……！」

忠告されているというのに、なぜかアイリーンは嬉しそうだった。よくわかんねえな、こいつ。

「じゃあ、これにサインしてね。ここと、ここの二カ所だよ」

横からフレドリックが書類をアイリーンに差し出した。さっきから、黙ってなにかしているなと思っていたら、これを書いていたようだ。

「えっと、は、はい」

アイリーンは促されるまま、内容を確かめもせず、素直にサインした。そして、フレドリックはそれを封筒に入れて、封をすると、アイリーンに渡した。折れた桜の木の枝と一緒にだ。

「この枝と手紙を、女子寮の守衛さんに渡してね。門の傍にいる大人の人だよ。そのあとはおとなしく部屋に戻るように。いいね」

「はいっ！」

なぜか、嬉しそうに受け取った枝と手紙を大事に抱えて、アイリーンは足取りも軽く、女子寮へと向かった。食べ物の残骸を、身に着けたまま。

「……なにを書いて渡したんだ？」

「始末書だよ。このテーブルや茶器は君たちの持ち出しだけど、桜の木の枝は学園のものだから。折ったのは彼女だと、彼女自身のサインがあるからね。停学か、謹慎三日くらいの処分がなされるんじゃないかな。一昨日の男子寮の騒ぎも含めて」

しれっと、フレドリックが説明した。

「あと、テーブルとかの被害を学園に届けることもできるけど、どうする？　男爵家だと、賠償金額は、あまり期待できそうもないけど」

「二枚書かせていたのかよ」

アイリーンのサインだけ書かれた白紙を見せられた俺たちは、笑うしかなかった。

とりあえず、みんなで話し合って、白紙委任状は燃やして捨てた。ある意味、騙し討ちだし、損害請求をしないのなら、必要ないしな。

予期せぬ嵐のあとは、そのまま花見を続ける気もなくなったので、解散となった。

後片づけを従者たちに任せ、俺はミュリエルと一緒に、校舎内にあるカフェテラスでお茶をすることにした。まぁ、ほかの連中も同じ考えだったらしく、みんなで大移動になっただけだけどな。

カフェテラスは広場を眺められる作りになっていて、ここから見る桜も綺麗だった。

ほかの生徒たちも花見をしていたようで、窓際の席は埋まっていた。なので、それぞればらけて席に座った。

「お疲れ様でした、テオドール様。申し訳ありません。私、どうしたらいいのかわからずに、狼狽えてしまいましたわ」

お茶を飲みながら、ミュリエルが苦笑した。

「……あの方が、幼い頃に出会った方ならば、言いたいことがたくさんありましたのに、なにひとつ言えなくて……。本当に違うのでしょうか?」

「わからないな。俺はあのときのクソガキ本人だと思っているけどね。でも、いまさらだろう？ 証拠がない以上、追及は難しいかな」

あのとき、あっさり引き下がったリチャードも悔しそうに顔を歪ませて言っていた。

「あのままですと、真実如何《いかん》に関わらず、王太子殿下のお言葉を肯定しそうな勢いでしたからね。それに、肯定されても証拠がありません。ですが、肯定した以上、調査しないわけにもいきませんが、あとで証言を覆すでしょう。そうなると時間の無駄です。孤児のままであれば、そのまま拘束もできたでしょうけれど、いまは男爵令嬢です。長期間拘束することはできません。……本当に、あのときに捕縛しておくべきでした」

リチャードの言うとおり、時間の無駄になるのは目に見えている。だったら、これからどう対処するかを考えたほうがいい。

「これからも、あいつは騒動を起こすだろう。関わりたくないけれど、そうも言ってられないみたいだからな。特に女子——ミュリエルたちには負担がかかるだろうけど、なにかあったら、すぐに俺に言ってくれ。どうにかする」

「はい。でも、テオドール様もですよ。なんでも抱え込まないで、私にも話してくださいね」

そっと手を握られて、お願いされた。なので、強く握り返した。わかっていると。

《シロ、あの娘きらーい》

さっきまでおとなしかった白の奴が、唐突に言った。

おいコラ、邪魔すんじゃねーよ。

《ダ……メ。か……わい……そう》

黒の奴は困惑しながらも、白の言葉に少し怒っているようだ?

《くーちゃんは、優しすぎるんだよ》

《そう言ってやるな。黒の奴は、あの娘を憐れに思っているんだ。あの娘の魔力は妙に歪められているからな。闇が変質させられてる……のか？》

白が不満げな声を上げると、黄色が宥《なだ》めながら、疑問を口にした。

《変だぜ変だぜ》

《へんー》

《——んー》

赤と青と緑も、不思議がっていた。

この六年で、魔力たちも少し成長した。特に、黒が話せるようになった。最初は、なんとなく意思がわかる程度だったけど、すごい進歩だよな。緑は相変わらず、口数が少ない。俺の魔力量が少ないせいかな。

《ぶー。確かに変だけどさ。嫌いなのは、嫌いー》

《メ。嫌う……メ》

こらこら、喧嘩するなよ。でも、そうか。黒は、あいつのことが可哀想か。優しいな。けど、俺も、白と同じ意見だ。あいつは嫌いだ。

《メ。みん……な、メ！》

黒が怒るけれど、俺も譲れなかった。

「テオドール様？　どうかされました？」

ミュリエルが首を傾げている。

「なんでもないよ。ミュリエルに見《み》惚《と》れていただけ」

「もう、テオドール様ってば、恥ずかしいですわ」

いやもう、ほんと、照れるミュリエルも、めちゃ可愛い。

そんな感じで、その日のお花見は終わった。

（二）とある男爵令嬢の呟き　その四

「ああ、もう！　なんで、寮部屋で謹慎になるのよ！」

桜の木の下での自己紹介イベントが、警備員に邪魔をされて、上手くいかなかった。

だから、みんながお花見しているところへわざわざ行ってあげたのに、自己紹介どころか、なぜか謹慎処分になってしまったのだ。

　そのうえ、今度こそと意気込んだ入学式では、常に教師があたしに張り付いてエリオットたちに近づくこともできなかったし、式が終わったあとは、教室に行くこともできないまま、寮へと連行されてしまった。もう、最悪。

「やっぱり、お花見？　に突撃したのが、いけなかったんじゃないですかー？」

　ヤスリで爪を磨いているヴィオラが、こっちも見ずにテキトーに言った。

　なに、爪に息を吹きかけているのよ。あんた、あたしの侍女だっていう、自覚あんの⁉

「だって、自己紹介イベントが上手くいかなかったのよ。入学式前に済まさなければならなかったのに……みんなが来る前に、警備員が来ちゃったんだもの」

　警備員たちに取り押さえられて、どうやって侵入したのかって、問い詰められたわ。頑張って壁を登ったって言ったら、信じてもらえなかったのよ。

　原作では、書類が風に飛ばされて、偶然、門が開いていたから入った、ってことになっていたけれど、あたしのときは、なぜか門番がいて警備をしていた。仕方がないから、ヴィオラに手伝ってもらいながら壁を越えて、トレヴァーに書類を木の上に引っかけさせて、準備万端で待ち構えていたのよ。それなのに、邪魔をされるなんて！　挙げ句の果てには、隠し通路でも知っているんじゃないかって、疑われたわ。壁を越えるなんて、普通の令嬢じゃ無理だって。

　あたしは聖女なのよ？　エリオットが待っているんだから、壁くらい簡単に越えてあげるわ。

　結局、隠し通路なんてものは見つからなかったから、渋々解放された。あの警備員たち、冤罪で訴えてやろうかしら。

「まったく……。テオドールが優しく声をかけてくれて、みんなが集まって、自己紹介しつつ書類を取ってくれる、最初のイベントだったのに……こなせなかったわ」

「それで、お花見に侵入したんですか……」

呆れたように、言わないでくれる？

「そうよ！　自己紹介イベントは重要なんだもの。全員の顔と名前を知れるし、仲よくなるきっかけにもなるのよ」

「でも、突撃しても、皆さんに自己紹介してもらえなかったんでしょう？」

嫌なことを言わないで。

なに、真っ赤なマニキュアを塗ってんの。あんた、自分が侍女だってわかってる⁉　まったく、ネイトがいないからって、仕事を放棄してんじゃないわよ。

はぁ……。そうなのよね。従者たちに邪魔されて、また、みんなの名前を聞くことができなかったわ。自己紹介イベントくらい、すんなりこなせると思ったのに。

だいたい、あたしの名前を聞くだけ聞いて、従者すら自分の名前を言わなかったのよ。マナーがなってないのはどっちよ！　あの従者、絶対許さないわ。乗馬鞭をヒュンヒュン鳴らして、脅さなくてもいいじゃないの、馬鹿。

「せっかくトレヴァーの魔術で、従者たちの警戒を掻い潜って侵入できたのに」

ほんと、トレヴァーはすごいわよね。さすが魔王のペットだけあるわ。ほんとに誰にも気づかれないで、入れたもの。ただ、枝は根性がなかったわね。もう少し耐えてくれたらよかったのに。お陰でテーブルの上に落ちちゃって、制服が汚れたわ。

帰ってからヴィオラに洗濯を頼んだら、なぜかテカテカになった。ああ、もう、ネイトがいてくれたら、きっとクリーニングに出してくれたハズよ。もう、ヴィオラってば、なんにもできないのに、余計なことだけ言うのはやめてほしいわ。

「説教だけされて、のこのこ帰ってくるなんて、お嬢様らしくないですね。てっきり、警備員相手に暴れたように、今回も暴れてくるかと期待していましたのに」

ほら、また。

「なんで、あたしが暴れるのを期待してんのよ。みんながいる前で、そんなことをするはずないでしょ。モブの警備員相手なら暴れても構わないけど、エリオットの前ではできないわ。それにね、ヒロインはおとなしくて健気なのよ。そこに絆《ほだ》されて、みんなが庇ってくれるんだから」

「庇われていませんよね？」

ぐっ、痛いところを突くわね。そうなのよ。従者たちに問い詰められて困っていたのに、みんな驚いているだけで、庇ってくれなかったわ。おかしいわね？

あの乗馬鞭を持った従者なんか、はっきり言って、イっちゃってたわよね。童顔の従者には剣で脅されたし。せっかく、エリオットがお礼を言ってくれたのに、なにも答えられなかったわ。何年も前のことなんか、どうでもいいでしょ。時効よ、時効。なのに、みんな、助けてくれなかったのよ。みんなも、あの従者たちが怖かったのかしら。

もう、どうして原作と違うのよ。

攻略対象者も、なぜか違っていたのよね。テオドールは髪が短くなっているうえに、あたしを見る目がキツかった。柔らかい微笑みと優しいまなざしでヒロインを見守るのが、テオドールでしょうが。なんで、元気いっぱいのやんちゃ坊主なのよ。

ルークはルークで、白衣を着ていなかった。ライバル令嬢の叔父の形見だったはずなのに。おまけに、ルークもあたしを警戒しているみたいだった。

「きっとカトリーナのせいよ。あの娘も転生者だったんだわ。処刑されないために、シナリオ改変したのよ。許せない！」

だって、あの娘、フツーの令嬢みたいだったもの。我儘に高飛車に、高笑いをしながらあたしの邪魔をしないから、変だなとは思ったのよ。それならそれで、別に構わないと思っていたけど、あたしの勘違いだったようね。そっちが原作改変をする気なら、受けて立ってやるわよ。

「そうですね。たぶん、そうなんでしょう。……まぁ、こっちの予定も狂いましたからね」

狂いまくりよ。ああ、もう、ほかの手段を考えないと。

「それよりお嬢様。広場にも結界石って、ちゃんと置いてきました？」

ヴィオラが唐突に聞いてくる。

「なによ、そのあたりに放ってきたわよ。それでいいんでしょ？　言われたとおり、男子寮の中庭にも置いてきたわ。だいたい、そんなの、トレヴァーにやらせればよかったでしょ。なんで、あたしがやらなければいけないのよ」

「いえ、お嬢様が男子寮やお花見に潜り込まなきゃって、張り切っていらしたので、ついででも構わないかと。お優しいお嬢様なら、やってくださるって思ってました。ありがとうございます」

「……棒読みよ、あんた。でも、まぁ、わかってるなら、いいのよ」

ヴィオラの言う結界石というのは、あたしの魔力を込めた魔晶石だ。デュークに頼まれて、たくさん作った。

なにに使うか知らないけれど、あたしやトレヴァー、ヴィオラが穏やかに学園生活を送れるようにって、言っていたわ。たぶん、実家のプラム邸みたいに、周囲に配置することで、学園のみんなを守ってくれるのよ。女子寮にも配置したし、あとは校舎にふたつ置けばいいのよね。

まぁ、これでみんなを守ってくれるんだから、お安いご用よ。陰ながら見守る聖女――うん、いい響きよね。ライバル令嬢たちも、ついでに守ってあげるわ。でも、カトリーナはダメよ。

だって、難易度を上げて妨害したのは、許せないわ。見てなさい。最後に笑うのはあたしだから。

あたしとエリオットが結ばれるのを、指を咥えて眺めているのね。

でもまぁ、ともかく、ちょっとしんどいわね。学園に来たら、イジメられるのはわかっていたけれど、やっぱり制服を汚されたり、悪口を言われたりするのって、キツイわ。

デュークに会いたいな。いつものように、ちょっとあたしの愚痴に付き合って、呆れた顔をしてから、微笑んでほしい。そしてまた、旅に連れていってくれないかな。

デュークがウチに来てから六年経つけど、その間、一年に一度ずつ、王国中を一緒に旅したの。だいたい、十日から十五日間くらいの旅だったけど、楽しかったわ。

南のブラックカラント領は、果物が美味しかったわ。さすが、レックスの好きなスイーツがブルーベリータルトだけあって、ブルーベリーの木がたくさん植えられていた。

北東のコバルト領は、湖が綺麗だったな。夏の課外授業では、あそこで泳げるのよね。

南西のクリムゾン領には、温泉があったのよ。もう、肌がすべすべ。また入りたい。

南東にあるグリーンウェル領の領都は、塔が乱立していて、ぐちゃぐちゃしていた。なんか、魔導具のパーツ？　とかいっぱいあったけど、あんまり面白くなかったわ。

　北西のゴルドバーグ領は、貴金属やアクセサリーがたくさん売っていた。欲しいだけ買うことはできなかったけど、いろんなお店を見て回るのは、めちゃめちゃ楽しかった。

　デュークはネイトと仕事でどこかへ行っていて、一緒に観光ができなかったのが残念だったけど、また連れていってくれないかしら。今度は一緒にお店を見て回りたいわ。

「にゃーん」

　トレヴァーが、窓から部屋に入ってきた。

「あんた、どこに行ってたの？」

「にゃー」

　トレヴァーを抱き上げて撫でてやると、気持ちよさそうに目を細めた。

　学園に来た当初はあんまり元気がなかったのに、最近は元気にあちこちうろついているみたい。

「元気になったのはいいけど、あんまりウロウロしないでよ。見つかったら怒られるのはあたしなんだから。ペット不可なのよ、この寮」

「にゃ」

　わかっていると、トレヴァーが返事した。

　ともかく、イジメに負けずに頑張らないとね。初日から停学は痛いけれど、五月一日にある、聖女祭のイベントに備えないと。

　一年で聖女役に選ばれるように、みんなを攻略していくわよ。

（三） 弟妹は可愛い

入学式は恙《つつが》なく終わった。

問題児が教師たちに連行されたこと以外は、なにも起こることなく、クラスで自己紹介などをしたくらいだ。あとはクラス委員を決めたくらいか。

とは言っても、委員長と副委員長、風紀委員、あとは催事委員ぐらいしかない。日本のときのように、各委員があるわけじゃないのだ。そんな雑用は、従者たちが率先してやってくれるし、学園側で人を雇っているから、俺たちがやる必要はない。まぁ、美化委員や飼育委員なんて、貴族の子息令嬢には無理だもんな。保健委員に至っては、従者たちが主人を誰にも触らせずに部屋まで運び、侍医を呼びつけるし。

ただ、風紀委員に関しては、風紀を乱す生徒を注意しなければならない役職上、従者では無理なので、生徒が――できれば、高位貴族の子息令嬢が望ましいとされていた。

だからウチのクラスでは、委員長にエリオット、副委員長にはカトリーナ、風紀委員にはレックスとシェリーがなった。エリオットは王太子だし、カトリーナとレックスは公爵家、シェリーは侯爵家だ。この四人に逆らえる者はいないだろうから、これ以上はない選出だろう。

まぁ、いつも俺たちのクラスでは、毎回この四人が選ばれているんだけどな。俺の学年は三クラスあるのに、なぜか俺たち全員は、いつも同じクラスになっていた。初等部の魔術の先生を担当していたベイツに聞いてみたら、まとめているほうが面倒が少なくていいのだそうだ。

なんとなくわかる気がする。あれ、そういう意味では、俺たちも問題児なのか？

あとは催事委員だけれど、これは毎年あるイベント、舞踏会やお茶会、今度五月一日にある、聖女祭なんかの祭事や催事のまとめ役だ。雑用はもちろん業者や従者が担うけれど、席順や混乱を起こさないための配置などを決定する役目を負う。まぁ、誰と誰が仲がよくて、誰と誰が仲が悪いというのを把握したうえで、爵位を踏まえながら席を決めるとか、そういうめちゃくちゃ頭が痛くなる作業をする役職だ。いわゆるホスト役の役員となる。

はっきり言ってやりたくない役職だ。こんなの、自分が開くお茶会だけで、精一杯だからな。

幸いにも、こういうことが大好きなソニアがいつも立候補してくれるので、助かっている。シミオンはそのたびに渋い顔だけどな。ソニアが立候補することで、自動的に男子は婚約者であるシミオンに決定するのだった。でも、シミオンの奴は嫌々やっているにもかかわらず、そつなくこなしているから、この手のことが苦手ではないんだろう。

そんな感じで決まったけれど、最後に委員就任の挨拶で、カトリーナが今度の聖女祭について話し出した。

「皆様、もうすでにご存知かと思いますが、私は今回の聖女祭本祭で、陛下から聖女役を務めるよう、命を受けております。ですので、学園代表を務めることはできません。クラス選出は、皆様にお願いすることになります。どうかお許しくださいませ」

「カトリーナが言ったように、聖女祭本祭では六騎神役も私たちが務める。聖女のお供の巫女姫役にはシェリー嬢たちが務めることになった。いままで学園代表を務めさせてもらい、貴公、貴嬢らには感謝している。我らが王命を果たせるよう、支援をお願いする」

カトリーナに続き、エリオットが壇上で説明した。

聖女祭とは、聖女降臨を祝う祭りだ。毎年五月一日に行われ、国を挙げてお祝いする。

聖女と六騎神たちが神殿から王宮まで、王都を一周するように目抜き通りをパレードして、国の安全と平和、そして繁栄を願うのだ。

本来なら聖女たちは、王国内の十六歳から十八歳までの貴族の子女から、オーディションで選出される。父上も母上も学生時代、六騎神役と巫女姫役に選ばれたそうだ。そこでふたりは急接近した、と惚気《のろけ》られた。うん、よかったね。

けれど、今回は聖女が神託を受けた年齢と同じ歳の本物——今年十六歳になるカトリーナがいる。そのため、オーディションはなくなり、強制的に俺たちに決まったらしい。父上が言うには、少しでも早く、聖女に神託が降りるようにと願ってのことだそうだ。

そして、本祭の次の日には、学園でも聖女祭が行われる。学園代表の聖女が、学園代表の六騎神たちと、学園中をパレードするのだ。

その学園代表を俺たちは辞退すると、カトリーナが説明した。本祭に出るのに、学園のイベントにまで出る必要はないだろうということで。

いままで俺たちが聖女、六騎神、巫女姫役を独占していたせいで、俺たちと一緒のクラスになった連中は最初から諦めモードだった。いや、学園中が、だな。けれど、ふたりの説明を聞いた途端、クラスみんなの目が輝きはじめた。やっぱり祭りの主役になりたい奴が多いみたいだ。

ふたりが軽く会釈した瞬間、一斉に立ち上がって、割れんばかりの拍手が鳴った。

「お任せくださいませ、カトリーナ様。皆様が本祭を無事に務められますよう、私が責任を持って聖女役を務めさせていただきますわ」

「まぁ、貴女には荷が勝ちすぎるのではなくて。貴女がクラス代表では、学園代表には選出されませんわ。恥をかく前に、辞退なされたほうがよろしくてよ」

「嫌だわ、皆様ってば、ご冗談が過ぎますこと。聖女役は私がしっかりと務めます」

　そして、自信のある令嬢たちが、牽制し合いだした。

「シェリー様、皆様、巫女姫役は私にお任せください。聖女役の補佐を無事に務めますわ」

「ええ、このクラスの皆様全員で学園代表になってみせます。ご覧になっていてくださいね」

　あまり自信のない令嬢は、早々に、巫女姫希望へシフトしたようだ。

「エリオット殿下、私に殿下の後任が務まるかわかりませんが、身命を賭して、務める所存です。どうか、私にお命じになってください」

「いいえ、殿下。私こそ、殿下の後任に相応しいかと」

「なにを言うんだ、君たちより、僕のほうが成績もいい。殿下、どうか、私に」

　男子たちも六騎神へ立候補しはじめて、エリオットに命じてほしいと詰め寄った。

　もう、教室中がうるさい。

　バァン！　と、大きな音が鳴り、教室が静まり返った。レックスが教卓を叩いたのだ。

「静かに！　その選出について、エリオット殿下より、説明がある。皆、心して聞くように」

　レックスが全員を見回し、眼力で着席するように促す。

　みんな、おとなしく座って、エリオットの言葉を待った。

「皆が、それぞれの役割を務めたいという気持ちはよくわかった。だが、人数が決まっているし、まだこれはクラス代表でしかないことを、理解しておいてほしい」

そうなんだよな。学園代表は、全学年を含めた九クラスの代表のなかから選挙で決まる。役を得るために、壮絶なバトルも少なくないそうだ。まぁ、ウェンディに聞いた話だと、たいてい三年生がなるそうだし、全員が同じクラスで揃うことはないらしい。

選挙もなく、自動的に決まっていた俺たちには、わからないことだった。

ちなみにウェンディは、去年、初等部代表の聖女役を務めている。一年生で初等部代表に選ばれたんだぜ。すごいだろ。今年もきっと、選ばれているはずだ。さすが俺の妹だな。優しくて可愛いんだから、当然だ。

「また、すぐにでも決めたいと思うだろうが、ひとり、このクラスにはまだ来ていない生徒がいる。この生徒が登校してきたときに、決めようと思う」

「確か、殿下たちのお花見を邪魔した娘ですわ」

「そのような者にまで、機会をお与えにならなくてもよろしいのに」

「殿下はお優しすぎます」

ヒソヒソと、噂を知っている者たちが囀《さえず》る。しかし、レックスが睨むと黙り込んだ。

「決め方は『クジ引き』にする。皆、自信があるようだからな。誰がなっても無事に務めるだろう。ならば、より、運を持つ者に委ねようと思う。以上だ」

そう言って、エリオットはさっさと席へ戻った。みんなが言葉に詰まって呻き声しか出ないなか、カトリーナたちも席に戻った。そのあと、担任から明日以降の予定を聞いて、解散となった。

まぁ、クジ引きは俺の案なんだけどな。だって、これが一番手っ取り早い。

そうして後日、クジ引きで決めたクラス代表として、アイリーンが聖女役になった。

くそう。あいつ、悪運だけは強えぇ。

でも、そのあとの学園代表選挙では、一票の最下位だった。噂が広まっていたお陰のようだ。

助かった。いやもう、エリオットたちの視線が痛かったんだよ。マジで。


聖女祭の代表選挙が終わる頃には、本番まであと十日くらいになっていた。

その間にも、ピンク頭のアイリーンはいろいろと、あれこれやらかした。

エリオットとカトリーナの会話に交ざりたいのか、ふたりの傍をウロウロし、ときどき話に割り込んでは、シェリーに怒られる。

どうも、その行為自体が無作法で失礼だとは思っていないらしく、シェリーを睨みながら、口を尖らせて、まるで反省しない。カトリーナが気を使って話に参加させれば、カトリーナを無視してエリオットだけと話をしようとする。淑女の嗜《たしな》みとして無作法だと、シェリーがめげずに何回も注意するが、これもまた無視。

神殿の経典から引用して、聖女様のような素敵な女性を目指すためにはそれではダメだとソニアが遠回しに注意しても、「あたしは大丈夫なの。あんたと違って」と、変な自信に満ちあふれながら断言して、ソニアを絶句させる。

気の短いラモーナがキツく怒っても、気にもしないうえに、なぜか勝ち誇った表情で煽《あお》る。

もちろん、オリアーナの嫌味など通じるはずもない。きっと、嫌味を言われているなんて、理解していないんだろう。

そんななかでも、俺の女神であるミュリエルは、友達になろうと果敢に話しかけていた。だが、アイリーンは無視しやがる。おまけに、ミュリエルを馬鹿にしたように見下していた。

マジで殴りてえ。

それなのに、レックスやヴィンスが注意すると、コロッと態度を翻して、嬉しそうに言うことを聞いておとなしくなる。シミオンとルークの嫌味はニコニコ顔で聞いているし、マジで頭がおかしいんじゃないだろうか。

その態度の違いに、俺たち男子生徒は戦慄を覚え、シェリーをはじめとする女子生徒たちの怒りは頂点に達し、反感をあちこちで買っていた。

そうしてほんの数日で、レックスは苦情受付係と化した。連日ぐったりとするレックスを、シェリーが甲斐甲斐しく世話をするのも、日常となった。

そんなレックスたちのフォローなどお構いなしに、アイリーンは自由に動き回る。三年生の教室まで行って、フレドリックに気軽に話しかけていたようで、三年生からも苦情が来た。

フレドリックはいちおう王族だし、生徒会長でもある。イケメンで人当たりもいいから、人気は当然ある。ただ、出自の問題で、周囲の女子から結婚相手としては見られていないだけで。

そんなフレドリックが、たかが一年生につきまとわれているのを見て、三年生女子たちは激怒したらしい。お陰でアイリーンは、三年生の教室がある階を出入り禁止にされた。

三年生が数人で教室に乗り込んできて、出入り禁止を通告したのだが、アイリーンは先輩方を無視して、カトリーナに向かってなぜか勝ち誇ったような表情を見せていた。

　本当にわけがわからない。どうして一方的に、カトリーナに張り合っているんだよ。なにひとつ勝てていないだろ。なのに、なんでドヤ顔なんだ。

　俺？　俺は落ち込むミュリエルを労《ねぎら》うだけですが、なにか？　アレと話す気はさらさらない。

　エリオットもそのつもりなのか、話す素振りはなにも見せていない。ひたすら無視だ。例外は、あの花見のときだけだったようだ。

　そんな感じで、まだ一カ月も経っていないのに、アイリーンは全生徒から、問題児認定をされていた。

　それでも、学園としてはアイリーンを退学処分にはできない。単に、傍若無人に振る舞っているだけで、暴力行為などはないからだ。それに、いちおうは六属性生徒だし、魔術の授業で放った魔術は、俺たちに匹敵する威力を持っていた。下手に放逐したら、王国の損失になる可能性が大きい。けれど、あの性格を矯正しないことには、王国の益になるどころか、災厄にしかならないような気がする。

　教師たちも判断が難しいのだろう。生徒会長であるフレドリックに、生徒間の諍《いさか》いはなるべく生徒間で解決するよう、頭を下げて頼み込んだそうだ。その旨が、フレドリック経由で、俺たちに回ってきた。

　いやもう、マジで付き合っていられないんだけど？

　主に、苦情受付係のレックスが。

　本当にゲンナリした表情で請け負っていたもんな。嫌なら断ってもいいと思う。律儀というか、クソ真面目というか。そこが、こいつのいいところなんだけど。今度、王都で有名な菓子店のブルーベリータルトを持っていってやろうかな。甘いものでも食べて、疲れを癒やしてくれ。

聖女祭の本番前には連休がある。

この連休はほとんどの生徒が家に帰る。まぁ、王都に屋敷を持っている奴らだけで、それ以外の生徒は寮に残っているが。

そして、この連休から街は聖女祭の準備に入り、だんだんとお祭りムードが盛り上がっていく。

連休の初日の午前中に、俺はリチャードとともに王都の家に帰った。

「お兄様、お帰りなさいませ」

エントランスホールに入ると、ウェンディが出迎えてくれた。先に帰っていたのか、もう制服から普段着に着替えている。

十二歳になったウェンディは綺麗になった。癖のない長い金髪に小さな顔。柔らかい微笑みをいつも絶やさずにいる。華奢なエルフの少女と言っても過言じゃない。最近ますます神々しく輝いているように見えるのは気のせいじゃないと思う。だって、俺の妹だからな。

おまけに性格も優しいので、学校では人気者だ。パーティーとかでも、ウェンディにダンスの申し込みが殺到している。俺と父上の眼鏡に適《かな》う奴しか許さないけれど。

「テオお兄様、テオお兄様、お姉様は聖女様なんですって！　すごいのよ！」

幼女がパタパタと駆けてきてダイビングしてきた。慌てて受け止めて抱き上げる。

末っ子のキャロルだ。今年、五歳になる。

伸ばした金髪は癖っ毛のせいで、クルクル巻いている。けれどちゃんと手入れされているので、綺麗な巻き毛になっていた。カトリーナと同じようなドリルが顔の両脇に搭載されているけれど、ウェンディと違ってよく似合っているので無問題だ。

「もう、キャロル。お兄様にご挨拶もしないで、お行儀が悪いわよ」

ウェンディが笑いながら、妹を窘《たしな》める。

「ウェンディが聖女だなんてすごいね。真っ先に報告してくれたのは嬉しいけど、できたら、挨拶をしてからがよかったな。キャロルはお兄様に挨拶してくれないの？」

おどけて言うと、キャロルはしまったという顔をして、慌てて俺の腕から下りた。

そしてスカートの裾を摘まんで、足を引いてお辞儀をする。

「お帰りなさいませ、テオお兄様。お元気そうで、キャロルは嬉しいです」

「ただいま、キャロル、ウェンディ。ふたりも元気そうでなによりだよ。そしてウェンディ、今年も初等部の聖女役、おめでとう。絶対、選ばれるってわかってた」

「もう、からかわないで。でも、ありがとうございます、お兄様。お兄様も、本祭では六騎神役をされるそうで、おめでとうございます」

「そうなの、テオお兄様⁉　おめでとうございます！　お友達に自慢できることが増えたわ！」

ピョンピョン跳ねて、キャロルが喜ぶ。

でもなぁ。自慢話はよくないぞ。

「キャロルはお友達に自慢できるから、嬉しいの？」

ウェンディが尋ねると、バツが悪そうに口を押さえて黙った。

自分でも、よくないことだと、理解しているようだ。

「あんまり言いふらすのはよくないって、キャロルはわかっているんだよな？　だったら、やめたほうがいいな」

「そうですよ、キャロル。貴女が選ばれたわけではないのですから、自慢なんかしても、みっともないだけですよ」

母上もホールまで迎えに出てきてくれた。もう四十歳を過ぎているのに、若々しい。

母上に注意されたキャロルは「はぁい」と、つまらなそうに返事した。未練タラタラなのはわかるけれど、兄姉のことを自慢してもトラブルになるだけだからな。そのうちわかるだろう。

「キャロル。選ばれたことを喜んでくれたのは、嬉しかったよ。ありがとう」

そう言うと、キャロルはすぐに機嫌を直して嬉しそうに笑った。

「もう、お兄様はキャロルに甘いんだから」

と、ウェンディが苦笑する。

「俺は、ウェンディにも甘いよ？」

「わかっていますわ。お兄様が一番甘いのはミュリエルお義姉様だってことも知っています。でも、それとこれとは別ですからね。いい、キャロル。本当に自慢話はダメよ。せっかくできたお友達をなくしてしまうわ」

再三の注意に、キャロルも理解したのか、おとなしく頷いた。

なので、キャロルの頭を撫でてやる。ついでにウェンディもだ。

嬉しそうにしているふたりを眺めていた母上は、終始ニコニコしていた。

「お帰りなさい、テオドール。本祭の六騎神役、おめでとう。この休暇では英気を養って、本祭に備えてね」

そう言って、母上は俺を抱きしめてくれる。恥ずかしいけれど、やっぱり嬉しい。

「母上、ただいま帰りました。ありがとうございます。お言葉に甘えて、充実した休暇を過ごそうと思います」

「テオお兄様！　私ね、いま、聖女祭前夜用のオーナメントを作っているの！　お母様とお姉様もいっしょなのよ！　テオお兄様もいっしょに作りましょう！」

勢い込んで、キャロルがオーナメント作りに誘ってきた。聖女祭前の連休では、六芒星のオーナメントを作るのが恒例行事となる。

聖女祭前夜は『魔の夜』と言われていて、伝承では、散り散りになっている魔族たちがグローリー山に集まるらしい。なんでもその夜は、魔族の力が強まり、聖女の加護が弱くなるのだそうだ。

かつてグローリー山には魔王の居城があったらしく、そこに魔族たちが集《つど》って、魔王復活の儀式をすると伝えられている。

その魔族の集会に備えて魔除けの効果があるオーナメントを作り、玄関や窓に飾って邪悪なモノが家に入ってこないようにするのだ。

でも、六騎神のひとり、ブラッドもグローリー山の麓の隠れ里でひっそり暮らしていたって話だからな。討伐する側とされる側が近くに住んでいたって、どうなの？

「ねぇテオお兄様、いいでしょう？」

キャロルが上目遣いで頼んでくる。仕方がない。兄様はこの目に弱いんだ。

「じゃあ着替えてくるから、待ってて。そういやチェスターは？」

「兄様、帰ってたんだ。お帰りなさい」

背中から声がかけられた。開いた玄関にチェスターが立っていた。

チェスターは、今年八歳になる。穏やかで優しそうな雰囲気のとおり、家族思いの優しい子だ。

チェスターが後ろで括っていた髪紐を解くと、肩で切り揃えられた、サラサラの金髪が流れる。

父上を真似て、伸ばしているんだそうだ。その姿は、父上によく似ていた。

俺は、長い髪は鬱陶しいと思うんだけどな。まぁ好みは人それぞれだし。

「ただいま、チェスター。ケヴィンもバーニーも。みんな元気そうでなによりだよ」

チェスターの頭を撫でながら、後ろに控えていたふたりにも声をかける。木剣を持っているところを見ると、三人で稽古をしていたようだ。

ケヴィンの息子にしてはおとなしいバーニーだけど、チェスターの従者としての勉強にも励んでいて、頼りになるそうだ。ケヴィンが、自分とは違ってバーニーは頭がいいから、このまま従者として育ってほしいと言っていた。

そのケヴィンは昔から独特な雰囲気を持っていたけど、最近は特に際立っていて、いぶし銀っていうの？　そんな格好いい三十代になっていた。本人には、絶対に言わないけど。

「お帰りなさいませ、テオドール様」

「帰ってらしたんですね、坊ちゃん。どうです、やりますかい？」

バーニーが丁寧にお辞儀をするのに対し、ケヴィンは不敵に笑って、木剣を軽く持ち上げた。

「ケヴィン！　テオお兄様は私とオーナメントを作るのよ！　邪魔しないで！」

キャロルがケヴィンに噛みついた。俺を取られてしまうと思ったらしい。

「悪い、ケヴィン。キャロルが先約だ。オーナメントを作ったあとで付き合ってくれよ。それと、キャロル」

「はい、テオお兄様！」

「ケヴィンは俺の予定を聞いただけだ。キャロルの邪魔をしたわけじゃあない。いま、戻ってきたばかりで、俺とキャロルの約束を知らなかったんだ。わかるよな。先に、キャロルと約束しているんだと、伝えればいい。怒る必要はないんだ」

すぐ感情的になってしまうのは、キャロルの悪い癖だ。あまり怒鳴り散らしていると、みんなに嫌われてしまう。たとえたくないけど、あのアイリーンみたいに。キャロルには、そんなふうになってほしくない。

「……はい」

しおらしく謝るのはいいんだけどな。

「それに、キャロルは淑女だろう？　それとも、淑女の振る舞いをお勉強していないのかな？」

「いいえ、ちゃんとお勉強してます！」

「だったらこういうとき、どうすればいいのかわかるよね」

「……ケヴィン、さっきは大声を出してごめんなさい。さつき、テオお兄様とオーナメントを作る約束をしたのよ。だから、剣のお稽古はあとにしてちょうだい」

　しばらく考えて、キャロルはケヴィンに軽く頭を下げて謝った。よくできました。

「わかりました、キャロルお嬢様。先に約束をされていたのでしたら、仕方がありません。そんなつもりはなかったんですが、邪魔をした形になってしまったのは、申し訳なく思ってます。俺を許してくださいますか？」

「ええ。だって、知らなかったんだものね。私のことも、許してくれる？」

「もちろんですとも。ただまぁ、今度からは優しく言ってくださると、嬉しいですね。キャロルお嬢様がお怒りになる姿は、あんまり見たくないもんで」

　ケヴィンが言うと、キャロルがはにかんだ。褒める意味を込めて、キャロルの頭を、また撫であげる。なんか、猫みたいにスリスリと寄ってきた。

「ほんと、キャロルは兄様の言うことだけはよく聞くんだね。僕には反発しかしないくせに」

　口を尖らせて、チェスターが文句を言った。そうか、それはいかんな。

「チェスターの言うことも聞かなきゃダメだぞ。キャロルのお兄様なんだから」

「だって、チェスターお兄様は、お小言ばかりなんだもの」

「それはキャロルが悪いからだろ」

「はいはい喧嘩はナシ。ちゃんといい子にしてたら、チェスターはお小言は言わないからね。キャロルはもうちょっと頑張ろうか」

「ぶー。はぁい」

「ほら、そうやって不貞腐れる」

「チェスターも。言いすぎたらダメだ。女の子に嫌われるよ」

「……はい」

「じゃあ、俺は着替えてくるから、あとでな。チェスターも一緒にオーナメント作ろう」

そう言って、ふたりの頭を撫でて、俺は部屋に向かう。

ウェンディと母上が笑いながら、チェスターとキャロルのふたりを居間へと促していた。

そして、ケヴィンは当然のように、リチャードとともに俺のあとについてきた。

「坊ちゃんは本当に、チェスター坊ちゃんとキャロルお嬢様の扱いが上手いですね。コツがあれば、教えてほしいもんです」

「普通にすればいいと、思うんだけどな。ふたりとも素直だから、言えば聞くぞ？」

「そりゃ、坊ちゃんだからですよ」

頭を掻きながらケヴィンがぼやく。リチャードは苦笑していた。

ふたりとも、いい子なんだけどな。


「見てみて、テオお兄様！　上手にできたでしょう！」

キャロルが、でき上がったばかりの手作りオーナメントを見せてくれた。木で作られた既製品の板状の六芒星に、ボンドで花やビーズ、スパンコールやリボン、レースをくっつけたものだ。

キャロルらしく、赤やピンクの薔薇を中心に華やかに飾ってある。

俺たちは昼食を挟みながら、オーナメント作りに勤しんでいた。かなりの時間をかけたせいか、みんなのオーナメントは、それぞれ完成度が高かった。

「ほんとだ、上手にできたね」

　華やかなキャロルのオーナメントに対して、俺のはこぢんまりしたものだ。枠組みだけの六芒星にレンゲやシロツメグサ、菜の花なんかの小さい花と、俺が編んだレースを組み合わせて作った。

「テオお兄様のオーナメントは、可愛らしいですわ」

「俺は、これくらいのが好きなんだ」

　そう言うとキャロルは自分のオーナメントを見て、薔薇の花を毟《むし》ろうとした。慌てて止める。

「なにをやってるんだよ。キャロルが頑張って作ったんだろ。台無しにしちゃ、ダメじゃないか」

「でも、でも、テオお兄様は好きじゃないんでしょう？」

「これはこれで可愛いし、好きだよ。キャロルの好きなように作ったんだもの。キャロルらしさが出ていて、これでいいんだよ。俺と同じにする必要はないんだ」

「そうよ、キャロル。キャロルのオーナメントはとても可愛いわ。壊してしまうなんて可哀想よ」

　ウェンディが、キャロルを抱きしめて慰める。

「だって、テオお兄様は……」

「可愛いって、好きだって仰ってくださったでしょう？　お兄様と、同じにする必要もないって。お揃いにしたいなら、もう一個作らない？　私も、お兄様とおんなじオーナメントを作るわ。みんなでお揃いにしましょう？」

「……ええ！　そうね、お姉様。お揃いのをもう一個作ってお部屋に飾るわ」

　ウェンディの提案に、泣きそうになっていたキャロルが笑う。よかった、機嫌が直ったみたいだ。

　ウェンディが作っていたオーナメントは、板状の六芒星に白い花々を中心に赤やピンク、黄色の花々がバランスよく飾られ、リボンもレースも花を引き立てるようにさりげなく飾られていた。

　ウェンディらしさが表れていて、これはこれで綺麗で好きだ。

「ほんと、キャロルは兄様が好きだよね。僕はこれ一個でいいや」

　チェスターが呆れている。まぁ、気持ちはわかる。

　女の子の、なんでもお揃いにしたいという気持ちは、よくわからないからな。

「そういうチェスターは器用だよな。こんな凝ったものを作るなんて」

　枠組みの六芒星に花をあまり付けずに、ビーズやリボンで幾何学模様のように編み込んで、六芒星の中に六芒星を作るという、オーナメントを作っていた。

　ほんと、マジで繊細に作られていてびっくりだ。去年はまだそんなに凝っていなかったのに。

「兄様のレースのほうが凝ってるよ。この前の僕の正装だって、襟カラーや袖に兄様のレースが付けられていたでしょ。いつもより細かかったよね」

「ちょうど新デザインの本を買ったばっかりだったからな。いろいろ試してみたんだ。ちょっと、派手すぎたか？」

「いいよ。なんか女の子たちには好評だったし。……でも、姉様が作ったって思われてるんだよね。兄様が作ったって言っても、みんな信じてくれないんだ」

「そりゃ、そうだろうな。いまだにルークたちには、白い目で見られているし。ウェンディが作っているって思われているほうが、いいんじゃないか？」

「よくありません。私はお兄様ほどの腕はありませんのよ。皆様たちと編み物をするときなんて、いつも変に期待されてしまって、大変なんです」

　ウェンディが口を挟んできた。

「でも、たいしたものは作ってないぞ？　本に編み方が載っているのしか作ってないし。アレンジなんて、俺には無理だしな」

「私はお兄様のように、編み目が綺麗に揃っていませんし、複雑な編み方もまだできません。お兄様は簡単に仰るけど、難しいのよ」

　ウェンディが口を尖らせる。

そうかな？　書いてあるとおりにすればできるんだけど。

首を捻っていると、チェスターがウェンディを慰めた。

「姉様。兄様ってば、わかってないよ。言うだけ無駄だって」

そうして、チェスターはカードを並べて、ひとりで遊びはじめた。

「そうね。ほんと、どうしてすごいことをしているって理解してくれないのか、不思議だわ」

いやいや、俺はフツーだよ？　マジで特技ないし。

「ふふっ、テオドールだもの。仕方がないわ」

母上までそんなことを言う。

「そうよ、テオお兄様はすごいのよ！」

なぜかキャロルが自信満々に胸を張って、言い放った。みんなが一斉に吹き出す。

なんか、納得いかない。


　しばらくしたら、キャロルが船を漕ぎだしたので、母上とウェンディがキャロルをお昼寝に連れていった。俺も、そろそろケヴィンたちと稽古でもするかと立ち上がったとき、チェスターに呼び止められた。

「兄様。兄様って、ミュリエル義姉様と喧嘩でもした？」

「いいや、してないぞ。仲がよすぎて、みんなからウザがられてる」

チェスターを見ると、机の上に並べたカードを真剣に見つめている。広げているカードは、トランプより少し縦長のカードだ。トランプのように数字だけじゃなく、絵が描かれていた。

そして、チェスターの手には塔と雷が描かれたカードがあった。

「仲がいいならいいんだ。ちょっと、嫌なカードが出たから」

「占いか？　父上も母上も嫌いだから、あんまり見えるところでするなよ」

チェスターは占いが好きなようで、カードをよくいじっている。けれど、父上や母上が嫌いだと知ると、あまりふたりの前ではしなくなった。代わりに俺の傍でするようになったけれど。最初は当たることは滅多になかったのだが、最近はかなりの的中率になっていた。

「うん、わかってる。でも、なんだかしなきゃいけない気分だったんだ。ねぇ、兄様。本祭では気をつけてね。よくないことが起こりそうな気がする」

チェスターが真剣に俺を見つめる。瞳の奥に吸い込まれそうな、そんな目だった。

こういうときの占いは、確実に当たる。

「わかった。気をつけるよ。――俺とミュリエルが、喧嘩でもするのか？」

「わからない。けど、突然の別れがくるか……も。痛いよ、兄様」

思わず、チェスターの腕を掴んでいた。慌てて離す。

「悪い。でも、冗談でも言わないでほしい」

「冗談じゃないよ。だから言ってるんだ。ほかにも『月』が出ているから、隠れた敵がいるかもしれない」

チェスターの目は真剣だ。本気で俺の身を案じてくれている。

「わかった。本当に気をつける。悪かったな、腕は大丈夫か？」

「うん、平気。ごめんね、兄様。なんか、言っておかなきゃいけないと、思ったんだ」

バツが悪そうに俯くチェスターを抱きしめて、頭を撫でた。

こんなにも心配してくれているのに、怒って悪かった。

「ありがとな。言ってくれて。ちゃんと気をつけるから。だから心配しなくていいぞ」

「うん」

「じゃあ、さっき稽古したばかりだけど、俺ともう一度、一緒に稽古でもするか？」

「する！　兄様、僕ね、ちゃんと型ができるようになったんだよ。上手だって、ケヴィンが褒めてくれた」

「そりゃすごい。だったら、ぜひ見せてもらわないとな」

嬉しそうにカードを片づけて準備をするチェスターと一緒に、練兵場へと向かった。

……別れと、敵かぁ……。ダメだ、心当たりがまるでない。

できれば、チェスターの占いが外れてくれると嬉しいんだが。

ひとしきり稽古をしたあと、チェスターとシャワーを浴びて汗を流した。

夕食には父上も帰ってきていて、久しぶりにみんなでご飯を食べることができた。

やっぱりみんなで食べるのは楽しくて好きだ。

夕食後に、父上の執務室でいろいろと報告した。

以前、手紙に書いたように、アイリーンのことが中心になる。父上も、たとえアイリーンが本当にあのときの子供だったとしても、追及は難しいだろうと話す。それよりも、プラム男爵領での初等部、中等部の報告と、現在の様子がまったく違うことを気にしていた。

「男爵領の学園では品行方正で通っていたらしいからね。君から聞いた話からは想像もできないよ。どちらかというと、神殿からの報告のほうが君の意見に近いね。——どうも、腑に落ちないな」

「男爵領の学園ですから、男爵令嬢に配慮したんじゃないですか？」

ありえない話じゃない。尋ねると、父上も、その可能性はあると言ってくれた。

「だけど、それだけじゃあ説明できないこともあるんだ。神殿の報告だけが違う意見なんだよ。男爵領からの報告はどれも同じような評価だから、神殿だけが唯一、間違っているように見えてしまうから不思議だよね」

「……なにか、理由があるのでしょうか？」

「あるかもしれないし、ないかもしれない。調べようにも、まだ調査員を派遣したばかりだからね。なんとも言えないよ」

父上は、俺を見据えて言った。

「——ともかく、君のほうでも気をつけてくれるかな？　あまりに馬鹿なことをしすぎて、周囲から危害を加えられるかもしれないしね」

「アレを守れってことですか？」

冗談じゃない。

「そう嫌がらないで。まだ、なにかをしたわけじゃない。ただ、高貴な方々に対する礼儀がなっていないというだけだ。大きな子供だと思って、扱うしかないよ。……プラム男爵夫妻は、本当にどうされたのだろう？　このような失態を許す方々ではなかったはずなのに」

父上と考え込んでも、答えは出ない。

「わかりました。気をつけて見ておきます」

「それでいいと思うよ。悪いね。プラム男爵を差し置いて、こちらで対処はできないんだ。なにかしら学校に損害を与えたり、生徒に危害を加えない限りはね。それ以外は、男爵に躾けてもらうほかないから」

「そっかぁ……。わかりました」

やっぱり、ただ常識がないだけでは、退学処分は難しいようだ。

しばらく今度の聖女祭の話などをして、父上の執務室をあとにした。

部屋に戻ると、真っ白い月が綺麗だったので、窓を開けてテラスへ出てみた。夜風が気持ちいい。

ふと見ると、隣の部屋からウェンディもテラスに出て、月を眺めていた。

ウェンディは俺に気づいていない様子だった。月を見ては溜息をついている。どうしたんだ？

「ウェンディ、どうした？　悩みごとか？」

テラスは隣の部屋と繋がっているので、近づきながら声をかけると、俺に気づいたウェンディが慌てていた。

「お、お兄様。えっと、どうされたんです？」

「いや、聞きたいのはこっちだよ。どうしたんだ？　溜息なんかついて」

「ついていません。お兄様の見間違いじゃなくって」

うお。否定された。あれだけ素直なウェンディなのに。一体、なにがあった。

とりあえず、定番のことでも聞いてみるかな。

「好きな奴でもできたのか？」

すると見る間《ま》にウェンディの顔が赤くなる。そして、そっぽを向かれた。

「できてません」

そっか、できたのか。くそう、どこの誰だ、俺の大事な可愛い妹の心を惑わす奴は！

「とりあえず、潰すか」

「お兄様⁉　なに、物騒なことを考えてるの⁉」

「いや、だって、こんなに可愛いウェンディに想われているのに、お前にそんな顔させるような奴は、潰しておいたほうが後腐れがないかと思って」

うん、そうだよな。ウェンディの可愛さをわからない男は、潰さなければならないだろう。

「どうしてそんなことをお考えになるんですか！　なんでもないの！　本当よ！」

ウェンディが、血相を変えて止めてきた。

いや、半分冗談なんだけど。でも、これだけ否定するのはあやしい。

「本当に？」

「本当です！」

「本当の本当に？　聖女に誓って？」

そう言うと、ウェンディの顔が曇った。

「……お兄様。お兄様は、ミュリエルお義姉様が好きなのよね？」

「ああ。大好きだ」

「……好きって、どんな気持ち？　苦しくなったり、泣きたくなったりしない？」

真剣に尋ねられた。なので、真剣に答える。

「俺の場合は、相思相愛だからな。あまり、そういう気持ちはないけれど。……でも、あのとき、ミュリエルに婚約の申し込みをして、アンバー子爵に断られたときは、堪《こた》えたな」

いやあ、あのときの精神的ダメージはキツかった。あれ？　ということは……。

「ウェンディ。誰にフラれたんだ。俺がお前のよさを、徹底的に教え込んできてやる。さあ、お兄様に言ってごらん。誰なんだ」

「フラれてないわ。だって、お付き合いもしていないんだもの！　もう、お兄様は黙っていて！　なにもしないで！　わ、私が、勝手に好きになっただけなんだから！　あの方には、婚約者様もいらっしゃるんですからね！　変なことはしないで！」

ウェンディが片思いだと叫ぶ。

「誰なんだ？」

「……その方に、なにもしない？」

「ああ、誓う」

「本当に？」

「本当に」

「本当の本当に？　聖女様に誓って？」

「もちろんだ！」

胸を叩いて請け負うと、しばらく逡巡していたウェンディは、意を決した表情をした。

そうして、俺の耳にそっと口を近づけて囁《ささや》く。

「……エリオット殿下」

なんだって⁉　ちょ、待て！　ちょっと待て！　エリオットって、あれだよな？　王太子の⁉

叫びそうになる俺の口を、両手で塞いで、ウェンディが懇願してくる。

「絶対、絶対、言わないで。忘れるようにするから。大丈夫。きっと忘れられる」

そんな悲痛な表情で言わなくても……。いや、わからなくもないけどさ。

横恋慕をしている罪悪感に苛《さいな》まれているようで、ウェンディの肩が震えている。そうだよな。そんな不道徳な人間だなんて、自分でも思いたくないよな。でも、それでも好きになったのか。

「……いつ、好きになったのか、わかるか？」

「去年の聖女祭のとき。聖女役として王宮に上がったときに、『薔薇の迷路』に迷い込んでしまったの。そうしたら、あの方がいたの。とても、とても綺麗な人だと思った」

ウェンディの話によると、そこでは会話らしい会話は、しなかったらしい。ただ、薔薇の蔓《つる》に絡まった髪を丁寧に解いてくれたそうだ。その様子をずっと見つめていたら、

『そこまで見つめられると、穴が開いてしまいそうだ。できれば、やめてほしい』

と、注意されたそうだ。

……いや、待て。どこの誰だ、それは。俺が知っているエリオットじゃねぇ。

そうして、ウェンディが慌てて謝ると、

『いや、君の視線は不快ではなかった。このような心地よい視線もあるのだな』

と、許されたうえ、微笑まれたらしい。その笑顔が、忘れられないんだと。そして、ふたりでカトリーナへ贈る薔薇を探したそうだ。そのときに、ウェンディも薔薇をもらったらしい。

……いやいやいやいや。それ、エリオットじゃねえだろ。いつも俺の前でぶすくれて、周囲でなにが起こっても無関心でいるのがエリオットだ。うん、フレドリックとかと間違えてないか？

「間違えておりません。そのあと、カトリーナ様がエリオット殿下を捜しに来られたのよ。そしてお茶にお呼ばれしてしまったの。それは話したでしょう？」

ああ、そういえば。去年の聖女祭のあとで、エリオットとカトリーナと三人でお茶したって、興奮ぎみに言ってたな。

え？　あのときなの？　そーいや、ふたりに妹が世話になったって挨拶したら、珍しくエリオットが驚いていたっけ。あのご令嬢はお前の妹かと。いや、でも、俺のエリオット像とウェンディのエリオット像が違いすぎて、混乱する。つか、混乱してる。マジか。

「お兄様、ごめんなさい。でも、忘れるから。きっと絶対忘れるわ。お兄様にご迷惑をかけたりしない」

硬い表情で、ウェンディが自分の想いと決別すると口にする。

そうか。好きになったんだったら、仕方がないよな。その気持ちを抑えつけるなんて、なかなかできないもんな。だから。

「忘れなくて、いいと思うぞ」

「お兄様、なにを言ってるの⁉　あの方には、あの方が——カトリーナ様が相応しいのは、お兄様も知っているでしょう⁉」

ウェンディが驚く。だけど、俺はウェンディの心のほうが大事だ。

「ああ、わかっている。ただな、ウェンディが苦しいだろ？　だから、無理に忘れなくていい。行動に移せっていうわけじゃない。誰にも言わなくていいから、その気持ちを大事に持っておいていいんだ。気持ちを言いたくなったら、俺が聞くから」

そう、無理に忘れなくていい。無理やり気持ちを抑え込んだら、反動がキツイぞ。

「そしてな、高等部を卒業するときまで、その気持ちをまだ持ち続けていたのなら、俺に話してほしい」

ウェンディが、怪訝な表情で問いかけてくる。

「そのとき、ウェンディに覚悟があるのなら、側室として迎え入れてもらえないか、父上に相談しよう。俺もあのふたりに頼み込むから」

この国は、一夫多妻が認められている。ウェンディが日陰者になるのは嫌だけれど、好きな人と一緒になれないのも嫌だ。大人になってもまだ好きなら、もうどうしようもない。だったら、現実を見据えて考えたほうがいいだろう。

「せっかく人を好きになったんだ。その気持ちを大事にしないと。……大事にしたいんだろ？」

ウェンディがこくんと頷いた。その頬に涙が一筋流れた。

「好きでいて、いいの？」

「おう、俺が保証する」

　そうしてぎゅっとウェンディを抱きしめてやる。

「フラれたらそのときだ。そのときは思いっきり泣け。そして新しい男を見つけような。エリオットよりも、めちゃくちゃいい男を見つけよう」

「うん……うん……」

　泣いているウェンディの頭をぐりぐりしながら、ずっとずっと慰めていた。

　あいつ、いつか絶対、一発殴る。

（四）とある執事の呟き　その二

　赤く染まった月が昇る。『魔の夜』に相応しい、赤き月だ。

　今宵の宴は、グローリー山の居城でもプラム邸でもなく、セレンディア学園の広場で行われる。広場の中央では、影たちが舞台の準備をしていた。アイリーンが事前に張った結界内部は、心地のいい上質の闇が濃密に充満されている。そのお陰で、影たちは問題なく動けているようだ。聖女の結界の影響は、ほぼない。

「アイリーン様々だな」

　あの愚かな娘の魔力は、日増しに強くなっている。そのうえ、我ら魔族にとって、最上級のものに昇華していた。このまま我らの糧として、せいぜい働くがいい。

「それはそうなんですけどー。ネイトさん、いい加減、子守りから解放してもらえませんかー？

ほんと、ムカついて、殺してしまいそうになるんですけどー？」

　アイリーンの侍女として学園に潜入しているヴィオラが悪態をつく。

「にゃー」

「耐えろ、ですって？　トレヴァー、猫のあんたに言われたくないわ！　あんた、ゴロゴロ甘えているだけでしょうが。仕事くらい、しなさいよ」

「やめろ。デューク様の前だぞ」

　ギロリと睨むと、ヴィオラはおとなしくなった。が、トレヴァーは煽るように笑う。その首根っこを引っ掴んで、放り投げた。難なく着地したトレヴァーだったが、抗議の声を上げた。

「なぁーご」

「宴の前だ。あとにしろ」

「うなぁーご」

　覚えていろよと、トレヴァーが唸るが、それはこちらのセリフだ。

　誰彼構わず煽るのもいい加減にしろ。

「時間だ」

　それまで瞑想されていたデューク様が、目を開けられた。壇上に設《しつら》えた椅子から立ち上がり、儀式の開始を告げられる。

「今宵、王都の——結界の内部で儀式が行えるという僥倖《ぎょうこう》に恵まれた。いつもよりも、盛大に行うとしよう。さあ、宴の始まりだ」

　デューク様の宣言が放たれると、影たちが一斉に沸き上がる。

俺は、壇上の傍の椅子に眠った状態で座らせていたアイリーンの手を取り、広場の中央へと連れていった。寝間着姿のアイリーンは、おとなしく俺の誘導に従う。

そのまま、深く、深く寝ているがいい。目が覚めたときには、お前の言う〝乙女ゲーム〟とやらの世界が広がっているはずだ。望みどおり、自身の力で王子たちを攻略して侍らせるといい。デューク様は、御自らが作られた世界の一角で、ゲームに興じることを許してくださる。それが、デューク様がお前に与える報奨だ。

広場に作った円形の石舞台の上にアイリーンを座らせ、デューク様の元へ戻る。

入れ違いに、トレヴァーが石舞台の周囲に張り巡らせた逆五芒星の魔法陣の縁に前脚を置いて、術を発動させた。闇色の光が魔法陣から放たれて、中央にいるアイリーンと闇の魔力が同調し、共鳴していく。術式が発動したと同時に、闇の薄衣を纏ったヴィオラが、用意していた人形を相手に踊り出した。

まずは、白金の髪をした人形からだ。ヴィオラが人形と踊りながら魔法陣の上をなぞり、中央へと向かっていく。そのなぞった魔法陣から、じわりと影が盛り上がり、動き出した。次々と現れる影たちは、準備をしていた影たちと混じり、また、分かれながら、ヴィオラと同様に踊っていた。

ヴィオラは人形をアイリーンの傍に座らせると、魔法陣をなぞりながら戻ってくる。

次に、黒髪の人形を連れ出し、違う頂点から魔法陣をなぞって中央へ向かう。そして、赤、青、緑と、順にアイリーンの傍へと侍らせた。

最後に金髪だが、これは念入りに行わなければならない。

我ら魔族の計画を台無しにした罪は重いのだ。

アイリーンは公爵令嬢のカトリーナが〝転生者〟だからシナリオが上手くいかないと悔しそうにしていたが、それだけが理由にはならないだろう。

確かに、俺の計画を潰したのは、カトリーナだ。同様に、ターラの計画を潰したのは、テオドールだろう。それ以降も、このふたりは我らの計画をことごとく潰している。

トレヴァーの正体を見破り、罠を仕掛けてきた。六騎神の末裔であるグリーンウェル伯爵の生命力を奪おうとしたが、阻止された挙げ句、逆に封印の力を強めてしまった。そのせいで、王宮の牢にあるトレヴァーの肉体をいまだ取り戻すことができないうえ、トレヴァーの力が一部封じられた。

失敗を踏まえ、まずはデューク様の完全復活のために生命力を奪う魔導具を王都に広めたのだが、これも気づかれた。さらには、再びトレヴァーの力を封じられた。

幸いにも、アイリーンが封印——耳に填められた輪を壊してくれたお陰で、支障はなかったが。

そしてその直後には、それまでに集めた生命力とアイリーンの魔力で、デューク様がようやく動けるようになったというのに、王国中の結界が活性化された。アイリーンが闇の魔力でデューク様を癒やさなければ、また動けるまでにどれだけの時間がかかったか、計り知れない。

後日の調査で、結界の活性化はテオドールの婚約式が原因だとわかった。なぜ婚約式ごときで、そんなことが起こるのか疑問だったが、アイリーンから聞いた〝乙女ゲーム〟の話に、答えがあった。攻略対象者と結ばれた巫女姫は聖女となって、我ら魔族を倒す結末があるのだと。その結末に向かう〝運命《シナリオ》〟が働いているのかもしれない。

怒りが沸々と湧いてくる。我ら魔族は虐げられてきた者ばかりだ。権力に恋人を、家族を、すべてを奪われ、理不尽に抗えず、現実に押し潰されて生き長らえてきた。

我々の恨みが、怒りが、ただの物語のための仕掛けだなどと、信じられるはずがない。倒されるべきただの悪役でしかないと言われて、納得できるものか。

だがしかし、その〝運命《シナリオ》〟どおりに、我々が一方的に追い込まれているのは確かだ。カトリーナが望んでいる結末――魔王様が聖女に倒され、平穏が訪れるという、結末へと向かっているのも、間違いないだろう。

だが、その〝乙女ゲーム〟には〝バッドエンド〟というものも、存在するらしい。その結末は、聖女や巫女姫が六騎神の愛情を得られなければ、我ら魔族たちの世が来る、というものだった。

ならば。抗えないというのなら、その〝運命《シナリオ》〟の流れに沿って、最悪の結果へと導いてやろう。

そのためにも、聖女や巫女姫と、六騎神との絆をズタズタに断ち切ってやる。

特に、テオドールには念入りにしてやる。お前が築き上げたその絆を、すべて断ち切ってくれる。

そして〝乙女ゲーム〟にすら、参加できないようにしてやろう。

ヴィオラは、金髪の人形と踊りもせず、無造作に引きずって、魔法陣をなぞっていく。影たちも、人形の上に乗ったり、飛び跳ねたりと、楽しそうだ。石舞台の中央に辿り着くと、ヴィオラはまず、金髪人形の首を刎《は》ねた。そして、左胸の部分をくり抜いてから、人形を黒い炎で燃やす。

お前は存在ごと、消滅してしまえ。

デューク様は満足げに、儀式を眺められている。

俺と――トレヴァーや、ヴィオラ、影たちと同じ思いでおられるようだ。

炎を中心に、黒い影たちが踊る。

宴はまだ、始まったばかりだ。

（五）夢と現《うつつ》は紙一重

そこは、なにもない場所だった。

周囲は暗く、なにも見えないのに、なにかが周囲で蠢《うごめ》いているのを感じた。そいつが動くたびに、プツリ、プツリと音がする。なんの音だ？

ふと腕を見ると、色とりどりの糸が結ばれていた。その糸は見えないなにかと繋がっているようで、ピンと張っていた。けれど、音がするたびに、張っていた糸が落ちていく。

慌てて、へたれた糸を手繰り寄せると、先が切れていた。

白も、赤も、青も、緑も、黒もだ。そして、紫とピンクも、数本あった金の糸だって切れていた。色とりどりの糸が次々と切られていく。

最後に残った、小指に結ばれた金の糸まで切られるのは嫌なので、金の糸を手繰って進んだ。

蠢く影は数が多くなり、俺の糸を切ろうと寄ってくる。そいつらを躱して糸の先を目指すが、なかなか辿り着けなかった。

《……——！》

延々と走っていくと、金色の光が見えた。思わず手を伸ばした。掴んだ、と思ったら、その向こうで糸が切れた。

影たちが嗤《わら》う。蔑んだように、嗤う。

《——メ……！》

焦燥と不安に、襲われる。じわじわと黒い染みのように、心に広がっていく。悔しくて悲しくて、喚きたくて泣きそうになる。なにかを失ったようで、でもそれがなんなのかはわからない。

影たちは俺を取り囲んで踊り狂い、そしてひとつに合体して、大きな黒い獣になった。

見上げるくらいでかかったので、思わず後退る。

黒い獣が俺を呑み込もうと、口を開けた。俺なんて一飲みにできそうなくらい、大きな口だ。

逃げようとしても、なぜか金縛りにあったように動けない。

くそ、なんだよ、これ！

獣の口が迫るのを見ていることしかできなかった。

《ダ……メ!!》

そのとき、黒の声が聞こえたと思ったら、突然、目の前に小さな女の子が現れて、俺を庇うように獣の前に立ち塞がった。そして、両手を突き出して、黒い雷で牽制すると、黒い獣が弾け飛んだ。

なんだ!?　なにが起こった!?

《こっ……ち》

黒髪の少女に手を引かれ、走る。

黒い獣の咆哮が聞こえるが、振り切るように一心不乱に走った。

しばらくしたら、白い髪の少年と、金髪のおっさんのふたりが、光の扉を開けて待っていた。

《飛び込め！》

えっと、おっさんの声は黄色？　……ってことは、白い髪の少年《こっち》は白か？

どうなってるんだ？

《さっさとしろ、このノロマ！　くそっ、『魔の夜』は苦手だってのに！》

《早く早く、見つかっちゃうよ！》
《急……ぐ！》
　三人に急かされて、俺は光の扉へと飛び込んだ。

　そこは、穏やかな夜の世界だった。白い月が綺麗で、星々も見える。

　……地面はないけれど。うん。浮いてるぜ、こんちくしょう。

　一体、なにがどうなっているんだ⁉　誰か、説明してください、お願いします。

　でも、誰からも返事はない。黄色や白、もちろん黒もいない。

「おーい、白？　黄色ー！　黒やーい」

　三人を呼んでみても、誰も出てこない。いくつか星が流れただけだ。

　まったく、なんだよ。なにがどうなってんだ？

　ふと手元を見ると、金糸を握りしめていた。俺の腕にあったのと同じような金の糸だ。あのとき、最後に掴んだ糸のようだ。

　寂しいので、これだけでも結んでおくか。掴んだ金糸と、俺の小指にあった金糸を、結ぶ。

『――あんたさ、なんでいっつも縦結びになるのよ。それは解けやすいから、やめろって言っているでしょ』

　姉貴の幻聴が聞こえた。

『――ちゃんとしっかり結んでおきたいなら、固結びにしときな。男結びってのもあるけど』

　姉貴に教わったとおり、男結びってのをしてみた。名前で決めた。ほら、姉貴に言われたら難しいほうをしてみせないとな。ムカつくし。うん、しっかり結べたと思う。

……この糸の先は、なにもないけれど。ぶら下げているのもなんなので、小指に絡めておく。

腕から伸びているこの糸は、どうしようか。

ここにひとりでいるのも退屈なので、残った糸でレースを編むことにした。ほら、迷子のときは動かないで救助を待つのが基本だし。その間、退屈しのぎにレースを編んでも構わないだろう。

ポケットからかぎ針を取り出して、考える。

なにを作ろうか。

うん。黒に蝶の髪飾りでも、作ってやろう。ストレートの黒髪に似合いそうだ。あとは白には襟カラー、黄色には袖だな。赤と青、緑たちの姿は見ていないけど、存在は感じていた。こいつらにもリボンを作るか。

お礼と言えるものじゃないけれど、せっかく人型の姿を見たんだし、似合うものを作ってやろう。

……それにしても、あいつらって、人の姿にまでなれるんだな。びっくりした。

あいつら、なんでもありになってきたなぁ……。喋れるし、人の姿にはなれるし。もしかして、本当に精霊だったりしてな。こっちの世界では、精霊なんて聞いたことがないから、いないと思っていたんだけど。解明されていない謎はやっぱりあるんだろうな。

そうなると、これはやっぱり、父上に報告しないといけないだろう。信じてもらえるかな？

ともかく、レースを編みながら、助けを待ってみよう。

紫をベースに、金のアクセントを付けた蝶と、白と金の襟カラー。黒と金を合わせたレース袖に、赤青緑のリボンを作る。ピンクの糸は……仕方がない、花にしてやろう。蝶と組み合わせたら、いい感じの髪飾りになった。

そうだ、ミュリエルのぶんも作ろう。確か、この前買った本に、イヤリングの作り方が載っていたから、それを作ろう。いつものとおり、リボンもいくつか作る。

それでもまだ糸があまったので、全部を組み合わせて、長い長いリボンにした。

ひたすら編んで、編みまくっていた。

そうして、糸を全部レースにしてたから、かなりの時間が経ったのに、なにも変化がなかった。

誰も来ないし、なにも起きない。

黒たちはどうしたんだろう？

ひょっとして、逃げられなかったのだろうか？

——ダメだ、考えるな。無事だと信じろ。黄色たちは用意周到だったじゃないか。大丈夫だ。

よし。こっちはこっちで、自分でなんとかしよう。

「黒たち……みんな、無事でいろよ」

星が流れる宇宙空間を、歩く。

合流できるように、祈りながら。

しばらく歩くと、宇宙空間からどこかの庭園に出た。

薔薇の花が咲き乱れている壁が、周囲に張り巡らされていた。

間違いない、『薔薇の迷路』だ。

あれ？　ここって、王宮だったのか？

慌てて周囲を見回すけれど、なぜか出口が見えない。おかしいな。ここは、そんなに複雑な迷路じゃないんだけど。夜だからって、見落とすわけないのに。

通路を抜けて、角を曲がり、中央広場に出ようとして、足を止めた。

噴水の傍で、黒ずくめの青年と白いドレスを着た女性が言い争っていたからだ。

うぉう、修羅場か。嫌な場面に出くわしたな。

帰り道を聞きたかったけど、聞けそうな雰囲気じゃない。ちょっと隠れて様子を見よう。

黒ずくめの青年は、特徴的な赤い目をしていた。掻き上げられた紺色の髪からチラリと見えた耳の先は尖っていた。

……この世界、エルフっていたっけ？　聞いたことないんだけど。

その青年は高圧的な態度で女性を罵っているようだった。

女性は物怖じせずに、毅然《きぜん》とした態度で青年を見据えていた。そして、真摯に言葉を重ねているように見える。

だけど、さっきから声が聞こえないんだよな。なにを言っているのか、さっぱりわからない。

そうこうしているうちに、青年は舌打ちをして迷路の奥へと消えていった。

あとに残った女性は、顔を覆っている。泣いているのだろうか？

……ええと、この状況で道を尋ねるのは失礼じゃね？

どうしよう。やっぱり、ひとりで頑張るか。

「――誰？」

しまった、気づかれた。……あれ？　悪役のセリフ？

まぁいいや。声が聞こえたってことは、話が通じるかもしれない。

「ええと、こんばんは。俺——私はテオドール・ゴルドバーグと申します。少し迷ってしまって、ここから出られないのです。よろしければ、出口を教えていただけないでしょうか？」

「——出られない？」

女性が首を傾げて、俺の後ろを指し示す。振り返ると、『薔薇の迷路』が開けて道ができていた。

「申し訳ありません。私の勘違いだったようです。失礼致しました」

「——待って。糸が切れているわ」

帰ろうとしたら、女性に呼び止められた。

「糸？」

さっき、黒い獣に切られた糸のことだろうか？

「これのことですか？」

レース編みにした髪飾りやリボン、襟カラー、レース袖を見せてみた。

あれ？　絶句してる？　……なんだろう、悩みはじめた。

うーん、おまけに作ったリボンをあげておこうか。俺は、魔力たちとミュリエルのものさえあれば、それでいいし。

「道を教えてくださったお礼に、このようなものでよければ差し上げます」

あまった糸で作った、色がたくさん交じったリボンをあげる。

女性は目を丸くしてリボンを受け取った。

その姿が、なぜかエリオットと重なって見えた。この女性、エリオットの親戚かなにかだろうか。

フレドリックともよく似ている。でも、王家に二十歳ぐらいの女性って、いなかったんだけどな。
「それでは失礼致します」
　首を傾げながら、軽く会釈したとき、
《よかった、見つけた！》
《よか……った》
　白と黒の少年少女が、突然、空間から現れた。
「白、黒！　どこに行っていたんだよ！」
　ホッとしたと同時に、ちょっと文句を言ってしまう。
《こっちのセリフだもん。いっぱいいっぱい、捜したんだからね！　きいちゃんも、捜してくれてるんだよ。疲れたから寝たいって、文句を言ってたけど。あかちんと、あおちんと、みどりんは力をいっぱい使ったから、熟睡してるし、シロも眠いんだよ！　くーちゃんが気づいたから、よかったけど、シロたちみんな、『魔の夜』は本当に弱いんだから、手間をかけさせないで！》
《さが……した》
　だけど、白にめっちゃ怒られた。黒は、ホッとした様子だった。
「ごめんな、心配かけて。迎えに来てくれて、ありがとう。それに、あの獣から助けてくれて、本当に嬉しかった。本当にありがとうな。これはお礼だ。みんなにも渡してくれ」
　作ったレース作品を渡す。ふたりとも、女性とおんなじように目を丸くして受け取った。
《なにやってんの、これ、大事な……》
《馬鹿野郎！　もう陽が昇るぞ！　とっとと帰れ！》

急におっさん姿の黄色が現れて、首根っこを引っ掴まれたかと思うと、投げ飛ばされた。

その先には金色の扉が開いていて、そこへと放り込まれる。

「ちょっ、黄色！　手荒すぎるだろうが！」

慌てて飛び起きたら、そこはベッドの上だった。

カーテンの隙間からは、朝日が差し込んで、小鳥の囀りが聞こえる。

枕元には、土人形のヒヨコとミュリエルとお揃いのペンダント。そして、婚約式でもらったブローチがあった。

あれ？　夢だったのか？

第二章

（一）変化は突然に

寝覚めが悪い。

いやもう、ほんと、なんだったんだ、あの夢は。

ふと窓を見ると、飾っていたオーナメントが落ちていた。しかも、花が茶色く枯れている。

……正夢？

まさかな。不吉なことを考えるのはやめよう。

今日は聖女祭本祭なんだから、気合い入れないと。よし、頑張ろう。

とりあえず、ベッドから抜け出して、着替えようとしたんだけど……着替えがない。あれ？

そういや、リチャードの奴も起こしに来ないな。いつもならすでに俺の世話をしに来てくれているんだけど。今日は本祭だから、気合いを入れていたはずなのに。

とりあえず、衣装室から適当に選んだ普段着を着て、部屋を出てリチャードを捜した。どこになにがあるのか、聞かないとさっぱりわからない。

廊下を歩いていると、リチャードが歩いているのが見えたので駆け寄った。

「おはよう、リチャード。捜したぞ。あのさ、今日は本祭だろ？　いまから着替えていなくて、大丈夫なのか？　予定はどうなっている？」

尋ねると、怪訝な顔をされた。どうしたんだ？

「あの……どちら様でしょう？　と言いますか、どうしてこのお屋敷に入り込んだのです？」

戸惑っていたリチャードは、なぜか剣呑《けんのん》な雰囲気を醸し出す。

「いやいやいや、冗談はやめろよ。俺はテオドールだよ？　この前、学園寮から一緒に戻ってきただろう？　入り込んだって、侵入者みたいに言うなよ」

リチャードはしばらく胡散臭そうに俺を見ていたが、急にハッとなにかに気づいた様子で、いきなり謝った。

「も、申し訳ありません。テオドール様！　いますぐ、お支度を用意して参ります！」

そして「どうして忘れていたんだろう？」と、首を傾げながら、廊下を走っていく。

勘違いをしていたのかな。そうだったらいいけど。

夢見が悪かったせいか、なんか、不安になってくる。ああもう、考えるのはよそう。

リチャードに用意してもらった服に着替えて、食堂へ向かう。

王都の屋敷は領都の屋敷よりも狭いので、食事はいつも、家族みんな揃って食べるのが常だ。

貴族の家ではそれぞれ別に食べるらしいのだけれど、幼い頃に俺が駄々を捏《こ》ねて、みんな揃って食事をするように頼んだのだ。そうしたら、父上たちも習慣になったようだ。

みんな、待ちくたびれているかもしれない。急がないと。

けれど、みんな待ってはいなかった。

食堂に入ったら、なぜか全員に怪訝な表情をされたのだ。

いつものように父上も母上も微笑んでくれないし、ウェンディは声をかけてくれない。チェスターとキャロルは俺にまとわりついてくれるのに、あからさまに警戒している。さらには、給仕をしているメイドさんたちにまで、訝しがられた。そして、俺の席には皿すら用意されていなかった。

……いやいやいやいやいや。

ちょっと待て。なんだよ、これは。なにが起こってる。

「父上、母上、おはようございます。ウェンディもチェスターも、キャロルもおはよう」

なるべく、平常心を保ちながら挨拶してみる。

これで返事がなかったら泣くぞ。マジで。

「……あ、ああ、テオドール、おはよう。おかしいな。疲れているのかな？　ごめんね、ちょっと……思い出せなかったんだ」

「そ、そうよね。テオドールよね。おはよう。私ったら、どうしたのかしら？」

首を捻りながら、父上と母上が返事をしてくれる。

思い出せなかったって、一体、なにがあったんだよ。

「テオドールお兄様、おはようございます。ごめんなさい、一瞬、誰かわからなかったの。ちょっと、寝るのが遅かったせいかもしれないわ」

ウェンディ。フォローがフォローになってないよ。お兄ちゃん、マジ泣きそう。

「兄様、ごめんね。おはよう」

「おはようございます、テオお兄様。ごめんなさい」

チェスターとキャロルが慌てて俺の傍に来て、ハグしてくれた。

うん、嬉しいけど、泣きたくなる。

メイドさんたちが視界の端で、慌てて俺の食事を用意しているのが見える。

チェスターとキャロルに手を引かれて食卓に着いたけど、今朝のご飯は味がしなかった。


食事を終えたあと、一度、部屋に戻って、魔力たちにどうなっているのか尋ねてみた。でも、返事がない。ヒヨコも動かないし、ペンダントもブローチも、いつもの輝きがない。眠いって言ってたから、寝ているのか？

ちょっと、説明ぐらいしてほしい。でも、夢の中で無理をさせたみたいだから、無理やり起こすこともできない。

ああもう、なんだってんだよ！

とりあえず、ペンダントを首にかけて服の下に隠した。ブローチも。ヒヨコはいつものようにポケットの中だ。

これであいつらが起きたときすぐに、なにが起こっているのか、教えてもらえるだろう。


そうして、出かけようとしたとき、チェスターが俺の袖を摘まんで呼び止めた。手には、カードを持っている。骸骨の騎士が白馬に乗っている絵だった。不安げに瞳が揺れている。

「兄様、本当に気をつけてね。嫌なカードなんだ。溝が深まって、停滞するから。我慢して耐えないといけないみたい。あと……『縁《えん》と月日は巡り合う』だって」

「なんだって？　どういう意味だ？」

「わかんない。ごめんなさい。僕、まだ、そこまでお勉強していないから……。ただね、心にその言葉が浮かんできたんだ。兄様に言っておかなきゃって、思った」

チェスターがすまなそうに、俯いた。

でも。こういうときのチェスターの言葉はありがたい。意味がわからなくても、たぶん、絶対、深い意味があるはずだ。

「そうか。あとで調べておくよ。ありがとな」

チェスターの頭を乱暴に撫でて、抱きしめた。うん、本当にありがとう。

「あーっ、チェスターお兄様ばかりズルイ！　私も撫でてほしい。いいでしょ、テオお兄様！」

「ああ、キャロルもありがとう」

抱っこして、ぎゅってする。うん、可愛い。キャロルは嬉しそうに、頬ずりしてくれる。

「さ、ウェンディも抱っこしてあげよう」

キャロルを下ろして、ウェンディに向かって手を広げる。

「もう、お兄様ってば。私は子供じゃないわ」

そう言いながらも、ハグはさせてくれた。抱っこはダメだったけど。うん、いい子だ。

「本祭、頑張ってね、お兄様」

「ああ、頑張ってくるから。ウェンディも、初等部代表として王宮に上がるんだろう。頑張れよ。本祭後のパーティーで、また会おう」

そして、耳元で囁いた。

「エリオット殿下に、正式に紹介してやるから。楽しみにしておくといいよ」

「……ありがとう、お兄様」

小声でお礼を言うウェンディの背中を軽く叩いて、母上ともハグした。

「じゃあ、母上、行ってきます」

「頑張ってね。練習したとおりにすれば、大丈夫だから」

「はい。頑張ってきます」

見送ってくれる母上たちに手を振りながら、父上と馬車に乗り込む。そのときも、御者や警備兵のみんなは、俺を不思議そうに見ていた。ケヴィンですらだ。くそう。

「おはようございます、坊ちゃん。……いけませんね、俺もヤキが回ったようだ。坊ちゃんの顔を忘れるなんて。――考えたくないですが、歳かな」

「まだ、そんな歳じゃないだろ。気にするな」

頭を振るケヴィンに笑顔で答えたけど、内心は不安でいっぱいだ。

ケヴィンにすら忘れられそうになるなんて、本当になにが起こっているんだ。

大神殿へ向かう馬車の中、悩み続けた。

どうする？　どうすればいい？

今日は本祭があるから、この務めを果たさないといけないだろう。けれど、そのあとは？　本格的にみんなに忘れられたら、俺はどうすればいい？　考えても考えても、答えは出ない。

「どうしたんだい、テオドール。練習はちゃんとしていたんだろう？　大丈夫。手順どおりに動けばいいだけだよ。私のときはそうだったから」

父上が心配してくれるのが、こんなにも嬉しい。本祭のことで悩んでいると、思われたけど。

「――父上、魔力たちが人の姿になりました。俺の夢の中で、ですけど」

思い切って、夢の中での出来事を全部話した。でもさすがに、みんなに忘れられそうなのが怖いとは、言えなかった。本人を目の前にして、説明するのは難しい。

「……悪夢を、見たのか。オーナメントの守りも、効果がなかったなんて……。魔族の仕業なのだろうか。まさか、テオドールに狙いを定めているのか？　ということは、テオドールが一番六騎神に近いことを、魔族側は知っているのか……？」

魔族だって⁉

そっか、魔族か。魔族が原因なら、この不可解なことも説明がつく。というか、俺が納得できる。魔族ってだけで呪いとかかけられそうだって思うもん。たとえ、原理や法則なんかなくってもだ。それに、チェスターの占い。隠れた敵とは魔族のことだろう。

しばらく考え込んでいた父上だったが、心配するなと微笑んで、俺の頭を撫でてくれる。

「大丈夫。たとえ魔族の策略であったとしても、私が守るよ」

ああ、ありがたいな。でも、これは俺が売られた喧嘩だ。父上だけに任せておくなんて、できるわけがない。

「ありがとうございます、父上。でも、俺はもう守られるだけの子供じゃありません。俺がなんとかします」

どうすればいいのかは、まだわからないけど。

まずはこの本祭を頑張ろう。結界を強化できるように、全力を尽くす。

そうして大神殿に着いたのだが、会う人会う人全員に、怪訝な表情をされては思い出してもらうという、心が折れそうなことを繰り返した。

うん、マジでヘコみそう。

控え室に着いた途端、エリオットたちにも、『誰、こいつ』みたいな顔をされた。聖女であるカトリーナにまで首を傾げられたのは、キツかった。

まだミュリエルが来ていなかったのには、ホッとしたけど。

しばらく待っていると、ミュリエルが少し遅れて控え室へと入ってきた。

そして俺を見た。ドキドキする。

「おはようございます、テオドール様！　今日はよろしくお願いします！」

ミュリエルは、一番の笑顔を見せて、元気よく挨拶してくれた。

思わず抱きしめる。

「て、テオドール様⁉　どうされたのです？　あの、皆様が見ていらっしゃいますので……」

「うん、わかってる。でもしばらくこうしていたい。ごめん」

涙声になっているのが、自分でもわかる。

ミュリエルは怪訝そうにしていたが、なにも聞かずに俺の背中にそっと手を回して、あやすように優しく撫でてくれた。

本当に本当にありがとう。

ミュリエルの左手首に巻かれたレースのブレスレットが自己主張するように、輝いていた。

はは、わかってる。ありがとな、白。感謝してる。


大神殿では厳かな音楽が流れていた。

その音楽に合わせて、神官たちの歌が大神殿に響き渡っている。

聖女が神託を受けて旅立った内容を、最初は厳かに、そしてだんだんと明るく、爽やかな希望に満ちあふれた感じで合唱していた。春の祭典に相応しい曲調だ。

この歌が終わると、俺たちの出番になる。

「はぁ～……緊張します」

薄い黄色の巫女姫用ドレスを身に纏ったミュリエルが、大神殿の様子を覗き込みながら呟いた。

大神殿は多くの参拝者であふれていて、開け放った正面扉を抜けて広場の向こうにある正門まで、群衆がひしめいているのが見えた。こんなにも多くの人々が本殿に詰めかけるなんて、思ってもみなかった。去年よりもはるかに多い。

理由はわかっている。カトリーナが聖女だという噂が、流れたせいだ。

いや、本当に聖女なんだけど、いちおう、まだ神託を受けていないから秘密のはずだった。

けれど、人の口に戸は立てられないもので、いつのまにか広まってしまっていたのだ。そのカトリーナが今年、聖女役を務めるとなったため、一目見ようと、多くの人が集まったんだろう。

見てみたいって気持ちはわかるけどな、こんなにも多いと、こっちは緊張しまくりだ。でも。

「大丈夫だよ、ミュリエル。練習もたくさんしたんだ、絶対大丈夫。それに、俺が傍にいるから」

ミュリエルの手を握って笑いかける。

そう、俺がいるんだから緊張しなくったっていい。

「ええ、そうですね。テオドール様がいてくださいますもの。大丈夫に決まっていますわ」

ミュリエルは、ぎゅっと手を握り返して微笑んでくれた。

うん、可愛い。

「馬鹿なことしてないで、準備しなよ。そろそろだよ」

シミオンが注意してきた。せっかくミュリエルを愛でていたのに。

名残惜しいけど、ミュリエルの手を離して、花籠を渡す。

「頑張って」

「はい。テオドール様も」

みんな呆れていたけど、いつものことだと流している。さっきまで俺のことを忘れていたなんて、嘘みたいだ。よかった。忘れられることは、どうにか回避したようだった。


合唱が終わり、涼やかなハンドベルの音が連続で鳴り響く。そして、一斉に高く一音を鳴らしてその余韻が消えかかる頃、フルートの曲が始まった。

出番だ。

巫女姫役のミュリエルたちが花籠から花びらを撒いて、通路を進む。

赤、黄、白、ピンクなどの色とりどりの花びらに彩られた通路を、真っ白なドレスに身を包んだカトリーナが歩いていく。

伝説では巫女姫は聖女を導き、創造神の元へと誘《いざな》った。それを再現しているのだ。

聖女像の祭壇の前では、創造神役の教皇と大地母神役の女性司教が待ち構えていた。どちらもかなりお年を召していて、貫禄がある。さすが、重要な役割を担う人たちだ。

次に、聖女役のカトリーナの後ろを、俺たち六騎神が付き従っていく。手には、それぞれの聖女の装飾品を掲げてだ。俺はティアラを掲げ、最後尾を歩いていった。

そうして祭壇から、それぞれ対応する神像の前に移動する。俺は騎神ゴルディアス像の前だ。

全員が定位置に着くのを確認すると、教皇が両手を上げて神託を述べる。

「心清らかなる乙女よ、あらゆる人々に惜しみなく情を注ぎ、人々の心の移ろいを許し、真に安らげる休息を与え、激しい情熱で人々の心を震わせ、豊かな心を育み、再び立ち上がる活力を与える乙女よ。聖女となりし、邪悪なものを祓《はら》い清めるがいい」

「はい。畏まりました」

創造神役の教皇が神託を授け、聖女役のカトリーナが受諾した。教皇のこのセリフは、六属性を意味しているらしい。

そして聖女が神託を受けたあと、俺たち六騎神が大地母神の命を受けて聖女を助けに行くのだ。

「選ばれし六騎神よ、我が祝福を彼《か》の聖女へ届けたまえ」

大地母神役の司教がセリフを言ってから、まずはシミオンが耳飾り《イヤリング》を掲げたまま、大地母神の前に移動して跪《ひざまず》く。そうして、大地母神役の司教が耳飾りに祝福を与えた。

それを聖女役のカトリーナの耳に装着するんだけど、シミオンの奴は手慣れた感じでさらりと着けて、騎神コシャル像の前に戻った。うん。デキる男だよな、お前は。なんか腹立つ。

次にルークが祝福を受けた聖杖《ワンド》を聖女に持たせ、レックスが首飾り《ネックレス》を着ける。少し手間取ったが、問題なかった。そして、ヴィンスが腕輪《ブレスレット》を着け、俺が頭飾り《ティアラ》をカトリーナの頭に載せた。

最後に、エリオットが指輪《リング》をカトリーナの左手薬指に填めて、完成だ。

「我らの聖女に、心からの忠誠と愛情を捧げ、助力することを約束する」

「「「「約束する」」」」

六騎神エリオットの言葉に追従して、俺たちも最後の言葉を復唱する。

巫女姫役のミュリエルたちもだ。

ちなみに、聖女の装飾品に刻まれていた文言じゃないのは、この前——九年前まで古代語が解明されていなかったからだ。古代語がわかっても、伝統的なセリフのほうがいいと判断されたらしい。

下手に変更すると、違うと騒ぐ人たちが出てくるからだそうだ。

そんなことを考えている間に、儀式は進んでいる。

「大変頼もしく思います。私の全身全霊をもって、邪悪を祓うことを誓います」

聖杖を掲げ、聖女カトリーナが宣誓した。

そのときだった。

どんっ、と地面が揺れたかと思うと、開け放たれた正面扉の向こう、ずっとずっと遠くの山で、黒い稲光が走るのが見えた。

神殿内も外も、騒然となっている。

「南の方角に黒い稲妻が……！」

「南西にも南東にも見えたぞ……！」

「北東にもよ！」

「北西も落ちたぞ！　どうなっているんだ！」

青ざめるカトリーナ。唇を噛み締めて、震えている。

でもすぐ、真っ白い光の柱が黒い稲妻をかき消すように、地上から天空へと立ち上った。

「見ろ、白い柱だ！」

「黒い稲妻が消えたぞ！」

ざわつく人々から聞こえてきた内容では、ちゃんと六本、白い柱が見えたらしい。

よかった、結界がきちんと機能したみたいだ。

「静粛に！　聖女のお力で結界が強化され、邪悪なものは祓われたのだ。恐れることはない。よいか、恐れることはなにもないのだ！」

教皇が声高に力説している。騒然とするこの場を収めるために、声を張り上げている。

教皇や神官たちの尽力があってか、瞬く間に人々が落ち着き、次に興奮冷めやらぬ様子で、聖女カトリーナの偉業を称えはじめた。

「聖女様！　邪悪を祓う聖女様！　本物だ！」

「聖女様、万歳！」

けれどカトリーナの顔は蒼白だった。人々が喜んでいるにもかかわらず、顔が強張っている。それでも気丈に笑みを湛えて、人々に手を振っていた。そんなカトリーナを支えるように、エリオットが傍に駆け寄って、カトリーナの肩を抱いてやっている。

気が利くようになったじゃないか。

カトリーナも最初は驚いた表情だったけど、嬉しそうに笑った。

うん、俺も支えてやろう。予定にないことは不安で仕方がないもんな。みんなもそう感じたのか、ルークたちやミュリエルたちもカトリーナの傍に集まって、一緒になって手を振った。

それでますます、人々は興奮してしまったのだけれど。

そのあと儀式に則って退出し、パレードのための馬に跨《また》がった。俺たち六騎神は馬に、カトリーナと巫女姫はそれぞれの馬車に乗って、王宮へ向かう。パレードの間中も人々は熱狂していて、聖女カトリーナを称えていた。

カトリーナは少しつらそうだったけどな。

やっぱり、あまりにも熱狂されたら、逆にドン引きしてしまうのかもしれない。

でも、本物の聖女なんだから胸張っていいと思うぞ。

パレードの最後は王宮だ。城門前の広場では多くの人々が手を振っている。

それに手を振って応えながら、城門をくぐり抜けると、正面のバルコニーに国王陛下と王妃様が並んで待っていた。

俺たちは馬から下りて、両陛下に対し、ボウ・アンド・スクレープで挨拶をした。女性陣もまた馬車から降りてカーテシーで挨拶をする。

そして聖女であるカトリーナが広場の中央を進み、バルコニーへと続く階段を上る。俺たち六騎神も、あとに続いた。ミュリエルたち巫女姫は階段下で、祈るように両手を組んでいる。

バルコニーに上がったカトリーナは、両陛下にもう一度挨拶をして跪いた。

俺たちもそれに倣う。

国王陛下は用意されていた花冠《はなかんむり》を手に取り、カトリーナの頭に載せた。

「救国の聖女に感謝を」

それにカトリーナはカーテシーで応え、城門のほう、門の向こうにひしめいている民衆に向かって、両手を広げた。

「善良なる王国の民に、神々の祝福があらんことを」

カトリーナの言葉が響くと、城門の上から花びらが降った。

城門の上では、学園で選ばれた聖女と六騎神、巫女姫たちが、集まった人々に花びらの雨を降らせているのだ。もちろん、ウェンディもいる。一生懸命、花びらを撒いているのが見えた。

そうして、人々が花びらに気を取られている間に、城門がゆっくりと閉まっていく。

完全に閉まる頃には、花吹雪も終わっていて、本祭が終了となる。

なにか起こるんじゃないかと心配していたけれど、無事に終わってよかった。

本祭のほうはこれで終わりだが、王宮ではこれからパーティーが行われる。ぶっちゃけ二次会だ。

パレードがお昼前から始まって、昼過ぎに終わったので、少し遅い昼食を兼ねて夕方まで行われるのだ。

ぞろぞろと、みんなと一緒にパーティー会場へ向かう。緊張から解放されたせいか、みんなダラダラと歩いていた。

「はぁ～、緊張しました」

ミュリエルが少し興奮した状態で、傍に来てくれた。

無事に成功したので、ホッとした様子も見せている。

「大丈夫。ちゃんとできていたよ。無事に終わってなによりだ」

そう言って、ミュリエルと手を繋ぐ。嬉しそうに笑ってくれるミュリエル。抱きしめたい衝動をぐっと堪《こら》えて、繋いだ手を強く握った。

その左手首に巻かれたブレスレットから、なにか黒い煙みたいなものが一筋見えた。

もう一度見てみると、レースが黒く変色していた。

おい、白、大丈夫か？

尋ねてみても、返事がない。寝ているのか？

「も、申し訳ありません、テオドール様。どこかで汚してしまったようです」

ミュリエルが慌てて謝った。けれど、これは汚れじゃないような気がする。

なんだろう。ちょっと心がざわつく。

「いや、いいんだ。汚れてしまうのは仕方がないよ。だから毎年新しい糸で編んでいるんだしね。今年は替えてからまだそんなに経ってないけど、また新しく作るよ」

「本当に、毎回ありがとうございます」

「すぐに作れるからね。なんなら、いますぐでもいいよ？」

「それはダメですわ。これからお食事会ですもの。あとでお願いしますね」

「わかった。あとでね」

そうしてパーティー会場へと向かうと、テーブルの上には立食用の料理が並んでいた。

くぅう、お腹が鳴りそう。つか、鳴る。鳴ってしまう。

だけど、国王陛下の挨拶が終わるまでは食べられない。くそう。

国王陛下は俺たちの空腹がわかったのだろう。挨拶もそこそこに乾杯の合図をして、早々に無礼講にしてくれた。

ひゃっはー！　メシだー！

いちおう、マナー違反にならないように体裁は保ちつつも急いで食べる。ミュリエルも同じように食べていた。うん、お腹空いているもんね。

「相変わらず、見事な食べっぷりだね、ミュリエル嬢」

傍に来たのは、フレドリックだ。親しげに、ミュリエルにだけ話しかけている。

ああ、こいつもかよ。

「おい、フレドリック。俺も労えよ。俺だって六騎神として頑張ったんだぞ」

「えっと、君は……」

「まさか俺を忘れてないよな」

冗談めかして言っているが、内心はドキドキだ。原因がはっきりわからないだけあって、不安ばかりが募る。魔族の策略だかなんだか知らないが、俺を不安にさせたいのなら地味に効いてるぞ、こんちくしょう。

「……ああ、もちろん。忘れていないよ。僕がテオドールを忘れるわけ、ないじゃないか」

にっこり完璧な笑顔で答えているが、お前のその澄ました顔のときは、本心を隠しているんだってわかっているんだからな。まぁ、思い出してくれただけでもよしとしよう。

今回、フレドリックは学園代表の六騎神役のひとりとしてパーティーに出席していた。

そういや、城門の上で花を撒いていたな。ウェンディしか見てなかったぜ。

「君こそ、薄情なんじゃないかい？　ともかく、僕らはこれからがメインだからね。と言っても、聖女役の子たちだけだけど。僕ら六騎神役や巫女姫役は、並んでいるだけだしね」

「それを言うなら、俺たちも一緒だ」

そう、これから聖女役の女子生徒に、今年の聖女役のカトリーナから花冠が贈られるのだ。

そうこうしているうちに、時間が来たのだろう。

一段落ついた頃を見計らって、ブラックカラント宰相閣下が登壇する。そして聖女祭に参加したみんなを労った。さすがレックスのお父上だな。タイミングがいい。

俺もミュリエルも、フレドリックと急いでブラックカラント宰相がいる場所へと移動する。すでにみんな集まっていて、ウェンディもいた。

そして音楽が流れると、ホールの中央にポッカリと空間が作られる。

そこにカトリーナが進み出て、俺たち六騎神とミュリエルたち巫女姫が付き従う。

続いてカトリーナの対面から、それぞれの学園の代表――聖女役の者たちがカトリーナの元へと歩いてきて、その後ろを、六騎神役と巫女姫役の者たちが付き従って、頭《こうべ》を垂れた。

「聖女は前へ」

ブラックカラント宰相の言うとおりに、聖女たち四人が中央に集まる。

そして、学園側の聖女は膝をついて頭を下げる。

三つの花冠を載せた盆が用意され、ひとつをブラックカラント宰相が手に取り、カトリーナに渡す。渡されたカトリーナは、まずは初等部の代表であるウェンディの頭に花冠を載せた。そうして、小さな声で「頑張ってください」と励ましていた。ウェンディは嬉しそうに、「はい」と答え、また跪いた。次に中等部の聖女、高等部の聖女の頭の上にも花冠を載せていく。

……毎年思うけど、これってスポーツの授賞式みたいだよな。

「皆様、明日のお祭り、頑張ってくださいませ」

「「「はい。精一杯、努めます」」」

カトリーナが励ますと、三人で声を揃えて返事をしたウェンディたちは、綺麗なカーテシーをして誇らしげにしていた。

あちこちから拍手が沸き起こると、音楽も最高潮を迎え、全員で周囲の人たちにお辞儀をする。まずは前方、そして後方、右、左とお辞儀して、決められた場所へと退出する。と言っても、ホールから出ずに中央から下がるだけなんだけれど。

それで聖女祭本祭の儀式はすべて終わった。


「エリオット殿下、カトリーナ嬢、この子が妹のウェンディです。去年、お茶会に呼んでくれたと聞きました。そのお礼をしたいのですが、よろしいですか？」

再びパーティーを楽しもうとしているふたりを呼び止めて、ウェンディを紹介してみた。

　うん、だってこのタイミングが一番自然だろう。

　エリオットもカトリーナも、ウェンディの顔を覚えていてくれたようで、紹介すると嬉しそうに微笑んでくれた。

「お、お久しぶりでございます、エリオット殿下、カトリーナ様。以前、お茶会にお呼びくださいまして、ありがとうございました。今年もお会いできましたこと、嬉しく思っております」

　ウェンディが礼儀正しく挨拶する。うん、偉いぞ。

「まぁ、ウェンディ様。お久しぶりです。ええ、覚えていますわ。今年も聖女役に選ばれたこと、おめでとうございます。先ほども言いましたが、明日は頑張ってくださいね」

　カトリーナが、ウェンディの両手を握りしめて、喜んでいる。ウェンディは、目を白黒させて驚いていたが、嬉しそうにはにかんだ。

「はい、ありがとうございます、カトリーナ様。精一杯、頑張ります」

「おめでとう、ウェンディ嬢。君のような素敵な女性が、こいつの妹御であるとは信じがたいが、こうして並ぶのを見ると、容姿は似てなくもないな。性格は似なくてよかったと、つくづく思う」

　エリオットが、とんでもないことを言い出した。

　いやいや、ウェンディは俺の妹だよ？　ちゃんと似ているんだからな。

「それは、どういう意味でしょうか？　エリオット殿下。ウェンディは正真正銘、俺の妹ですよ。俺に似て性格もよく、素直で可愛い俺の妹です」

「まぁ、素直なのは認めよう。だがウェンディ嬢、こいつのように素直すぎて、ズケズケものを言うようになっては、いけない」

「そんな、デリカシーのないことはしてませんよ」

「そうか？　私の心にはいつも響いているぞ」

おいコラ、上等だ。妹の前だからって容赦しないぞ。

「ふふっ、お兄様は、エリオット殿下ととても仲がよろしいのね」

「いや、よくはないからな。ウェンディの目の錯覚だ」

「こう、貴女のお兄様は仰るけれど、最近は本当に仲がいいのよ。こうして言い合いができるのが、なによりの証拠ですもの」

　カトリーナまで、なにを言っているんだ。喧嘩するほど仲がいいとは言うけれど、俺とエリオットは、そんなんじゃないぞ。マジで、俺が一方的に嫌われているんだからな。

「カトリーナ様の仰るとおりですね。エリオット殿下。兄と仲よくしてくださって、ありがとうございます。また、聖女役に選ばれたことに、お祝いのお言葉をくださったことも感謝致します。精一杯、努めさせていただきます」

　ウェンディが感謝を述べると、エリオットは少し照れたように頷いた。

　うん、脈はありそうだけど。なんか腹立つ。

　ウェンディ、将来はこいつを振ってくれないかな。きっと、ほかにいい男がいるって。

　そんなことを考えているうちに、先ほど流れていた音楽が終わり、次の曲が流れ出した。

「……カトリーナ。いいだろうか？」

　少し考え込んでいたエリオットが、カトリーナに尋ねた。なんだ？

　カトリーナは、すぐに察したようだ。嬉しそうに笑って、「もちろんです」と答えた。そして、エリオットの耳元で囁いている。どうしたんだろう？

「ウェンディ嬢、どうか私と踊ってはくれないだろうか」

唐突に、エリオットがウェンディに手を差し出した。

ちょっと待て。いや、どうしてそうなる。

「え？　あの、よろしいのですか？」

ウェンディが狼狽えていると、カトリーナが力強く頷いた。

「もちろんですとも。今日は聖女をお祝いする日です。ウェンディ様も聖女なのですから、エリオット殿下と踊っても、大丈夫ですわ」

「カトリーナもこう言ってくれている。どうだろう？　踊ってくれますか？」

「お、お兄様……！」

エリオットが正式に申し込んだけど、ウェンディはオロオロしたままだ。俺にも、エリオットの心境がわからない。だけど、チャンスはチャンスだしな。腹立つけど。ものすごく、腹立つけど。

「大丈夫だ。ここまで殿下がお誘いくださっているのに、断るなんて無作法だし、カトリーナ嬢も許可してくれている。あとは、お前が受けるだけだよ」

俺が頷いてやると、ウェンディは意を決したような表情で、エリオットの手を取った。

「お受け致します、エリオット殿下」

そうして、エリオットとウェンディはホールの中央へと向かっていった。

ホールは騒然としたが、まだ十二歳のウェンディと十六歳のエリオットじゃ、大人と子供だ。それに、ウェンディが初等部の聖女役だとみんなわかっている。

次第に微笑ましいまなざしで、踊るふたりを見守るようになった。

「――本当によかったのか？」

「もちろんですとも。ウェンディ様なら、きっと私とも仲よくしてくださいますでしょう？　それに、ひとりぐらいはいないと、どこからか横槍が入りそうですもの」

カトリーナに聞いてみると、妙な確信を持った表情で答えてくれた。

……まいったな。どこまで将来を見据えているんだ、この未来の王妃様は。

いまから自分と相性のいい側室を探しているなんて、普通は思いつかないものじゃないのか。

まぁ、聖女様でもあるしな。だからこそ、自分で認めた側室を用意したいのかもな。そういう意味で、ウェンディは合格をもらったのかもしれない。

よかったな、ウェンディ。

でも。やっぱり腹立つのは腹立つ。

あとでカトリーナに相談して、一発ぐらいは殴らせてもらえないだろうか。


俺もミュリエルと一緒にダンスを踊ったあと、ふたりで『薔薇の迷路』に来ていた。

あまり思い出したくない思い出もあるけれど、ここで食事したのは楽しかったからな。それでかもしれない。自然と足が向いたのは。

なんだか久しぶりだ。ふたりきりになりたかったから、リチャードたちには遠慮してもらった。

薔薇は満開で、香りでむせかえるほどだった。でも夕日の中の薔薇も、いいかもしれない。

「今日はお疲れ様でした、テオドール様。あの……なにかありましたか？　私でよろしければ、ご相談に乗ります」

「うん、ありがとう。でも、大丈夫だから」

「本当に？」

「うん、大丈夫だよ」

ミュリエルに魔族のことは話したくない。

一度、死にそうになっているんだ。ミュリエルも聞きたくないだろう。

「テオドール様！」

いきなり、ミュリエルに両手で両頬を挟まれた。

え⁉　なに⁉

「いつも、テオドール様は大丈夫だと仰いますが、私は心配なのです。テオドール様が私を大事に思ってくださっていることはわかっておりますが、隠しごとをされるのは、嫌です！　私も、テオドール様のお力になりたいのですよ」

少し涙目で睨まれて、なんだかちょっと嬉しくなった。

「笑わないでくださいませ。私は真剣なのです」

「ああ、ごめん。悪かった。笑ったつもりはないんだ。心配してもらって、嬉しくてつい、顔が緩んだんだ、ごめん」

そう言うと、ミュリエルは両手を離してくれた。別にずっと挟んでいてくれて構わないのに。

「そういう言い方は、ズルイです」

プイッと唇を尖らせて、ミュリエルがそっぽを向いた。

ああ、拗ねたミュリエルも可愛い。

「ごめん。反省してます。許してください」

「本当に、反省されてますか？」

「もちろん」

「では、お話ししてくださいますか？　テオドール様が、私にご相談されたくないお話というのは、ひょっとして魔族のことなのでしょうか？」

　あれ？　バレてる？

「そうなのですね。お顔を見てわかりました。私を心配してくださっているのは、重々承知しておりますが、私はもう大丈夫です。たくさん修練もして、魔術の精度も上がったことは、テオドール様もご存知でしょう？　それに、私は巫女姫です。聖女様にお仕えできるのですから、魔族など怖くありません」

　決意を滲ませた表情で、ミュリエルが俺を見据えた。自分も戦えるのだと、俺の隣に立てるのだと主張した。

　ほんと、いつのまに強くなったんだよ。俺も、置いていかれるわけにはいかねえ。

「そうか、そうだよな。守られていた子供の頃とは、違う。俺たちは、聖女様に仕えているんだもんな。魔族に怯えているわけにはいかない」

「そのとおりです」

　そしてふたりでベンチに座って、俺は今朝の夢の出来事を話した。

　みんなに忘れられそうになったことも。

「――というわけなんだ。これで、ミュリエルに忘れられていたら、俺は、生きていけなかったと思う」

「そんなことが……。わ、私は絶対、テオドール様を忘れたり致しませんわ！　絶対、絶対、覚えています！」

力強く断言してくれる。そして、ぎゅっと両手を握ってくれた。

ああもう、嬉しくて泣きそうだ。

「ミュリエル、ありがとう」

そのときだった。

お礼を言ったとき、ミュリエルの左手首に巻いていたブレスレットから黒い煙が上がって、軽い音を立てて落ちた。

さっきから、糸が切れそうだったもんな。また、新しく編まないと。

ブレスレットを拾って、ミュリエルにブレスレットを預かることを告げようとしたら、突風が吹き抜けた。

かなり強い風で、薔薇の花びらが舞う。

「――ミュリエル、大丈夫か？」

尋ねると、ミュリエルはキョトンとした顔で俺を見ていた。

「……あの、どちら様でしょう？」

ミュリエルは、他人を見るような目で俺を見ていた。

心臓がバクバクする。落ち着け。落ち着いて、話をしろ。

「お、俺を忘れた……のか？」

ダメだ、全然落ち着いてない。考えがまとまらずに、月並みな言葉が出るだけだ。

俺が一歩近づくと、ミュリエルは慌てて立ち上がり、距離を取った。マジで警戒されている。

くそう、落ち着けよ、俺。考えろ。考えろ。どうしたら思い出してもらえるのか。

……ダメだ、さっきまでのは全然、参考にならねー！

「お、俺はテオドール……と、言います。テオドール・ゴルドバーグ。聞き覚えは……？」

「ご、ゴルドバーグ侯爵様には、ご嫡男がおひとりいらっしゃるとお聞きしておりますが、まだ幼い方だそうです。あ、貴方のような、年頃のご子息はいらっしゃらないわ」

怯えながら、ミュリエルはジリジリと迷路の出口へと下がっていく。

「わ、悪いことは言いません。身分を詐称されるのは、おやめになったほうがよろしいかと思います。あと、お願いですから、近づかないでくださいませ」

そして、どうして知らない人とふたりきりになってしまったのかと、悩んでいた。

ダメだ、心が抉られる。

ミュリエルが迷路の出口へ向かう枝道に差しかかったとき、そいつが現れた。

群青色の長い髪に褐色の肌、そして俺に向けられた赤い目は俺を嘲笑っている。

俺はこいつを知っている。今朝の夢で、女性を泣かせていた奴だ。夢の中の奴が、どうしてここにいる。信じられないことに、そいつにミュリエルがホッとした表情を見せた。ミュリエルが知っているはずのない、夢の住人に。

「デューク様！」

「ああ、ミュリエル。無事だったか。捜したぞ」

そいつは、ミュリエルの肩を抱き寄せる。ミュリエルは嫌がるどころか、安心しきっていた。

目眩がする。嘘だろう？

「誰だよ、お前」

声が震える。足も震えて、立っているのがやっとだ。わけがわからない。

「俺は、デューク・プラム。ミュリエルの婚約者だ」

俺の中で、なにかがキレた。

一気に詰め寄って、そいつに拳をお見舞いする。ミュリエルが悲鳴を上げた。でも、デュークと名乗った男は、笑いながら俺の拳を受け止めていた。クソが。なら、もう一発だ。

「だ、ダメですっ！」

俺の前に、ミュリエルが立ち塞がった。慌てて、拳を寸前で止める。

「悪い。頼むからどいてくれ。こいつを一発は殴らないと、気が済まない」

「いいえ、嫌です。わ、私の婚約者様に、危害を加えさせることはできません」

「どいてくれ」

「いいえ、どきません」

「どけよ！」

「嫌です！」

ミュリエルの後ろで、デュークがニヤニヤ笑っている。

こいつ、マジで殺す。

「どけ！」

「ダメっ！」

ミュリエルが目を瞑る。だが、両手を広げて立ち塞がっている。

俺は拳を振り上げたまま、動けなかった。

だって、ミュリエルに怪我なんて、させられないじゃないか。

「俺に任せろ、ミュリエル」

そう言って、剣を抜いたデュークが俺に斬りかかった。

慌てて、儀礼用の剣で受け止める。けれど、儀礼用の剣では長く持ちそうにない。

「デューク様！　お、王宮での抜剣は、禁止されてます……！」

はっきり言うミュリエルに、ちょっと笑った。こういうときにも、思っていることをちゃんと伝えるのがミュリエルだ。なのに、デュークはミュリエルに対して、忌々しそうに舌打ちした。でも、すぐに取り繕って、ミュリエルに笑顔を向けている。

「大丈夫だ、ミュリエル。すぐに片を付ける」

デュークの剣が容赦なく俺を襲う。くそ、こいつ体格もいいから、力がある。ヴィンス並みじゃねえか。それをなんとか受け流しながら、聞いた。

「お前、魔族か。ミュリエルが俺のことを忘れたのも、お前の仕業なのか⁉」

「楽しい趣向だろう？　愛する者が、愛する者の前で無残に殺されるんだ。しかも、お前のことを忘れたまま、魔王である俺を婚約者だと信じてな。真実を知ったらあの娘は狂うだろうな。きっと美味い生命力になるだろう。楽しみだ」

「悪趣味すぎる」

「貴様には、散々、俺の計画を台無しにされたからな。特別に趣向を凝らしてやったんだ、ありがたく思え」

次々と繰り出される剣を、次第に躱せなくなってきた。

ああもう、鬱陶しい！

足に魔力を流して、俺と奴の間に土壁を作る。デュークは驚いた素振りを見せたが、左手で払うと、黒い靄《もや》が土壁を崩した。

なんだ？　変な魔力だな。闇の魔力とは少し違う気がする。

だが、考えている場合じゃない。迷路の外が騒がしい。この騒動に気がついたんだろう。デュークも気がついたのか、顔を歪めている。ほかの連中が来る前に、俺を始末するつもりだったんだろうが、残念だったな。

ミュリエルが見当たらないから、きっと、彼女が衛兵を呼んだのだ。はは、ざまみろ。ミュリエルの前で俺を殺すことができなかったな。我が婚約者様はな、おとなしくて可愛いだけじゃないんだ。ちゃんと行動するべきときはするんだよ！

けど、俺も逃げないと。おそらく、俺も不審人物扱いだ。もたもたしていたら、衛兵に捕まってしまう。ウチに帰れたらいいんだけど……無理だな。朝の様子では、また思い出してもらえる保証がない。たぶん、俺のことはみんな忘れているだろう。くそう！

片を付けようと、デュークが剣を振りかざす。そのデュークに剣を投げつけて、反対側の出口へと走った。全力疾走だ。もちろん、背後に土壁を作ることは忘れない。追ってこれないように、何枚も土壁を作って逃げた。

反対側から『薔薇の迷路』を出たはいいが、これからどうする？　どうすればいい。

「にゃーん」

どこからか猫の鳴き声が聞こえた。同時に、周囲に魔力が走ったのがわかった。いつもの魔力じゃない、さっき見た、デュークの魔力と同じ気配だ。

走ろうとして、ずるりと足が滑る。地面がぬかるんでいた。そして、徐々《じょじょ》に足が沈んでいく。くそ、なんで泥道になってるんだよ。滑る足下の泥に魔力を流して、足場を固め、走る。

「にゃーん」

まただ。見回すと、もぞりと土壁が盛り上がる。黒猫が土壁の上から、俺を見下ろしていた。右の前脚には、蔦《つた》のような文様がある。一部、ハゲていたが。

ミュリエルの命を奪おうとした、魔族か！　ベイツはこいつがトレヴァーだと言っていたけど、猫だから、面影もクソもねぇな。

「にゃーん」

黒猫が鳴くたびに、周囲がぬかるむ。慌てて土を固めて走るが、その端からまた泥になっていく。泥に追いかけられる状況になった。

くそ、あんな小さな猫なのに、魔力の使い方が俺より上手い。

泥を必死に躱して走るうちに、陽が沈んで暗くなってきた。それなのに周囲が明るい。ひょっと

して、大広間へと誘導されたのか⁉

逡巡したのは一瞬だった。このまま大広間へと向かう。進路を決めると、黒猫の追跡はなりを潜《ひそ》めた。やはり、誘導されていたらしい。なにが目的だ。

見えてきた大広間の中央ではエリオットが踊っていた。よりにもよって、あのアイリーンとだ。アイリーンは真っ白いドレスを着て、嬉しそうにエリオットと踊っている。エリオットはいつもの仏頂面かと思いきや、微笑んでいた。

ちょっと待て！　一体、なにが起こっているんだよ！

考えてもわからない。こうなったら、父上に接触して洗いざらい話してみよう。父上なら、知らない人間の話でも聞いてくれるはずだ。

二次会に来ている父上を捜す。幸いなことに、テラス近くにいてくれた。母上や、ウェンディも一緒だ。警備兵の目を掻い潜り、父上に近づく。

もう少しで声がかけられるというときに、肩を掴まれた。

「これ以上、ゴルドバーグ卿に近づかないでもらいましょうか」

ケヴィンだった。俺を警戒した目で睨んでいる。

「さっきから動きが変だったが、警備兵の目を掻い潜れても、俺の目は誤魔化せねえよ。なにが目的だ。どうして、ゴルドバーグ卿を狙う」

父上を捜すと、本来の護衛であるロウヴェルも俺を警戒して、父上たちを俺から遠ざけるように誘導している。親子揃って仕事熱心だよな。ほんと。こんなときじゃなかったら、頼もしいのに。

ダメだ、涙で目が霞む。でも、伝えないと。

ケヴィンの腕を無理やり掴んで引っ張ると、耳元に囁いた。

「ゴルドバーグ卿に伝えろ。魔族が王宮に入り込んでいる。六年前の黒猫と、男——群青色の髪に褐色の肌、赤い瞳をした男だ。デュークと名乗り、ミュリエル・アンバーの……婚約者を気取っている。そいつが魔王だ」

信じるかどうかはわからないけれど、ケヴィンならこの情報を一方的に切り捨てたりしない。

「そいつに関わるなよ。強いから。お前はちち……ゴルドバーグ侯爵夫妻と子供たちを守るんだ。いいな」

「……どういう意味だ……⁉」

ケヴィンが警戒をしながらも、驚く。

「込み入った話になるんだ。もし、ちゃんと聞いてくれるなら……」

「そいつは魔王だ！　捕まえろ！」

ケヴィンに匿ってもらおうとした途端、俺を指さして叫ぶ奴がいた。デュークだ。隣にはミュリエルがいる。

くそっ、これが目的かよ。俺を魔王に仕立て上げるつもりか！

大広間が騒然となる。だが大半が、誰が魔王なのかわかっていないようだった。

急いで、驚いているケヴィンの手を振り払って、人混みに紛れて逃げる。ついでにテーブルをいくつもひっくり返していく。皿やグラスが割れる音と悲鳴、怒号が飛ぶなか、上着を脱ぎ、給仕のベストを奪って、大広間を飛び出した。

このまま王宮から出たいけれど、要所には衛兵がいるから通れない。

どうする。だんだん、考えがまとまらなくなってきた。目眩と吐き気が酷くて、気持ち悪い。

ふらふらと、控え室が並ぶ廊下を歩く。足下がおぼつかなくて、壁に体を預けながら。目的の場所もわからずに。くそう。逃げなければ、という意識だけを頼りに、足を動かし続ける。

不意に腕を掴まれて、どこかの部屋に引きずり込まれた。

無理やり壁に押さえつけられ、首に短剣を突きつけられる。

しまった、魔族か⁉

「君は誰だ。ここでなにをするつもりだ。洗いざらい話せ」

目の前には、フレドリックが冷たい目で俺を見下ろしていた。

ふたりだけの部屋で、俺は壁に押さえつけられ、喉元に短剣を突きつけられていた。

心臓がドクドク鳴って、うるさい。

フレドリックが冷たい目で、俺を睨みつけている。

「もう一度問う。君は誰だ。この王宮でなにをするつもりだ。洗いざらい話せ」

「お、俺はテオドール。テオドール・ゴルドバーグ。ゴルドバーグ侯爵の嫡男で……」

途端、ちくりと首に痛みが走った。

「僕は、戯《ざ》れ言《ごと》を聞いているわけじゃあないんだ。正直に話したほうが、身のためだぞ」

「正直に話してるんだよ！　魔王の策略で俺のことをみんな忘れちまったから、戯れ言に聞こえるだけで、本当に俺は、お前の親友のテオドール・ゴルドバーグなんだ！」

「親友……だと？」

フレドリックの手が緩む。だが、緩んだだけで剣を下ろしたわけじゃない。

「そうだよ。親友のテオドールだ」

「馬鹿なことを言うな。僕の親友はデュークだ、君など知らない。このまましらを切るつもりなら、陛下の手を煩わせることもない、僕が処分する」

再び力が込められた。

くそ、もしかしてと思っていたけど、親友まで取るのかよ。

もう腸《はらわた》が煮えくり返って仕方がない。手も足も震えが止まらないし、口が渇く。目眩もする。頭痛も酷い。耳鳴りもしてきた。

あーもう、俺って、かなり図太いと思っていたんだけどな。繊細だったようだ。

「いいか、デュークは魔王だ。魔王の策略にみんな騙されているんだよ。ちゃんと、思い出してくれよ！　このままだと、魔王の思う壺じゃねーか！」

ヤケだ。どうにもならないのは、わかっているし、思い出してもらえないのも、わかっている。だけど叫びたいんだ。大声でも出さないと、俺の心が折れそうなんだよ。

もうほんと、勘弁してくれよ。

「……魔王は君だろう。デュークが君に向かって叫ぶのを聞いた。ほかの人たちは、給仕に着替えて逃げた君に、気づいてはいないようだけれどね」

「俺が魔王なら、とっくにお前の剣を奪って、いますぐお前を殺して逃げているよ」

実際の魔王は、俺の居場所を奪って、ほくそ笑んでいるけど。

フレドリックはジッと俺を見据えている。

　俺の言うことが正しいのかどうか、判断しようとしているんだろう。

「…………。君は、僕の親友だと言ったな」

「ああ、言った」

「ならば、僕の母に会ったことは」

「ないよ、一度も。お前、母親の話なんてしたことないだろう。だから聞かなかったんだ。あからさまに話題を避けているのに、聞くような真似はしない」

　だって一度も公《おおやけ》の場に出ない人だし、どんな人物かなんて噂すら聞いたことがない。ひょっとしたら、もう亡くなられているという噂はあるけど、真偽は不明だ。

　フレドリックはなにも話さないから、俺にわかるわけがない。

「僕の好きな娘は」

「え、お前、好きな奴いたのか⁉　早く言えよ、応援したのに」

　これはびっくりだ。だってさ、女の子の話なんてこれっぽっちもしなかったんだぜ。俺とミュリエルを見て呆れていたのは知っているけど、好きな娘がいるなんて知らなかった。

「ことごとく、デュークと同じ反応をするんだな、君は」

　一緒にするなと言いたかったけど、黙っていた。魔王の性格なんて知らないから。ただ、俺のような言動をするとは思えない。

…………。あれ？　なんか引っかかる。ひょっとして、俺がいままでやってきたことが、そっくりそのまま魔王がしたことになっているのか？　ということは、俺がしてきた行為そのものは、忘れられていない？

ああでも、待てよ。ミュリエルはゴルドバーグ家の嫡男はチェスターだと言った。俺の存在が、みんなの意識から消えてしまっているのは事実なんだろう。

だけど、そこには矛盾がある。無視できない、綻びが。

「あ、あのさ、覚えているか？　エリオットの五歳の誕生日会に、俺が初めて行ったとき、ボッチだったお前に、声をかけたよな。そのとき、お前は『僕とお話ししないほうがいいと思うよ』って、遠ざけようとしたよな」

フレドリックの眉が跳ね上がる。

「で、俺は『しばらくしたら去りますので、言い訳できるお話を聞かせてください』って、返したんだよな」

「……万が一、君の言い分が正しいとして。どうやってそれを証明する。君の話だと、全員が君のことを忘れているようじゃないか」

「それが問題なんだ。いい知恵ないかな？　いいのがあったら、貸してくれよ。こういうのは、昔から苦手なんだ。お前ならいい考えを出してくれるだろ。馬鹿な俺と違って。なぁ、頼むよ」

「僕が君に不利な考えを言うとは思わないのかい？」

「思わない。だって、お前はいい奴だしな」

フレドリックが自嘲ぎみに嗤った。なんだ？

「いい奴ね……。わかったよ。考えてみようじゃないか。貸し、ひとつだからね」

「本当か⁉　いや、マジで助かる。じゃあ、借りひとつだな。ひとつと言わず、いくらでも借りてやるぞ」

なぜかフレドリックは微妙な表情をした。

「君ねぇ。そう簡単に、そんなことを言うものじゃないよ。延々《えんえん》と利用され続けることになるよ」

呆れた口調で注意する。魔王だと認識している、俺に対して。

やっぱり、こいつはいい奴だ。

「言わないよ。お前以外にはな」

すると、目を見開いて剣を落とした。なんだ？

とりあえず、落とした剣は回収しておく。物騒だからな。

「……まったく、どこで覚えてきたんだ、その口説き文句」

「口説いてねえよ。男を口説くわけないだろ。俺は、ミュリエル一筋だ」

言った途端、フレドリックはまた固まって、俺を凝視した。

「は！　ははっ、はははは！　そうかい、そうなのか。そういうことなのかな。ははは、これは
……もし本当に、そうなら……気分のいいものじゃないね」

そして急に笑い出す。と思ったら、すぐに真剣な表情で考え込んだ。

おい、ひとりで納得するな。俺にもわかるように、説明してくれ。

でも、フレドリックは俺の願いを叶えてはくれなかった。

「正直、君が僕の親友だとか、ミュリエル嬢と相愛だとか、ゴルドバーグ卿の息子とか、全部を信じたわけじゃない。だけど、君が魔王でないことは確信したよ、魔王くん」

「いやそれ、魔王って思ってるじゃねえか！」

ツッコむと、フレドリックがくつくつ笑う。本当に笑い上戸だよな、お前。

「だってねぇ。僕は、君の名前を知らないんだからね。どう呼べばいいのか、わからないからね。魔王くん」

「さっき言ったぞ、テオドール・ゴルドバーグ。それが俺の名だ。魔王、魔王って、連呼するな」

「テオドール……テオドールねぇ。まったく覚えがないな」

くそう。はっきり言われると、腹が立つ。

「貴族でもない君がテオドールと名乗るのは、この先まずいよねえ。……そうだな。テオって呼ぶことにするよ。君はテオだ。テオドールじゃない」

「ちょっと待て。わけがわからん。たまに母上にテオって呼ばれていたけど、俺はテオドールだ」

反論すると、フレドリックはあからさまに大きな溜息をついた。

「いいかい、君は魔王なんだよ。少なくとも魔王だと指摘されている。それをバレないようにするための偽名なんだ。わからないかなぁ」

わからない。こいつがなにを言いたいのか、さっぱりだ。

「テオ。君は、これから僕の従者になるんだ。せいぜい魔王だってバレないよう、僕のために働くんだ。いいね」

……………。

「はぁ⁉」

従者ってなんだよ⁉　なにを考えてんだよ、フレドリック⁉

ひとりで勝手になんでも決めないで、教えろ！

（二）とある庶子の王子の呟き

自称僕の親友くんは、安心しきった様子でソファに寝ていた。

事の真偽はともかく、現状では侵入者扱いをされているというのに、なんて図太いんだろうね。

もっとも、それだけ僕のことを信じきっているのかもしれないけれど。

僕の従者になれって言ったときは、ものすごく反発していたくせに、最終的には「それが一番マシか」とあっさり納得した。そして、ソファに座り込んで脱力したかと思ったら、次の瞬間には寝てしまったのだ。

「ほんと、デュークにそっくりだ」

容姿じゃなく、行動が。大胆なように見えて、迂《う》闊《かつ》で詰めが甘い。そして、簡単に人を信じる。お人好しすぎて、馬鹿正直だ。そんな優しく愛すべき馬鹿に、僕は救われてきた。

それが、本当に彼なんだろうか。

彼の主張では、魔王の策略で僕たちみんなが彼を忘れていて、デュークが彼に成り代わったらしい。そしてデュークは魔王だそうだ。確かに、黙って立っていれば、彼よりデュークのほうが魔王らしく見える。

「それに、この上着……どう見ても、六騎神の衣装なんだよね」

彼が給仕のベストを奪って脱ぎ捨てた上着は六騎神の衣装だった。祭典に出たのはデュークのはずなのに、この魔王くんが着ていたのを僕はしっかりと見ている。その脱ぎ捨てた上着を回収して、毛布代わりに掛けてやったけど。

「試すか」

魔晶石を六つ、ソファを囲むように置いて、結界を張ってみる。石は屑石だし、僕の魔力だけじゃあ正体を暴くことはできないだろうけど、もし彼が魔族であるなら、なんらかの反応があるだろう。

息を整えて、魔力を魔晶石に注ぎ、破邪の結界を形成していく。完成した白い光の結界の中で、魔王くんはスヤスヤと気持ちよさそうに寝ていた。

そのとき、彼の左手から黒い煙が出た。手を広げさせると、水晶に通された黒い紐が煙のように消えていく。そして水晶だけが残った。キラキラと輝く水晶はとても美しかった。魔晶石としても、一級品だろう。

「……紐が汚染されていたのか？」

結界を張ったことで、浄化されたのかもしれない。

「まったく、君は何者なんだい？」

尋ねてみても、彼は気持ちよさそうに眠ったままだ。少しは僕の不安や戸惑いを理解してほしい。

「――これは、報酬としてもらうよ」

魔王くんの命を救ったんだ。少しくらい、報われてもいいと思う。

だけど水晶を手に取ると、なぜか輝きがなくなった。透明なはずの水晶が曇る。

「…………」

魔王くんの上に置いて手を離すと、輝きはじめる。

摘まみ上げると、曇る。

置くと、輝く。

「……僕は嫌で、彼がいいんだな？」

そう聞いてみると、キランと光った。

頭が痛い。意思がある石を持っているって、なんだよ。

はあ、水晶にまで嫌われるなんてね。厄介な庶子は、どこでも邪険にされるものだから仕方がないけれど、物体にまで嫌われてしまうとは思わなかった。

溜息をついていると、もぞもぞと上着が動き出した。起きたのかと思ったが、目が覚めた様子はない。なのに、上着はもぞもぞと動いて、ポケットからヒヨコが飛び出てきた。パタパタと飛び上がって、魔王くんの頭に着地した。そして、髪をかき分けて巣のように整えると、丸くなって寝たのだ。

「これは……ちょっと説明してくれないかな」

どこかで聞いた話だ。そう、デュークがミュリエル嬢との婚約式で起こした奇跡。そこで、土人形のヒヨコが動いたと聞いた。

「……本当なのか……？」

デュークが持っているはずのヒヨコを、魔王くんが持っている。そして、ヒヨコは魔王くんに懐いている。どういうことだ。

記憶が混濁している。自分の記憶が確かじゃないと示されるのは、気持ちが悪い。これは覚えていることすべてを疑ってかかる必要がありそうだ。まったく、面白くない。

そのとき、部屋がノックされた。

「あの、どなたかおられますか？」

控えめな声が、かけられる。

僕は魔王くんが見えないよう、ブランケットで覆い隠した。そして、上着のボタンを外してタイを緩めてから、扉を開ける。するとそこには、デュークとミュリエル嬢がいた。

「やあ、君たちか。どうしたんだい？　なにかあった？」

「フレドリック様でしたか。あの、ご存知かもしれませんが、魔王らしき者が出現したそうです。デューク様が捜していらっしゃるのですが、こちらに不審者は来ておりませんでしょうか？」

ミュリエル嬢が震えながら話す。怯えているようだ。デュークは大広間の騒動に目を向けていた。ミュリエル嬢には目もくれない。

………。こうも反応が記憶と違うと、なにが正しいのかも、わからなくなってくるね。

「フレドリック様……？」

「ああ。いや、悪かったね。大広間の騒ぎは、魔王が出現したせいかい？」

「はい、そうです。衛兵たちも捜しているようなのですが、見当たらないそうです。クリムゾン将軍が指揮を執るようにと、先ほど陛下から命が下されました」

ああ、それで兵士たちが走り回っているのか。

「お伺いしたのは、デューク様がこちらにいそうだと仰っていたのです。ですが、先ほど突然、気配が消えてしまったとのことなので、なにかご存じないかと、お邪魔した次第です。あと、そのほかにも問題がありまして……」

「そう。僕は見ていないな。ちょっと、休んでいたんだ」

そう言って体を扉から外し、部屋の中を見せる。ソファに寝ている彼の顔は見えないが、人であることはわかるだろう。

「あ、あの、お邪魔をしてしまって、申し訳ありません」

ミュリエル嬢がパッと顔を背け、僕の乱れた服装を見て赤くなる。勘違いをしてくれたようだ。

「それで、そのほかの問題って？」

服装を整えながら、聞いてみる。

「は、はい。えっと、その、エリオット殿下が、学園選出の聖女役の方々と踊っていらっしゃったのですが、そのひとりであるアイリーン様が、カトリーナ様に、その……キツイお言葉でお話をされまして……」

アイリーン嬢か。問題児だけど、今回の聖女役に選ばれたんだよね。

いや、そうだったか？　頭痛がしてきた。

「さすがに陛下の御前《おんまえ》ですし、魔王騒ぎもありましたので、カトリーナ様が引く形で収めようとされました……」

なんだ、それは。カトリーナは公爵令嬢で聖女だ。その彼女が引く？

引くべきは、ただの男爵令嬢のアイリーン嬢だろう。

「ただ、カトリーナ様は、アイリーン様がなぜ会場にいるのかと、問われていまして……。でも、おかしいですよね。アイリーン様はちゃんと聖女役に選ばれて、来られているのに」

それは変だな。いつもの彼女らしくない。

どんなときも、公正な判断を下そうと努力しているのがカトリーナだ。

「デューク。アイリーン嬢は、君の従妹《いとこ》だろう。少しは注意をしたほうがいいよ。彼女の境遇については気の毒だと思うけど、貴族になったからには、貴族の礼儀作法を覚えたほうがいい。自分を守る術になるのだから」

デュークに呼びかける。振り返ったデュークは、相変わらず僕を睨むように見た。

「わかってはいるが、あいつは少々お転婆なんだ。そのうち覚えるだろう。それより、本当に魔王を見ていないのか？」

吸い込まれそうな真っ赤な瞳が、僕を見据える。まるで嘘をついていたら殺すぞと、脅かさんばかりだ。まったく、真っ直ぐすぎて嫌になる。僕みたいな後ろ暗い人間には、眩しいね。

だけど、こればかりは、君に従うわけにはいかない。

「さっきも言ったけど、魔王は知らないよ。第一、どんな顔をしているのかも知らないんだから、わかりようがない」

あの混乱だ。顔を覚えている者は、ほとんどいないんじゃないか。

「そうなのですよね。私も見たはずなのに、なんだかどんどん忘れてしまって……」

ミュリエル嬢も困惑しながら思い出そうとしているが、思い出せないようだった。これは、魔王くんが聞いたら喜びそうだな。魔王として顔を覚えられていないのだから。もし出会っても、通報されることはないだろう。

そんなミュリエル嬢をデュークは不機嫌そうに眺めている。こんなふうに彼女を邪険に扱う彼を僕はいままで見たことがない。らしくないな。虫の居所でも悪いのか？

――いや。違う。……なるほどね。こう、変換されるのか。

内心を気取られないよう、本当に知らない顔をしていると、デュークは追及を諦めたようだ。

「そうか、邪魔したな」

一言、言い捨てて、デュークは大広間へと踵を返す。ミュリエル嬢が、慌ててあとを追った。僕も一緒に向かう。魔王くんを放置するのは躊躇われたけれど、カトリーナのほうが心配だ。たぶん、彼も許してくれる。本当に、僕の親友だというのなら。

大広間では、衛兵たちが慌ただしく動いている。そんな物々しい警戒がある一方で、広間の奥ではカトリーナを中心に、招待された人々が集まっていた。興味津々に、騒動を見物している。よくわからない魔王の復活よりも、目の前のスキャンダルを楽しみたいのだろう。悪趣味どもが。もっとも、カトリーナを心配して、見守っている人たちもいるようだが。

人だかりの間を抜けて、デュークとミュリエル嬢が進む。僕もそのあとに続いた。最前列に出ると、ルークたちがそこにいたので、経緯を尋ねる。

「ルーク、すまない。状況がわからないんだ。どうなっている？」

「デュークに聞かなかったんですか？　ああ、説明しませんね、彼は。……あれ？　こういうときはちゃんと説明していたのに……？」

ルークが考え込む。だけど、思考の海に沈んでもらっては困る。一度沈んだら、彼は浮上するのに時間がかかりすぎる。急かすように、尋ねてみた。

「それで、経緯は？」

「カトリーナ嬢がおかしなことを仰ったんです。聖女役に選ばれたアイリーン嬢に、選ばれていないと。ああでも、勘違いだと謝罪されましたよ。なのに、アイリーン嬢が謝罪をいまだに受け入れないのです。まったく」

　カトリーナを見ると、スカートを握りしめてはいるが、顔を上げて毅然とした態度を取っている。一方、エリオットはアイリーン嬢の手を握ったまま、彼女を労わるような素振りを見せていた。本当になにがあったんだ？　僕が羨ましくなるくらい、仲がよかったはずだろう。

……いや、悪かったのか……？　ダメだ、記憶が混濁している。

「アイリーン様、もう一度申し上げます。不正などと発言してしまい、申し訳ありませんでしたわ。お許しくださいませ」

　カトリーナ嬢が頭を下げる。どれほどの屈辱だろうか。公衆の面前で、公爵令嬢が男爵令嬢に頭を下げるなんて。それなのに、アイリーン嬢は僕を見ていた。そして小さく呟いたのだ。「これで揃った」と。声は聞こえていない。おそらく、傍にいるエリオットにも聞こえていないだろう。だけど、僕は読唇術には自信がある。

　そして、アイリーン嬢は神妙な表情を作って、小動物のようにおどおどしながら言ったのだ。

「あ、あのっ、私は気にしてません。カトリーナ様も、勘違いされたんですよね。だから、許して差し上げます」

　弱々しい振りをして、とんでもない言葉を返した。周囲の貴族たちもざわついている。傍にいるエリオットですら眉を顰《ひそ》めた。

　当然だろう。わかっていないのは、本人だけだ。

　本当なら「謝罪をお受け致します」だ。「許してやる」なんて、カトリーナよりも上位の立場にいるつもりか。女性最上位である王妃様ですら、そのような言い方はされない。

なのに、カトリーナは淡々と「ありがとうございます」と返礼した。そのまま、辞去を口にする。

「エリオット殿下。魔王騒ぎのせいでしょうか、気分が優れませんので、退出させていただきたいのですけれど、よろしいでしょうか？」

「あ、ああ、構わない。下がることを許す。今日は大変だっただろう。体を労って、存分に休むように。聖女の務め、大儀であった」

「お気遣いありがとうございます。それでは失礼致します。皆様、騒ぎを起こしてしまい申し訳ありませんでしたわ。お許しくださいませ。お先に失礼致します」

カトリーナは周囲の者たちにも軽く会釈して、その場を離れていく。だが、振り返ったときに、デュークを見て怪訝な表情をした。軽く蟀谷《こめかみ》を押さえて、周りに聞こえないよう呟いた。

「そうよね、デュークは六騎神だもの。魔王だなんて、なんで思ったんだろう……？」

読み取った呟きに、目眩がする。

あの魔王くんはデュークが魔王だと言っていた。聖女であるカトリーナもまた、そう思っていたということか……？　それなのに、記憶が定かではない様子だ。僕たちと同じように。

本当になにが起こっている。

帰ろうとするカトリーナに、ミュリエル嬢たちが心配げに駆け寄るが、カトリーナはそれを手で制止して、心配ないと笑顔を見せた。それが拒絶のように見えて、逆に不安になる。ミュリエル嬢たちは、もどかしそうにその場に立ち尽くしていた。

カトリーナは好奇の視線のなか、顔を上げ、胸を張って、堂々と大広間を出ていった。廊下で待ち構えていたライラック公爵がそっと彼女の背中を支え、王宮を出る。さすがだった。

「アイリーン」

「なぁに、エリオット様」

カトリーナが見えなくなってから、エリオットがアイリーン嬢を呼んだのだが、アイリーン嬢の返答がまた礼儀を失していた。カトリーナですら、殿下と敬称をつけていたのに。この礼儀知らずは、なんとかならないものだろうか。

「いまの言い方はよくないだろう。カトリーナのほうが身分が上だ。わきまえたほうがいい」

「はぁい。ごめんなさい」

驚いたことに、他人に関心を持たなかったエリオットが注意をしている。これにはルークたちも、驚いていた。

「どういうことなんだ……？」

「どうもこうも、従妹に気があるのだろう」

デュークの言葉に僕はもちろん、ルークたちも怪訝な表情を見せた。エリオットがアイリーン嬢に気があるなんて、そんな馬鹿なこと……。

「みんな知っているはずだ。カトリーナ嬢と、あまり上手くいってないことも」

ジッと見つめられる。

確かに、アイリーン嬢はエリオットに気がある。エリオットも、まんざらではなさそうだった。むしろ、アイリーン嬢のやらかすトラブルを楽しんでいる様子だった……？　そして、カトリーナとは上手くいってなさそうだったはず……？　本当に？　僕は、羨ましく思ってなかったか……？

また、頭痛が酷くなる。

「お前たちも、アイリーンのことが好きなんだろう?」

ズキズキと頭が痛む。みんなも頭を押さえている。

「……ふん、稽古を邪魔しないよう、従妹に注意しておけ」

「……なに言ってんのさ、好きなわけないじゃない。……まぁ、根性くらいは、認めてやってもいいけど」

「……もう少し、落ち着いて行動させるんだな。一生懸命なのはいいが」

「……ボクは…………研究を邪魔しないなら」

ヴィンスも、シミオンも、レックスも、そしてルークまで、アイリーン嬢を認めるようなことを口走った。そうして、デュークの赤い瞳が僕に向けられる。

「……問題を、起こさなければね」

それしか言えなかった。背中には、大量の汗が流れてしまっている。

デュークは満足そうに笑みを浮かべると、それでいいと言わんばかりに鷹揚に頷いた。

「従妹は可愛らしいからな。お前たちが好むのも、無理はない」

「デューク様、皆様には婚約者がおられるのですから、そのようなことを仰ってはいけませんわ」

口を挟んだのはミュリエル嬢だ。少しつらそうにしているが、毅然とした態度でデュークを見据えている。妙な息苦しさがあった空気が、少し緩んだ気がした。

ルークたちもハッと気づき、バツが悪そうに、それぞれの婚約者たちに謝罪する。

だけど、エリオットは動かない。——いや、表情が読めない。これは、心を閉ざしている兆候か。

いつもなら、デュークがエリオットに、カトリーナを蔑《ないがし》ろにするなと言うはずなのだが、今回はそれがない。むしろ、アイリーン嬢と仲よくなることを嗾《けしか》けていた。

……頭痛がさらに酷くなる。

「それは悪かった」

しばらく、ミュリエル嬢を睨みつけていたデュークだったが、肩をすくめて謝罪した。

そしてミュリエル嬢の耳元で囁く。一気に、彼女の顔が真っ赤になった。

「――そ、そんな破廉恥なことしません！　こっ、婚姻前にそのようなこと……不潔ですっ！　失礼します！」

ミュリエル嬢は叫ぶように辞去を述べると、パタパタと駆けて出ていった。

なにを言ったのか予想はつく。だけど聞かずにはいられなかった。

「デューク、女性になんてことを言うんだ」

「別にたいしたことは言っていない。そんなに寂しいのなら、一晩、相手をしてやろうと言っただけだ」

ベッドでな、と付け足したデュークに、別の意味で頭痛がする。女性陣からも冷たい視線が向けられていたが、デュークは気にしていないようだった。けれど、空気が悪くなったことは感じたらしい。

「どうやら、俺もアイリーンも歓迎されていないようだ。退散するとしよう」

そう言って、渋るアイリーン嬢を無理やり連れて帰った。

「デューク」

大広間扉の付近で、声をかける。帰る前に、聞いておきたい。

「さっき、言い忘れていた。貸し、ひとつだからね」

「借りた覚えはないな」

「そうかい？　でも、魔王の居場所の問いに答えただろう？」

「お前は居場所を知らなかった。貸しにはならんだろう」

「……そう。そうだね。僕が悪かった。アイリーン嬢、明日の学園の聖女祭は頼むよ」

「任せて！」

アイリーン嬢は元気よく手を振って、返事した。本当に、礼儀がなっていない。だけど僕は笑顔で手を振り返しながら、彼らを見送った。廊下の向こうに消えるまで。そして、急いで部屋に戻る。魔王くんが寝ている部屋に。

部屋に入ると、部屋は澄んだ空気で満たされていて、さっきまでの頭痛がすぐに消えた。ざわめいていた心が穏やかになっていく。混濁していた記憶が少しだけ鮮明になった。ただ、はっきり思い出した記憶が、初めて行った猫カフェだったのが気に食わないけれど。

カツンと、足先に石が当たった。魔晶石だ。ああ、そうか。さっき、魔王くんを疑って、結界を作ったときのものか。この結界のお陰で、頭痛が治ったんだな。

「それにしても――なんだったんだ、さっきのは……」

先ほどの大広間でのやり取りを思い出して、戦慄を覚える。自分の記憶がこんなにも信用できないだなんて、思っていなかった。僕は、まともでいられるのか……？

魔王くんが寝ているソファの肘掛けに、腰かける。ブランケットは、いつのまにか床に落とされていた。暑かったのだろう。平和そうな顔でスヤスヤと眠る魔王くんに対して、どうしようもなく腹が立ってきた。僕はこんなにも不安だというのに、君はのんきでいいな。

魔王くんの傍にある水晶が、柔らかい光で明滅した。僕を労ってくれたのかもしれない。

水晶を手に取る。少しだけ曇ったけれど、今回は許してくれたようだ。思わず、笑みが零れる。

「――やっぱり、もらうよ。割に合わない」

嫌がって曇る水晶を、ポケットに入れる。悪いけど、僕も不安なんだ。少しでもいいから、いいものを持っておきたいんだ。

ただ……みんなはどうだろうか。抵抗するには、少し分が悪い気がする。これが魔王の、魔族の策略であるなら、僕たちは対抗できるのだろうか。

そして。

「カトリーナ……」

聖女であるはずの彼女ですら、記憶を変えられている可能性がある。エリオットと仲よくなれるよう、あれだけ頑張っていたのに。

「……本当に、面白くないな」

彼女の悲しむ顔は、見たくないというのに。少しだけ喜んでいる自分に、嫌気が差した。

「さて。君にはちゃんと働いてもらうから、覚悟しておいてね」

彼だけが、本当の記憶を持っている。だったら、彼こそが僕の、僕らの切り札だろう。

「――僕を甘く見るな、魔王《デューク》」

（三）とある公爵令嬢の呟き　その五

セレンディア学園の聖女祭は、盛況だった。

でも、文化祭みたいに、生徒が催し物を企画出店するわけではない。昨日の聖女祭本祭で行った、神事とパレードを再現するのだ。

学園代表の聖女役であるアイリーンが、いままさに創造神役の先生から神託を受けている。学園代表の六騎神たちから『聖女の装飾品』の模造品を捧げられ、身に着けていた。

どうして、アイリーンが聖女役をしているんだろう？　確か、選挙で落ちたと思っていたんだけれど。でも、ちゃんと選ばれた記憶もある。なのに、昨夜は早とちりしてしまって、多くの人前で失態を演じてしまった。頭痛が酷くて、記憶があやふやだ。

アイリーンはヒロインだし、選ばれるのもわかる。

四月中に黄色のイベントを終わらせていたり、二周目プレイで能力値を引き継ぎにしていると、ヒロインは一年生から聖女役に選ばれる。でも、普通にプレイしていれば一年生のときはカトリーナが学園代表の聖女役だ。この時期は黄色イベントをこなすだけで精一杯だからだ。

だけど、デュークを見ていると悩んでいる様子はないので、イベントは終わったのだろう。だから、アイリーンが聖女役に収まったのかもしれない。

でも、なんだろう。すごく違和感がある。なにかが、違う気がするのだ。

やっぱり、わたしが学園代表じゃなく、本祭の聖女役に選ばれたせいかなぁ。

ゲームでは、カトリーナは本祭の聖女役に選ばれることはない。三年生のときに候補になるけど、ヒロインが逆転して本祭の聖女役になるのだ。

ちなみに、ヒロインは二年生で学園代表になれる。カトリーナと接戦を繰り広げて、勝利するからだ。それを悔しがったカトリーナは、三年生になると父親の権力で本祭の聖女役を取ろうとして、ヒロインに阻止されるのがゲームの流れだ。

それなのに、わたしが本祭で聖女役をしてしまったから、シナリオが崩壊したのかな。

でも、いまさらな気がする。だって、もっと前からシナリオは変わっているもの。

だけど、なんか納得いかないのだ。いままでは、シナリオに多少の変更があっても、大丈夫だという、根拠のない自信というか、安心感があったのに、いまはそれがない。

むしろ、不安のほうが大きくなっている。違和感がつきまとって仕方がない。

それに、あの黒い稲妻。あれは三年生でヒロインが本祭の聖女役になれなくて、カトリーナがなったときに起こる現象だ。やっぱり、わたしが聖女役なんてしちゃいけなかったんだ。

だけど、違うこともある。黒い稲妻のあとに立ち上った、白い光の柱。あれはヒロインが本祭の聖女役をしたときに起こる。なぜ、両方の現象が起こったんだろう。

あのとき、エリオットが励ましてくれて嬉しかった。みんながわたしを支えるように傍に来てくれて、本当に嬉しかったんだ。エリオットとの仲は悪いけど、仲よくしようと頑張ったお陰かもしれない。

でも、シナリオどおりわたしは処刑されるんだろうな。頑張ったけど、エリオットとの仲はだんだん悪くなっているし。今日なんて、挨拶すらできなかったもんね。

……死ぬのは嫌だなぁ。また、大人になれずに死ぬのは嫌だ。

それに。あのヒロインに、アイリーンにエリオットを任せるのは嫌だ。だってあの子、エリオットをキャラだと思ってる。エリオットがずっとずっと悩んで、フレドリックと仲よくなろうと努力したり、陛下や王妃様の期待に応えようと一生懸命頑張っていたのを、ヒロイン補正でどうにかしようなんて、エリオットを馬鹿にしているとしか思えない。

……わたしも人のことは言えないけれど。ヒロインちゃんパワーで、エリオットやフレドリックを助けてほしいなんて、馬鹿なことを思ってたけど。

だけど、この一カ月、ずっとあの子を見ていたけど、あの子はヒロインちゃんのような優しさも思いやりもない、ただ自分自身をちやほやしてほしいだけの子だ。しかも、ひとりに絞らないで、逆ハーレム狙い。

ふざけないでほしい。

これが本当にヒロインちゃんみたいに、優しさや思いやりを持った愛情深い子なら、わたしも納得した。頑張って仲よくなって、それでも処刑なら諦めた。シナリオ強制力だって。

けれど、あんな子のために、死にたくない。エリオットを渡したくない。六騎神のみんなを渡したくない。みんな、みんな、仲がよかったんだから。

オリアーナは、ルークとしょっちゅう魔導具街にデートに行っていることを、楽しそうに話してくれた。

ラモーナは、ヴィンスが稽古で手合わせをしてくれるようになったって、嬉しそうだった。

ソニアは、シミオンに頼まれて、聖女祭の『聖女のイヤリング』を着ける練習台になったって、喜んでいた。

シェリーは、常に頑張るレックスの傍で手助けできることを、誇りに思っていた。

そしてミュリエルは、ウザいくらいに黄色に愛されていて、幸せいっぱいだったんだ。

……あれ？　なにか変だけどなんだろう。なんか、頭痛が酷くなってきた。

ともかく、みんな好きな男の子のことを大切に想って、好きになってもらおうって努力してきたんだ。それを、たかがシナリオ補正や強制力なんかで、奪われてたまるもんか。奪いたいなら、本気で愛しなさいよ。それでも、許さないけれど。

壇上では、アイリーンが六騎神役のフレドリックに指輪を填めてもらってる。

……本気で見たくなかったわ、こんな光景。フレドリックだって渡さない。絶対。

あの猫カフェの一件でフレドリックには嫌われちゃったけど、それでもあの子にだけは渡さないんだから。フレドリックを愛してくれる素晴らしいお嬢さんを、見つけてやる。

だからといって、悪役令嬢みたいな嫌がらせなんてするもんか。あの子が喜びそうなことなんて、絶対にしない。

　幸いにも、いまわたしは聖女扱いを受けている。だったら、聖女として、振る舞い続けてやる。ちゃんと聖女になって、真実の愛がなくったって、魔王をぶっ倒してやんよ。こちとら、猫をかぶるのは年季が入ってるんだ。付け焼き刃のあんたとは違うんだから。

　そして、魔王を倒して平和になって陛下に認められたら、エリオットと結婚してやる。エリオットは賢いし、ちゃんと王国のことも考えられる人だから、魔王を倒した聖女とただの男爵令嬢を天秤にはかけない。せいぜい側室に、くらいだろう。

　でもそれだって許さない。たとえ、わたしとエリオットが白い結婚を貫いても、ちゃんと候補はいるんだから。

ウェンディ・ゴルドバーグ侯爵令嬢が。去年初等部に上がったばかりの令嬢だけど、とても可愛くて素晴らしいお嬢さんなんだから。一年生で初等部代表の聖女役に抜擢されるくらい、人気のあるお嬢さんだ。エリオットが初めて、興味を持った女の子でもある。

去年の聖女祭でのパーティーで、初等部一年生の聖女役がいるって話題になったんだよね。

それに――の妹だからってのもあって……。……誰の妹だったっけ？

また頭痛だ。嫌になる。確かに、あの子のことで頭は痛いけど。

ともかく、中等部最後の聖女祭で『薔薇の迷路』へ逃げ込んだエリオットを捜しに行ったとき、ウェンディ嬢がエリオットを見つめていたんだよね。

その目が憧れと尊敬と、そして好きであふれている熱いまなざしだったんだ。だけど、ほかの令嬢みたいに突撃もしないで、見ているだけで幸せだという雰囲気を醸し出していた。

エリオットもその視線に気づいたみたいだけど、

『そこまで見つめられると、穴が開いてしまいそうだ。できれば、やめてほしい』

なんて、歯の浮くようなセリフを言い出してね、思わず二度見してしまった。

そして、ウェンディ嬢が謝罪すると、

『いや、君の視線は不快ではなかった。このような心地よい視線もあるのだな』

と、微笑んだのよ！　四つも年下の令嬢に！　まるで『薔薇の迷路』イベントを見ているみたいだった。わたしのお気に入りのあのスチルのように。

ウェンディ嬢はヒロインちゃんとは全然違う姿だし、髪の色も年齢も違うけど、絶対にこの娘だって思った。この娘がきっと、エリオットの心を救ってくれる娘だって。わたしがシナリオ強制力で処刑されてしまったら、この娘にエリオットをお願いしようって。

ウェンディ嬢をお茶に誘ってみて、さらにいい娘だってわかった。

わたしがエリオットの婚約者だって知っているから、自分の気持ちを抑えて、わたしたちを祝福してくれた。令嬢として当然の常識と理性と、そしてマナーをちゃんと持っていたんだ。

ウェンディ嬢が帰ったあと、エリオットに聞いてみた。あの娘をどう思うか。エリオットはわたしに遠慮していたけど、しつこく聞いたら、気になる娘だって言ってくれたのだ。

「あの澄んだ瞳を見ていると、なんだか心が安らぐんだ」

エリオットらしくない言葉にわたしが絶句していると、エリオットは慌てて違うと言い出した。

「……いや、けっして、君といると安らげないというわけではなくてだな……その、君とは同志というか、きっと立派に私の隣で手腕を発揮してくれる安心感があるんだが、あの令嬢はその……別の意味で安心するんだ」

「安心ですか？　ええと、たとえば、疲れたときに傍にいて心を癒やしてもらえるような？」

「そう、それだ！　……す、すまない。君が癒やしていないわけじゃなくてだな」

なんだか嬉しい。ニマニマしてしまう。ああもう、この子、ちゃんと恋をするようになったよ！　しかもちゃんと、わたしにもフォロー入れられるようになったよ！　思いやりを持った、いい子に育ったよ！　おねーちゃん、嬉しい！

「なにを笑っているんだ」

「嬉しいからですわ。ぜひ、ウェンディ様をお迎えしましょうね。いいですか、エリオット殿下。ウェンディ様に嫌われるような真似は、しないでくださいね。ウェンディ様が高等部を卒業するまでに、説得致しますけど、嫌われてしまったら、お迎えできませんからね。私は、エリオット殿下を応援してます。けれど、ウェンディ様のお気持ちも大切にしますから。絶対に、嫌われないように注意してくださいませ！」

「ぼ、僕は――私は、まだなにも言っていない！　む、迎えるって、君はそれでいいのか⁉」

「もちろんです。正妻は私ですけれど、これから先、何人か迎え入れなければならないかもしれません。私だって、味方は作っておきたいのです」

「だ、だが、私は、異母兄《あにうえ》のような方を作る気はない」

「当然です。まず、真っ先に私が王太子を産んで差し上げます。ご安心ください。大丈夫ですよ、エリオット殿下。その気持ちを、大切に、大切になさってください。ウェンディ様を想う気持ちと――できれば私への友情を」

「ゆ、友情じゃない、私は君を――」

「大丈夫です。知っています。愛情といっても、家族愛のようなものだと。貴方が私を大切に思ってくださっていることも、信じてます」

　エリオットの両手を包んで、動揺するアイスブルーの瞳を覗き込む。

「――でもね、エリオット。貴方がウェンディ様に持った気持ちは、本当の気持ちなの。だから、それを大切にして。その気持ちが、貴方を六騎神へと導いてくれるから。大丈夫、私が保証してあげる。貴方は運命の人に出会えたの。その気持ちが『真実の愛』よ」

「――君は、それでいいのか。聖女なのに、わ、私が愛さなければ……」

「大丈夫。愛してくれているでしょう？　家族として。姉弟として。大切に思ってくれているわ。だからね、秘密にしましょう。ふたりだけの秘密。いいですわね」

　エリオットは納得していない様子だったけれど、無理やり納得してもらった。

　そして、今年の聖女祭で挨拶したウェンディ嬢は、ますます綺麗になっていた。——が自慢するだけあ……る……？　ああもう、なんなのよ、この頭痛。

　ともかく！　エリオットには先約があるんだから。アイリーン、あんたには渡さない。

　聖女であるわたし——ううん。——私、カトリーナ・ライラックが魔王をぶっ倒して、世界を平和にして、エリオットとウェンディのカップリングを成立させます。そう決めた。

　原作なんて、クソ食らえよ！　シナリオなんて、書き換えてやるわ！

　同人誌ならいくつも作ってきたんだ、シナリオ改変は、お手の物よ！

（四）とある子爵令嬢の呟き　その二

　今日は学園の聖女祭だ。いつものとおり、デューク様と一緒に出かけるため、私は広場の門の前で待っていた。

　昨夜は変なことを言われてしまって、ご挨拶もせずに帰ってしまった。だって、あんな恥ずかしいことを言うなんて、思わなかったんだもの。だけど、先に帰ってしまったことは、ちゃんと謝らないと。そうすれば、きっとデューク様だって、昨夜の失言を謝ってくださるに違いないわ。けれど、デューク様は一向に現れない。ずっと、男子寮の門から出てこないかと待っているのだけれど、影も形もない。このままでは遅刻してしまう。

こんなことは、一度もなかったのに。どうしたのかしら。体調でも崩されたのかしら。

でもそれだったら、知らせてくださるわよね。従者の——あれ？　デューク様の従者は誰だったかしら？　リチャードは違うわよね？　だって、彼はゴルドバーグ侯爵家の……。

——私、ゴルドバーグ侯爵家の従者であるリチャードをどうして知っているの？

リチャードは確か、そう、ゴルドバーグ家のご嫡男の従者で……そう、チェスター様の従者だったような……え、そうだったかしら？　……いいえ、そう、ウェンディ様の従者だったわ。

頭痛が酷い。吐き気もしてきた。左手首も、なんだか締めつけられているような気がする。

「お嬢様！　大丈夫ですか？　なんだか、顔色がお悪いようです。今日は、お休みをされてはいかがですか？」

「大丈夫。大丈夫よ、シーラ。ちょっと、昨日の疲れが出ただけだと思うの。けれど、今日は学園の聖女祭だもの。休むわけにはいかないわ」

侍女のシーラに心配されたけれど、本祭で巫女姫を務めた者が、学園の聖女祭に出席しないなんて、できないわ。せっかくのお祭りが、台無しになってしまう。

「そうですか？　ですが、体調が悪くなったら、すぐに仰ってくださいませ。……もう、デューク様も、早くおいでくだされればよろしいのに」

「そうね。でもデューク様も、昨夜のお疲れが出ていらっしゃるのかもしれないわね。待つのはやめて、先に行きましょう。あとでお会いしたときに謝罪するわ。昨夜のことも」

「そうでございますね。ですが、昨夜のことは、お嬢様はお悪くございませんよ。紳士の振る舞いをなされなかった、デューク様がお悪いのです。まぁ、そのことはご自身がよくご存知でしょうから、すぐに謝罪なされると思いますが……」

「ふふっ、そうね。いつもみたいに、きっとなにかプレゼントを用意してくださっているのかもしれないわ。とにかく、行きましょう」

そうしてシーラと一緒に登園したのだけれど、結局その日はデューク様には会えなかった。

学園代表の聖女として壇上に立つアイリーン様を見ている間、ずっと頭痛がしていたのも、きっとデューク様にお会いできなかったせいだろう。

その次の日も、その次の次の日も、私はデューク様にお会いすることはできなかった。ずっとずっと、門の前で待っているのに、男子寮から出てきてくれることはなかった。待っている間、デューク様のことを考えるたびに、頭と左手首がズキズキと痛み、胸が苦しい。なにかが違っているような、そんな違和感が日に日に強くなる。

そして、今日もまた待ちぼうけになった。諦めて、シーラと別れて教室へ行くと、クスクスと笑う声が聞こえた。

「今日も、ダメだったようですわよ」

「いい加減、飽きられたのではなくて?」

「いい気味。子爵家のくせに、幼い頃から大きな顔をして生意気でしたもの」

私をよく思っていない令嬢たちが、コソコソとだけど、聞こえるように内緒話をしている。中等部で、デューク様にやり込められた令嬢たちだ。デューク様の前ではけっして言わないくせに、私がひとりのときは必ずと言っていいほど、陰口を叩いている。そしてそれは、デューク様にやり込められてからも、ずっと続いていた。デューク様にバレないよう、巧妙に隠しながら。

いつものことなので気にしない。

「ごきげんよう、ミュリエル様。あの……今日もお会いできませんでしたの？」

公爵令嬢のカトリーナ様が、心配げに声をかけてくださった。陰口を叩く令嬢たちからの視線を遮るようにしながらだ。

本当に、この方は私のような者にまで気を使ってくださる。とてもとても優しい方だ。そんな、優しくて素敵なカトリーナ様だからこそ、創造神様が聖女様にお選びになったのだと思っている。私はカトリーナ様のためなら、なんだってして差し上げたい。聖女様だから当たり前だと、人は言うかもしれない。だけど、違う。たとえ聖女でなくても、私はカトリーナ様にお仕えしたい。

「ごきげんよう、カトリーナ様。ええ、今度、お見舞いに行ってみようかと思います」

「本当に、デューク様はどうされたのかしらね？　あれだけ、ミュリエル様とご一緒にいらしていたのに」

私にもわからない。誰か教えてほしいくらいだ。

「けれど、なにも知らせてくださらないのは、不誠実ですわ。もっと、お怒りになってもよろしいと思いますわよ」

「そうですわ。ソニア様の仰るとおりです。今度、お会いしたときは、ちゃんとお説教なさるとよろしいですわ」

ソニア様とシェリー様が、少しお怒りなご様子で励ましてくださる。ああ、ありがたいな。こうして仲よくしてくださるだけで、私は幸せ者だ。

「はい。寂しかったと、お伝えします」

「まったく、ミュリエル様は優しすぎるわ。少しくらい、懲らしめて差し上げてもいいんじゃないかしら」

　ラモーナ様が呆れたけれど、やっぱり寂しいのだから仕方がない。自分の気持ちは、正直に伝えたいもの。

「ねぇ。オリアーナ様も、そう思うでしょう？」

「え？　ええ、そうですわねぇ～」

　ラモーナ様がオリアーナ様に尋ねたのだけれど、オリアーナ様はなにか考えごとをされていたらしく、おざなりな返事をされた。どうしたのかしら。

「あの、オリアーナ様。どうされました？　なにか、ご心配ごとでもあるのでしょうか？」

「いいえ、そうではないのですわ～。……いえ、その、私の覚え違いかもしれませんが～……ミュリエル様の婚約者はデューク様……なのですよね～？」

　尋ねると、なぜか質問を返された。どうしてそんな当たり前のことを聞かれるのだろう？

「その、わかってはいるのですよ～。ですが、私の記憶では違う方のような～……ダメですわね～、こんな言い方では～。そうではなく～、いまのデューク様とは違う性格の方のような気がしてならないのです～。そう～、こう～、もっと明るいといいますか～、その……少しばかり抜けていらっしゃるところがあるというか～……」

　なんとなく、オリアーナ様の仰りたいことがわかる。

幼い頃のデューク様は、明るく元気いっぱいで、太陽みたいな温かい方だった。でも、いまのデューク様はどちらかというと、月のような感じだ。しかも、柔らかい光を放つような優しい月ではなく、冴え冴えと冷たく鋭く、青白い光を放つような雰囲気を持っていらっしゃる。

……また頭痛がする。左手首も痛い。なにかが、とても大切ななにかがある気がするのに、どうしても思い出せない。皆様も、どうしてか頭を押さえられていた。

「――なにか、変ですわね？」

カトリーナ様の言葉に、私たち全員が頷いてしまった。

そう、なにかが変だ。それがなんなのか、はっきりとわからなくて、とてももどかしい。


にゃー。

……なんだろう、どこかで猫の鳴き声がしたのだけれど。さっきまでの頭痛も消えた。気のせいだったのかしら？　気のせいといえば、さっき、なにを不思議に思っていたのだろう。デューク様は、デューク様なのに。


「もう、ダメだよ、ひとりでなんでもしちゃ。周りに頼っていいんだからね、レックス様！」

「あ、ああ」

首を捻っていると、アイリーン様が大きな声で教室へ入ってきた。レックス様と一緒に、書類を運んできたようだった。

……どうして後ろにいるサディアスに持たせないのかしら？　雑用は彼の仕事なのに。

仕事を取られてしまったサディアスが、ものすごく怖い表情でアイリーン様を睨んでいるのに、まったく気づいていないみたい。レックス様がサディアスを視線で抑えているけれど、いまにも襲いかかりそうで、少し怖かった。

「まぁ、アイリーン様。そのような雑用は、サディアスの仕事ですよ。どうしてレックス様に書類を持たせているのですか？　失礼ではなくて？」

シェリー様がすかさず注意する。けれど、アイリーン様はいつものようにシェリー様を見下すような表情で言い放った。

「なにを言っているの？　生徒の大事な書類を、従者に任せるわけないじゃない。だからこうしてふたりで分けて持ってきてあげたのよ。ねー、レックス様」

「……ああ」

なんだかレックス様の目が焦点を失っているように見えるのは、気のせいかしら？

「あんたみたいに手伝いもしないほうが、よっぽど失礼よ」

「な……！」

あまりにも失礼な言葉に、シェリー様が絶句されている。

「それは、言いすぎですわよ、アイリーン様。この書類も、本来なら講師の方が持ってこられるものでしょう？　わざわざ生徒が取りに行く必要はありません。ましてや、もうすぐ始業時間です。このような時間に、レックス様のお手を煩わせてはいけませんよ。ねぇ、サディアス」

カトリーナ様がアイリーン様を窘められた。そして、サディアスは女神を見るように、カトリーナ様に感謝した表情で捲し立てた。

「そうですとも！　レックス様は授業の準備がございますのに、この小娘が無理やりレックス様の腕を掴んで引きずっていったのです！　無礼にもほどがあります！」

「ひ、酷いわ……！」

　アイリーン様はショックを受けた様子だった。だけど、さりげなくレックス様の陰に隠れるのは卑怯だと思う。

　すると、レックス様がアイリーン様を庇うように前に出られた。え？　どうして？

「サディアス、下がれ」

「レックス様……？」

「下がれと言っている」

　いままで見たことない冷たい表情で、レックス様がサディアスを睨みつけた。

　サディアスは悔しそうだったけれど、素直に引き下がった。

「レックス様、それはいけません！」

　シェリー様がレックス様の腕を掴んで窘める。そのとき、どこかでシャンと、小さな音が聞こえた気がした。同時に、レックス様が頭を押さえて呻かれた。

「……シェリー？　私は……」

　レックス様が頭を押さえて呻いたあと、戸惑った様子でシェリー様に尋ねられている。焦点を失っていた目も、元に戻ったようだ。

「レックス様、サディアスに理不尽なことを申されてはいけませんわ。貴方らしくありませんよ。

本当にどうされました？　大丈夫ですか？」

「いや、大丈夫だ。——ああ、サディアス、悪かったな。だが、もうすぐ授業だ。戻るといい」

「——はい、レックス様」

普段どおりのレックス様に安心したのか、サディアスは先ほどよりは表情を和らげて一礼をし、教室を出ていった。

「シェリー、すまない」

「いいえ。ですが、本当に大丈夫ですか？　お疲れなのでは？　今日は授業を休まれたほうがよいと思います」

「いいや、授業を疎かにできない。それに、来週は領地に帰らなければならないんだ。父上の名代として仕事を任されたからな。長期で授業を休まなければならなくなる。だから、今日は頭痛程度で休む気はない。……心配をかけた」

「いいえ、迷惑とは思っておりません。……その、多少は気をつけていただきたいと思いますが」

シェリー様がチラリとアイリーン様を一瞥すると、アイリーン様はシェリー様を睨んでいた。

「いつも風紀を乱される方を、常に気をつけて見ていなければいけないことはわかりますが、すべてをレックス様が後始末される必要はございませんのよ。私にもご相談くださいませ」

「なによそれ、あたしのことを言っているの？　あたしはただ、レックス様のお手伝いをしていただけよ」

「……無自覚な行為ほど、手に負えないということですわね。いい加減、常識というものを学んではいかがですか。男爵家の令嬢として、また跡目を継がれる者としての自覚をお持ちなさい」

「はぁ？　男爵令嬢だから、身分が低いから、引き下がれって言うの？　高位貴族の言いなりになれって？　冗談言わないでよ。自分が相手にされないからって、あたしの邪魔しないでよね」

「違います。そのようなことは申しておりません」

　シェリー様が仰っているのは、貴族社会でのマナーやルールをきちんと学んで、自分や家を守る術を身に付けろ、ということだ。アイリーン様はプラム男爵家のひとり娘なのだから、家を守るために婿を取ることになるだろう。婿となる男性は、おそらく嫡男ではない方や、騎士爵の方になる。そういった男性とご縁を結びたいのなら、婚約者のある方――レックス様に言い寄るなんてできないはずだ。だって、そんな浮ついた女性を妻にと願う男性は、きっと少ないだろう。自分で自分の価値を下げるなと仰っているだけなのに、どうして邪魔をしていると思うのかしら？

　にゃー。

　また猫の声がしたような……？

「シェリー、言いすぎだ。アイリーンはまだ知らないだけだ。成長を見守るのも、私たちの役目だろう」

　レックス様がアイリーン様を庇うように仰った。

　……それは、そうなのかしら？　もう高等部生にもなるのだから、そんな、子供を見守るような接し方をしなくてもいいと思ったのだけれど……。また頭が痛くなってきた。

「そうよね！　さすがレックス様だわ、わかってるぅ！」

「だが、アイリーンも、少しは成長を見せたほうがいい。そうしたら、シェリーもわかってくれるはずだからな」

うんうんと、レックス様が優しげにアイリーン様に微笑まれた。

それなのに、アイリーン様は「は～い」と、不満そうに返事をされて、席に戻られた。

「まったく、困った奴だ。なぁ、シェリー」

「ええ、そうですわね。……本当に」

苦笑されるレックス様に、シェリー様は完璧な笑顔で答えられた。

だけど、一瞬だけ、ほんの一瞬だけ、とても怖いお顔をされていたのだ。

「シェリー様！」

突然、カトリーナ様がシェリー様に抱きついた。え？　なに？　どうしたの⁉

「か、カトリーナ様、あの、どうされました？　離してくださいませ」

「いいえ、もう少し、こうしていたいのです。お付き合いくださいませ」

そうして、ギュウッと抱きしめている。……なんだか、私も参加したくなった。

「あの、カトリーナ様、シェリー様、失礼致します！」

そうお断りして、私もおふたりに抱きついた。カトリーナ様が、私も抱きしめてくださる。温かくて幸せな気分だ。

「私も！」

ラモーナ様も参加してきた。こうなったら、皆様をお呼びするのが一番だろう。

「ソニア様もオリアーナ様も、ご一緒にいかがですか？」

「ま、待ってくださいませ、はしたないですわ」

「まぁ～、そうですわね～。でも……楽しそうですもの～。え～い！」

ソニア様は逡巡なされたけれど、オリアーナ様は飛び込んできてくださった。

ふふっ、なんだか楽しい。

「ほら、ソニア様も来なさい！」

ラモーナ様がソニア様の腕を引っ張って、仲間に入れる。

シェリー様を中心に、抱きついた私たち。お団子状態になっていた。

突然の私たちの行動に、レックス様はもちろん、教室中の皆様が驚いているけれど、そんなことどうでもよかった。ただ、なぜかこうしなければならないと思ったのだ。

「ちょっと、皆様！　もうすぐ授業が始まりますわよ！　離れてくださいませ！」

困惑しつつも、シェリー様は笑顔になられていた。

よかった。あの怖いお顔のシェリー様は、見たくないもの。ひょっとしたら、カトリーナ様も同じ思いだったのかもしれないわ。だから、シェリー様に抱きつかれたのかも。

やっぱりこの方は聖女様だ。皆様を幸せにしてくださる、聖女様なんだ。

こうして先生が教室に現れるまで、私たちはシェリー様に抱きついていた。

授業のあと、私はアイリーン様に尋ねてみることにした。アイリーン様は、デューク様の従妹だもの。きっと、デューク様がどうして授業に出られないのか、なぜ、私に会ってくださらないのかをご存知だと思う。

いまのいままで、そのことを思いつかなかったなんて、私ってばどうかしていたわ。

「あの、アイリーン様。少し、よろしいでしょうか？」

「なによ、あたしは忙しいの。あとにしてくれる？」

エリオット殿下やレックス様とともに、教室を出ていこうとしていたアイリーン様に声をかけると、不機嫌そうに返事をされた。けれど、ここで引き下がったらまた聞けなくなりそうなので、彼女の言葉に従うわけにはいかない。

「申し訳ありません。お時間は取らせません。デューク様のことを、お聞きしたいだけなのです。最近、授業にも出ておられませんが、どこかお悪いのでしょうか？　なにかご病気なのでしたら、お見舞いに伺いたいのですが……」

「はぁ？　なにを言っているの？　デュークはもう成人しているのよ。学園になんて、来るわけないでしょ。バッカじゃないの⁉」

……え……？　そうだったかしら……？　また頭痛がして、考えがまとまらない。

「だいたいさー、あんたみたいなトロ女なんて、デュークの好みじゃないし。彼の周りをウロチョロして目障りなのよ、あんた。きっと、ウザがられてるわよ。だから会いに来ないんじゃない？　というか、フラれてるんだから、さっさと諦めたら？」

「そ、そんなことありませんわ！」

そうよ、そんなことない。だってデューク様は、いつでも私と一緒にいてくださっていたのよ。

それを……痛い。頭が割れるように痛い。左手首も締めつけられるように痛い。

――そう、最近は……いいえ、ずいぶん前からあまり会ってくださらないけれど。でもだけど、婚約だってしているんだから……。

「無理やりあんたが婚約したいって我儘を言ったから、婚約してあげたんでしょ。デュークも可哀想よね、好きでもない女と付き合わなきゃいけないなんて。まったく、いい気なもんだわ、身分を笠に着て、婚約を迫ったんだから。しかもひとり娘とかじゃなく、五人兄弟の末っ子。メリットがなんにもないのに、付き合ってあげているデュークに感謝しないで、文句を言ってくるなんて、なんなの？　いい加減にしなさいよね」

「そ……んな……」

捲し立てるアイリーン様に、なぜか反論ができない。

私から婚約を申し出たって……身分を笠に着てなんて、そんなこと絶対にないって言いたいのに、どうしてか、そのとおりだと思っている自分がいる。

どうして⁉

だって、あのとき同じ気持ちだったもの。お父様に婚約をなかったことにされて、涙を流すあの方を見た。ああ、同じなんだって、同じように好きでいてくれているのだって思った。だから待った。ずっと待っているって誓った。いつかきっと、迎えに来てくれるって信じてたから。そして、あの方はすぐに迎えに来てくれた。

それなのに。どうして違うって言えないの……！

以前の私ならきっと言えたはずだ。愛されているって知っていたから。本当に——？

いいえ、違う。……思っていただけだ。勝手に。思い込んでいただけ。

あの方が、優しくしてくださるから。あの方が、プレゼントを作ってくださるから。あの方が、命を救ってくださったから。

　でも、違った。それは私の思い込みだった。

「アイリーン様。デューク様の本当のお気持ちなんて、貴女にもわからないでしょう？　憶測で、ものを言ってはいけませんよ」

　カトリーナ様が私の肩に手を置いて、大丈夫だと励ましてくださった。

「憶測じゃないわ」

「ですが、ご本人が仰ったわけではございませんでしょう？　でしたら、貴女のご感想は控えるべきですわ。ねぇ、エリオット殿下」

「……そう、だな。噂話はよくない。ましてや悪口は」

　エリオット殿下が、頭を押さえながら仰る。

――そうだった、皆様が見ていらしたのだ。周囲を窺うと、皆様、好奇の視線で見ていらっしゃる。私を悪く思っていらっしゃる方々は、それはもう、楽しそうな笑みを浮かべていらっしゃった。心配してくださっているのは、聖女であるカトリーナ様と、巫女姫仲間の皆様だけ。エリオット殿下やレックス様たちは、頭を押さえながらも、私を胡乱《うろん》げに見ていらっしゃった。

「ミュリエル様!?」

　思わず、私は教室を飛び出した。恥ずかしい思いで、いっぱいだ。

　アイリーン様たちの笑う声が、耳から離れない。

　校舎を飛び出し、広場へ逃げる。寮に帰りたくない。気がつくと、桜の木々が立ち並ぶ場所まで来ていた。そういえば、春にここで皆様とお花見をしたっけ。ずっとずっと、かなり昔の出来事のように思える。まだ、ひと月ほどしか経っていないのに。もう、桜の花は散って、青々とした葉が生い茂っていた。

なにがなんだかわからなくなってきた。

私はあの方を大好きで、あの方も私のことを好きでいてくれているって信じていたのに。実際には、あの方は、私なんかなんとも思っていらっしゃらないなんて。

「私の独りよがりだったのかしら……？」

考えれば考えるほど、わからなくなってくる。愛されていたはずなのに、愛されていなかったのだと思えてくる。もう、どうしたらいいのかわからない。

考え込んでいるうちに、男子寮の近くまで来ていた。

あはは、こんなにも想っていたなんて。きっと迷惑だって、思われていたのだろう。こんな、つきまとう真似をするなんて、馬鹿みたい。

ふと見ると、男子寮の門からこっそり出ていかれる人影を見かけた。なぜか、反射的に隠れてしまう。ダメよ、こんなコソコソするなんて、やましいことがあるみたいじゃないの。

だけど、気になって、つい見てしまう。

……あれは、フレドリック様？　と、もうひとり。フードを目深に被っている旅装の方を連れて、木陰に隠れながら裏門へと向かっていかれる。

一体、どうしたのかしら？

それに、あの方はどなたなんだろう？　たぶん背が高いから男性だと思うけれど。

少し強い風が吹いて、フードがはためく。お顔が少し、見えた。

輝く金の髪。大きな琥珀色の瞳。どこか憂いを帯びた表情は、なぜか、この方には相応しくないと思った。もっと明るい、太陽みたいな笑顔が、きっと似合う。

私ったら、知らない人に対して、なんて評価をしているの……！

でも……あんな暗い表情はしてほしくないわ……。ダメダメ！　失礼よ！

その方はフレドリック様となにか話をしたあと、寮を出て、学園の裏門から人目を忍んで出ていかれた。

なぜか、涙があふれ出た。どうしてかわからないけれど、私も連れていってほしいって、願ってしまった。知らない男性なのに。デューク様を裏切るような罪悪感と、あの方を追いかけたい気持ちが入り混じって、ぐちゃぐちゃだ。私って、こんなにも浮ついた人間だったのだ。

もう、情けなくて、自分が嫌で、涙が止まらない。

それ以上に、心のどこかに穴が空いたような喪失感に襲われた。

なにか、とてもとても大切な宝物を失った。

そんな気がした。

（五）とある執事の呟き　その三

「――よろしいのですか？　テオドールと……あの娘を放っておいて」

ふとなぜだか胸騒ぎがして、ソファで寛いでいる我が主に尋ねた。

聖女祭を終えた直後はあの子供――テオドール・ゴルドバーグを仕留め損ねたと、不機嫌だったが、その翌日にはすぐに王都を出ると言い出して、このプラム男爵領へと帰ってきたのだ。

王都のタウンハウスにいれば、仕留め損ねたテオドールのことも把握できると思うのだが。

それに、テオドールの婚約者であるミュリエル・アンバーになにもしないでいるのも疑問だった。

「テオドールか……彼奴《あやつ》には精霊がついている。守護していると言っていい。見たところ、聖女よりも守られているな」

「精霊がテオドールを守護しているのですか？　聖女であるカトリーナを守らずに？」

精霊が守護するのは聖女のはずだ。少なくとも以前、精霊たちは聖女を守護していた。六騎神たちも精霊の守護を得ていた場合もあったが、聖女を介してだった。

確かにおかしい点はある。

六年前のあのとき、王都の結界が強化された。綻びを少しずつ気づかれないよう広げていたというのに、一気に戻されてしまったのだ。

聖女を介さないで結末を迎える運命《シナリオ》はあるが、それが六騎神に精霊がつくということなのか？

巫女姫に精霊がついて、聖女になるのではなく。

それでは、アイリーンの戯れ言に付き合った意味がないではないか。信じられるわけがない。

「聖女であるカトリーナが、テオドールに守護を与えているのでしょうか？」

それならまだわかる。

アイリーンは自分が聖女などと嘯《うそぶ》いているが、現実的に考えてもカトリーナが聖女であることは明白だろう。なにせ、当時たった三歳だったカトリーナは俺の計画を阻止した。あれは聖女としての片鱗を見せた証に違いない。その聖女が、六騎神であるテオドールに精霊の加護を与えたというのであれば、まだ理解できるのだ。

なにより聖女祭で見せた、あの力。闇の結界を破り、土壇場で光の結界を張り直した聖女の力は強力なものだった。その力が加護を与えているのかもしれない。

　聖女候補であるミュリエルとカトリーナの仲がいいというのは聞いている。そのミュリエルを守るために、テオドールを守護しているのかもしれないが……。

「……どうだろうな。カトリーナに精霊の気配は見受けられなかったが……。いや、あいつらにはあったな。フレドリックやルーク、そしてミュリエルには、微かだが気配があった。そうか——さすが今代の聖女といったところか」

　くつくつとデューク様が笑う。やはり聖女カトリーナの守護は、テオドールひとりだけではないようだった。カトリーナが少しずつ覚醒している兆候かもしれない。

「ともかく、テオドールに精霊の加護があることは間違いない。どうりで呪詛《じゅそ》の効き目が薄いわけだ。結界を張り直されたとはいえ、前もってあいつの精神が壊れるような攻撃をしたはずなのに、反撃をされたのだからな。……喰ったと嘯いた馬鹿は死ね」

　絶叫が響き、咀嚼《そしゃく》する音がした。ここではない空間で、馬鹿が周りの連中に喰われたのだろう。

「ならば、ますますテオドールを放置するわけには参りません。あいつをさらに追い詰めるために、ミュリエルを使えばよろしいのではないでしょうか？」

　そう、あの娘はもちろん、王国中の者たちが我々の術中に嵌《は》まり、テオドールの記憶を失っている。

　テオドールが持つ絆はすべて断ち切った。あいつが誰を愛そうとも、愛を返す者などいない。

アイリーンの戯れ言が正しければ、六騎神からの〝愛情の籠もった贈り物〟と〝真実の愛〟を受け取る者がいなければ、カトリーナはもちろん、誰も聖女にはならないはずだ。

だが、カトリーナもテオドールもそれぞれ聖女や六騎神としての兆候を見せはじめている。アイリーンの話は当てにならないだろう。

ならばもう一歩踏み込んで、ミュリエルの純潔を奪えばいいのではないか？　そうすれば、テオドールは絶望の淵に落ちていくはずだ。

「それをすれば怒り狂うぞ、奴は。俺様のようにな」

怒りを湛えた瞳で、デューク様が宙を睨む。

「この怒りは俺様のものだ。誰にも渡さん。奴に与えるのは絶望と嘆きだけだ。どんなに足掻こうと、怒りや憎しみ、復讐は与えん」

「しかし、なればこそ、あの娘の愛情をテオドール以外に向けさせるべきでしょう。いま、あの娘が愛しているのは、テオドールではなくデューク様だと誤認させています。そのままあの娘をデューク様のものにすれば、テオドールは絶望の淵へと落ちていくはずです」

「言っただろう、怒りは与えんと」

確かにあのテオドールならミュリエルが奪われたとなったら、怒り狂うだろう。しかし、女が心変わりをしたのなら、最後には怒りよりも絶望するはずだ。

だが、我が主の意志は固かった。

「あんな小娘より、今代の聖女のほうが楽しめそうだ。最低限とはいえ、俺様の結界を押し戻したのだからな。お陰で、王都は居心地が悪すぎる」

確かに、王国中を巡って張り巡らせた闇の結界は、思っていたよりも王国の結界を崩すことはできなかった。このプラム男爵領に充満させた闇の魔力が王国中に広げられるはずだったのに。王都の結界も崩せたのはほんの僅かだ。

やはり、今代の聖女も侮れん。デューク様が直々に相手をせねばならないかもしれない。

そこで気づいた。

「デューク様、魔力は回復されましたか?」

この儀式にはデューク様の魔力が使用されている。王国全土に影響を与える大がかりな仕掛けのため、我らの魔力だけでは賄えない。

「まだだな。かなり使った。一カ月くらいはかかるかもしれん」

「――出過ぎた真似を致しました。ごゆっくりお休みください」

まずは、デューク様の回復が優先だ。

俺の胸騒ぎなど、取るに足らん。不安要素は、取り除けばいい。

テオドールを完全に排除すればいいのだ。

第三章

（一）マップは重要だよね

暗く鬱蒼とした森は、歩きにくい。

いやもう、マジで獣道すら見当たらない。大きくうねった木の根っこは俺の肩あたりの高さがあるし、下生えのシダ植物も葉が大きくて踏んで歩いていけそうにない。迂闊に踏んだら、なんか食われそうな雰囲気がある。

遠くでギャーギャー鳴く鳥？——鳥だと思いたい。鳥だ。うん、鳥。ときどきゲッゲッゲッとか鳴く声も聞こえるけど——の声が聞こえる。幻聴だ。たぶん、きっと。それに、尻尾がこんもりして、ジージー鳴いている蛇も視界の端に見えたりするんだけど、あれもただの幻視だろう。うん、そうだ、そうに違いない。そんな、大自然にあふれまくった森の雰囲気は厳かで怖かった。

なるべく、ここに棲んでいるモノたちを刺激しないよう、息を潜めて葉っぱをそっと杖で避けながら進むけれど、ところどころに腐葉土があって足を取られたり、根っこをよじ登って越えたりするのが大変だった。さらには、黒いゴツゴツした岩が行く手を阻んで、迂回するために戻ったりしなければならなかったりと、なかなか思うように進めなかった。

そして、一番の問題はというと。

ここがどこなのか、さっぱりわからないということだった。完全に迷子です。

　いや、セレンディアス王国の南に聳《そび》える、グローリー山の麓にある樹海だってのはわかっている。確か、黒の樹海とか呼ばれている場所だ。ただ、俺の現在地がわかんないんだ。ＧＰＳもグー◯ルマップも、マップスキルも持ってないんだよ！

　聖女祭から一カ月。この森に入って三日は経っている。

「くそう。ミュリエルに会えないうえに、俺を思い出してもらえないまま、こんなところで野垂れ死ぬのは嫌だ」

《もう……すぐ。ガンバ……る》

　答えたのは黒だ。

　いやでも、ずっと森だよ？　自殺率ナンバーワンの、入ったら出られない樹海だよ？

《泣き言言ってないで、さっさと歩け》

「痛い痛い痛い」

　黄色が頭をつつく。

　ミュリエルの作った土人形のヒヨコは、器用に俺の頭の上で寛いでいた。このヒヨコには黄色と黒の魔力が住んでいる。

《歩くぜ歩くぜ！》

《――あるくー》

　赤と青が応援してくれる。応援だよな？　煽ってないよな？　赤と青の魔力は、婚約式で作った対のペンダントのうち、俺のペンダントに住んでいるみたいだった。

　緑は、ミュリエルのペンダントに住んだようで、声は聞こえない。どこかにいる、という感覚はあるんだけどな。身近にはいない感じだ。
そして白はというと、聖女祭のときの騒動で水晶をなくしたせいか、声はおろか、存在も感じられなかった。
こんなことは初めてで、ちょっと心配だ。黄色や黒は心配ないと言っていたけれど、大丈夫なのか？　ふたりが言うなら大丈夫だろうけど、やっぱり気にはなっている。
それはともかく、いまは現状をどうにかしたい。でも、どうしたらいいのか、さっぱりわかりません。教えてエライ人ー！　くそう。いいよな、お前らは乗っているだけで。
《やかましい。ここを選んだのはお前だろう。文句を言うなら、北西を選べばよかったんだ》
いやそうなんだけどさ、これほどキツイとは思わなかったんだよ！
《俺は北西に行けと言ったぞ》
《言っ……た》
《言ったぜ言ったぜ！》
《――いったー》
全員に責められた。うん、みんな反対したのに、この場所を選んだのは俺です。ごめんなさい。でも、俺だって、ちゃんと考えたんだ。魔王の居城があるというグローリー山の麓を選んだのは、理由がある。ほら、ラスボスの近くって、一番重要な情報があったりするだろ？　強力なアイテムとか武器とか、手に入ったりするじゃん。ショートカットを考えた俺は、悪くないはずだ。
《実力が伴っていればな》
《アイ……テム？　武……器？　ない……とき……どう……するの……？》

黄色と黒が入れたツッコミは、的確すぎて心を抉られた。

いまだ、ケヴィンにも勝てない弱っちい俺で、すみません。無駄足だったら、すみません。でも、希望は捨てたくないんだよ。わかれよ、このやろー！

ああもう、こんなところで迷子になるなら、フレドリックや魔力たちの忠告を聞いて、北西に向かえばよかった。

そうすれば、迷子は回避できたかもしれない。

でも、ここまで来たんだ。絶対に、なにかを収穫してやる。


「――調査？」

聖女祭本祭の翌々日、フレドリックに告げられた言葉は、王都を出ていけということだった。

騒動のあと、俺は王城の客間で寝落ちしてしまった。起きたのはパーティーが終わってかなり時間が経った頃だった。真夜中にフレドリックに叩き起こされ、ブランケットを頭から被せられて、人目を避けるようにフレドリックの寮部屋へと連れていかれた。そして、従者追加の申請書にテオと名前を書かせられて、晴れて俺はフレドリックの従者になった。……嬉しくねえ。

翌日には学園の聖女祭があり、なぜかあのピンク頭が聖女役をやったそうだ。選挙で落ちたはずなのに。そのことを話すと、なぜかフレドリックは「やっぱり」とひとりで納得していた。

みんな知ってることだろう？　なんでやっぱりなのか、さっぱりわからん。

そして今日。聖女祭の後片づけ——掃除業者の手配や事務処理など——の生徒会の仕事を終えて、部屋に帰ってきたフレドリックから、王都を出ろと言われたのだ。

「ちょ、ちょっと待て！　なんでそうなるんだよ！　魔王はデュークなんだから、あいつをどうにか捕まえないとダメだろう！」

　俺が詰め寄っても、フレドリックは涼しい顔で答えた。

「それが無理だから、証拠を集めようねって言ったんだけど、聞いてなかったのかい？」

「いや、証拠を集めるのはわかるけど、王都を出る理由がないだろう？　あいつは、俺の代わりにここにいるのに。あいつの周囲を調べるのが先じゃないか？　それに——王都の結界はどうなっているんだよ」

　そう、だってデュークがいるのはこの王都だ。あいつを調べるのなら、あいつの周辺だろう？　王都を出る意味がわからない。それに、王都にも王国全体にも結界が張ってあるはずなのに、魔王がウロウロしている理由も調べないと。

「だから、それの調査をするには神殿の協力が必要だろう。でも、神殿は王都の結界に自信を持っているから、そう簡単に再調査には応じてくれないだろうね。ましてや、庶子の王子の言うことを真に受けると思うのかい？」

　証拠もないのに、神殿に調査依頼はできないとのことだった。俺の言葉だけじゃ、不十分だと言うのだ。それはわかるんだけどさ、みんな俺のことは忘れているようだし。わかるけど、納得がいかない。

「テオ、そう不貞腐れないでくれるかな？　理由はちゃんとあるから。君が、聖女祭の本祭に出ていたというのなら、見ただろう？　あの黒い稲妻を」

　ああ。あの、王国を囲むように落ちた五本の黒い稲妻か。あとで聞いた話だと、最初に南、そして北東、南西、南東、北西の順だっけか？

　カトリーナの宣言のあと、黒い稲妻が落ちて騒然としたけれど、すぐに今度は白い六本の光の柱が立ち上ったんだったな。

「その黒い稲妻も白い柱も、君も知っているように、いままで見たことのない現象だ。もしこれが、黒い稲妻を発生させたのが、魔王の仕業だったとしたら……？　僕はそう考えてみた。妄想かもしれないけれどね。でも、魔王復活が噂されて何年も経つ。魔王が王国になにかしようとするなら、聖女祭は格好の舞台だろう？」

　それに、聖女祭前夜は『魔の夜』だからと、フレドリックが話す。

「『魔の夜』は魔族たちがグローリー山に集まって宴をする、という伝説があるね。そして聖女の力が弱まる夜だともいわれている。魔族たちにとって、聖女祭を台無しにする準備をするには格好の夜だったんじゃないかな」

　だから、聖女祭前夜の『魔の夜』にはオーナメントを飾って、悪いものが家に入らないようにするのが習わしだ。

「そういや、窓に飾っていたオーナメントは、花が枯れて床に落ちていたな……」

「……君ね、そういうのは早く言ってくれないかな。――でも、これでひとつ、調査理由ができたよね」

　そう言って、フレドリックが不敵に笑う。

「黒い稲妻の発生源は五つ。聞いた話によると、魔族の使う魔法陣は五芒星らしいよ。星の頂点が下を向いているそうだ。ね、数も位置も合うと思わないかい」

確かに、北を上とした場合、南を頂点とする五芒星は下を向いていることになる。なるほど。

ほんと博識だよな、フレドリックはどれだけの知識を持っているんだか。

「つまり、その黒い稲妻が発生した場所を調べろってことなんだな」

「そうだよ。黒い稲妻に魔族はなにかしら関与している。そう仮定すると、王都の結界が機能していないことにも説明がつけられるんじゃないかな。最低でも、魔族が暗躍している理由にはなりそうだ。あと、君のことをみんなが忘れているということにもね」

「そうか！　だから発生源の場所を調べて、そこにあるものを壊すことができたら、みんなが俺のことを思い出すかもしれないってことだな！」

――あれ？　でも待てよ。

「あのさ、みんなが俺のことを忘れはじめたのって、聖女祭の朝からなんだけど……それに黒い稲妻のあともみんな俺を覚えていたし……どうなってるんだ？」

尋ねると、フレドリックはしばらく考え込んでから、「これは仮定だけれどね」と前置きして、説明しはじめた。

「魔族たちは『魔の夜』になにかをして、君のオーナメントが枯れた。そして、君の周囲の人たちが君を忘れたけれど、まだ効果は薄かったんじゃないかな。だから、君が話しかけることで、君を思い出していた。――大がかりな仕掛けみたいだから、効果が浸透するのに時間がかかったのかもしれないね」

慎重に言葉を選びながら、フレドリックが続ける。

「そして、黒い稲妻で逆転を図ろうとしたけれど、白い光の柱が立ち上って、その効果もまた、薄められた。けれども、薄められただけで、完全に消えてなくなったわけじゃない。徐々に効果は発揮されていって、パーティーのときに完全になったんじゃないだろうか。魔王本人が王宮に現れたことで。……酷い、穴だらけの推論だけど、僕が考えられるのはここまでだね」

だから、とフレドリックは俺を見据えた。

「その推論を、ちゃんとした証拠を集めて検証しようと思う。調査に行ってくれるかい？」

「ああ、もちろん！」

そういうことなら、任せろ！　全部調べて、ぶっ壊してきてやる！

「テオ？　あくまで調査だからね。壊さなくていいからね。調べるのは、そこになにがあるのか、現物として存在するのか、それともなにかしら結界のような空間なのか、物品だとしたら形状や大きさ、材質はなんなのか、空間ならそれを維持しているのはなにか、見張りはいるのか、壊せそうなのか、壊すことでなにか不利益が起こらないのか、などなどを調べるんだよ。見つけました、壊しましたじゃ、意味がないからね。見張りに見つかって、君が壊したなんて魔族側に知られたら、警戒されてしまうんだよ。わかってる？」

えーと。……テヘペロ？

俺が悪かった！　だから、青筋を立てないでくれ！

「――まったく。いいかい？　調べるのは一カ所でいいんだ。……そうだな、北西はどうだろう？ゴルドバーグ領にあると思われる場所だよ。君がゴルドバーグ家の者だと言うのなら、地の利は君にあるはずだよね？　知っている場所なら、ほかの地域よりも比較的楽だろうしね」

まぁ、確かにゴルドバーグ領なら、ケヴィンたちを連れて遠乗りしまくったから、よく知っているけれど。

「……ウチの連中、余所者がウロウロしてたら声をかけ合って、用事はなにかだとか、なにくれとなく世話をするんだよな。もちろん、お節介じゃなくて、防犯のためなんだけど。あんまりウロウロできないんだよなぁ」

そして余所者の情報は、すぐに父上に届くようになっている。ゴルドバーグ領は鉱石が取れるため、採掘場や鉱山に商人や観光客が滅多に近寄らないように、制限をしているんだ。そんなところに探しに行くのは、大変なんじゃないか。いや、父上なら事情を話せば、黒い稲妻が発生した場所を探す手伝いくらいは、してくれると思うけど……見張り付きで。

でも、拘束されるのは嫌だしなぁ。唸っていると、フレドリックは呆れた目を俺に向けていた。

「ほかの地域も似たり寄ったりだよ。僕はゴルドバーグ領がいいと思うけどね。たとえ不審者に思われても、正直に話せばいいよ。ゴルドバーグ侯爵は話せばわかる人だし。たとえ、君の話を疑ったとしても、きちんと調査をしてくれるはずだ。僕としては、そっちのほうがいいと思ってるよ」

それはよくわかっている。でも、迷惑をかけたくないって気持ちもあるんだ。

「ともかく、決めたらすぐに出立してほしい。いちおう君の身分保証は僕がしておくからね。身分証も用意する。旅費も、旅支度にかかる費用もね。ただ、僕は庶子だからあまり自由にできるお金がないってことも、わかっておいてくれないか」

こうして、俺は王都を出ることになった。

だけど、ゴルドバーグ領に向かうには、どうも気分が乗らなかった。

数日後、旅支度を終えた俺は王都を出た。行き先は悩みに悩んだ末、南のグローリー山に決めた。その麓に広がる黒の樹海の中にあるという、騎神ブラッドの隠れ里だ。きっと、ここならなにかが見つかると思う。まずは、ここを拠点に黒い稲妻の発生した場所を探す。

そうして俺は、辿り着く前に迷子になった。

とりあえず、隠れ里へは黒が誘導してくれている。黒はなぜか隠れ里を知っていたのだ。理由は教えてくれなかったけれど。だから、向かうべき場所自体は見失っていないはずだ。
ただ、直線なだけで。そこに越えられない岩があっても、真っ直ぐとしかわからない。迂回路は俺が見つけるしかなかった。
《ごめ……んな……さい……》
「大丈夫だ。方向さえわかってりゃ、なんとかなるだろ」
そう言って三日経つけど。だけど、黒だって協力してくれてるんだ、俺が頑張らないとな。
《当然だ。お前が選んだのだからな》
《進むぜ進むぜ！》
《――すすめー》

黄色は容赦なく、青と赤は能天気に、折れそうな俺の心を叱咤してくれる。お前らがいてくれて、よかったよ。会話ができるだけでも、ありがたい。

何回か黒い岩を迂回しては、黒に方向を確認してもらいながら、森の中を進む。

だけど、一向に着かない。なんか、同じところをぐるぐると回っているような感覚がある。

「なぁ、黒。それ、さっき見た岩じゃね？」

《わ……から……ない……》

そうか、黒でもわからないか。でもなぁ、さっき見た岩だと思うんだけどなぁ。

ペタペタ触っていると、視界の端になにかがよぎった。よくよく観察してみると、微かに魔力の流れが見えた。糸のように細い魔力は、途切れ途切れになりながら、黒い岩から黒い岩へと繋がっているようだった。

「なんだ？　この魔力。変な魔力だな」

《わ……から……ない……》

いやいや、すまなそうに言わなくてもいいぞ、黒。

でも、なんだろうな。光でも、火、水、土、風でもない。もちろん、闇でもない。属性のわからない魔力だ。いや、魔力と言っていいのかわからないくらいの、弱々しいものだけれど、俺には魔力としか表現しようがない。こんな不可思議なものは、魔力しか知らないからだ。

普通、魔力は魔術を使えるようになったら——魔術解放式の直後から見えるようになる。魔術を行使するときなんか、はっきりと見えるからな。

けれど家庭用魔導具に常に接していると、魔力の流れは気にしないようになる。だって常に見えているうえ混線しているから、下手に見ていると酔うんだよ。だから普段は無意識に遮断している。

　それに、慣れすぎていると緊急時の魔力に対する反応が遅くなるからな。緊急時の魔力ってなんだって聞かれると説明が難しいけど、普段からそのあたりを漂っている魔力とは違い、明確な意思――おそらく敵意が感じられる魔力……だと思う。家庭用魔導具は決められた効果しか発現しないせいか、気にならないんだよな。だけど〝明確な意思が感じられる魔力〟ってのは、なにかが引っかかるんだ。たぶん、感覚が感知するんだと思う。

　まぁ、そんな〝勘〟というものは大事にしろって教わるんだ。魔力の流れってのは、術者の実力によって、上手く隠せたりもするから。

　俺もケヴィンと稽古しているときなんか、何度もやられた。ケヴィンの奴ってば、魔力の隠し方がめちゃ上手い。連続で剣戟を繰り出してくるのを必死に躱していたら、目の端に魔力が流れたと思った瞬間に、目の前で小さく爆発させるからな。いや、本当に、ポンッと白い煙が出るだけの爆発だけど、目の前でやられるとびっくりして、一瞬、動きが止まってしまう。いわゆる猫騙しだ。止まった瞬間を狙われて、負けるのがいつものパターンだった。

　なので、ケヴィンには魔力の流れを常に気にしろと言われていた。大きな魔術を使える人間は滅多にいないが、小さな魔術ならみんな使えるのだからと。

『俺は魔力が弱いですからね。こういう使い方しかできないんですよ。ま、弱い魔力でも使い方次第ってぇことです。ですから、ちゃあんと魔力の流れには気をつけておいてくださいよ。こうやって、弱い魔力に足を掬われることもあるんで』

　そのため、手を叩いて魔術を発動させる俺の癖も矯正させられた。相手に魔術を使用するタイミングをわからせてどうするんだと、注意されたからだ。

『後衛で守ってもらいながら大きな魔術を行使するならともかく、前衛で戦うつもりなら、意思だけで使えるようにならないと』

いまでは足からも魔力を流せるようになったしな。お陰で、この間デュークに襲われたときには、ものすごく助かったけど。

それはともかく、この弱々しい魔力はこの黒い岩が発しているのか？ ペタペタ触るたびに魔力が流れていくのが見える。手もピリピリするしな。……あれ？ これって、俺の魔力が取られているの？

《そのようだな。奪われている魔力量は、魔導具よりも僅かなようだが》

黄色が答えてくれる。それって、触っちゃダメなやつじゃん。慌てて、手を引っ込める。すると、流れる魔力はほとんど見えなくなった。やっぱり魔力を吸われていたようだ。

どうするかな。黒が言うには、この岩の向こうに、隠れ里があるらしい。そして、この黒い岩は普通の岩ではないっぽい。これはアレだな。〝隠れ里〟という言葉が示すとおり、隠れるための結界が施されていたりしてな。

――無理やり、越えてみるか。

意識を集中させて、足下の土を盛り上げる。なぜか発動するのが鈍い。さらには黒い岩に触ってもいないのに、魔力が吸い取られている。

くそう。なんなんだよ、一体。いつもより倍以上の魔力を使って、岩を見下ろす高さまできた。

岩の向こうは、岩だった。いやそうじゃなくて、この岩の幅がでかくて向こうになにがあるのか、まったく見えない。生い茂った木々くらいだ。向こう側の状況はわからないけれど、このまま向こう側まで橋を作って下りてみよう。

　虎穴に入らずんば虎子を得ず、だな。こっち側は、もう三日もウロウロしていて、なにも得られなかったんだ。それなら今度は向こう側を探そう。土で橋を作り、向こう側へ伸ばしていく。

　突然、途中で橋が弾け飛んだ。勢いよく伸びる橋に乗っていた俺も、一緒に弾き飛ばされた。地面に叩きつけられる前に、土を柔らかくしたが、やっぱりいつもより魔力の反応が鈍くて、中途半端な柔らかさになった。くそ、痛ぇ。

「なんなんだ、この岩――というか、この結界は」

　それだけ、隠れ里に近づけさせたくないのだろうか。ますます行きたくなったんだけど。きっと絶対、重要な情報があるはずだ。けれど、どうやったら入れるかなあ。もう彷徨《さまよ》うのは、とっくに飽きたんだけど。隠れ里に入るためのアイテムがいるのかな。くそう、そんな情報、どこにあるんだよ！

　頭を抱えていると、背後に人の気配がしたと感じた途端、上から網が降ってきた。網は俺の上に覆い被さって、身動きが取れなくなる。魔術で穴を掘ろうとしたけど、この森の土は、本当にこっちの意思を反映してくれない。重石が付けられた網は、屈強な男どもが四隅を押さえているのでビクともしなかった。

　誰だ、こいつら。騎士みたいな格好をしてるけど。ええと、胸に見える紋章は……ゲッ！　これはブラックカラント公爵家の……。

「――貴様か、進入禁止地区をうろついているという、不審者は」

従者たちに守られて俺の前に姿を現したのは、黒髪の青年、レックスだった。忌々しそうに俺を睨んでいる。

……お前、学園はどうした。

突然現れたレックスたちは、荷物を取り上げてテキパキと俺を縛り上げた。ただ、頭の上にいたヒヨコには変な目を向けただけで、取り上げることはしなかったけど。

「痛いから、もうちょっと緩くしてくれると、ありがたいんだけど」

「無理です。というか、なかなか図太いですね、貴方。いいですか、レックス様はお優しいから、この程度で済んでいると思いなさい」

答えたのはレックスの従者サディアスだ。言葉とは裏腹にキツく縛ってきやがる。こんにゃろう。睨んでやると、さらに嬉しそうに縛り上げやがった。こいつ、絶対S《サド》だ。

そうして黒い岩の前で俺への尋問が始まった。レックス直々ではなく、サディアスが乗馬用の鞭をヒュンヒュン鳴らして俺の前に立つ。お前かよ。こいつ、マジで怖いんだけど。

「さて、答えていただきましょうか。まず、貴方は何者ですか？」

ええと。やっぱりフレドリックが用意してくれた身分を言ったほうがいいのかな？　けど、フレドリックに迷惑かけられないよな。うーん。

「レックス様」

悩んでいると、俺の荷物を調べていた大柄の従者——確か、従者たちのまとめ役のエイベルだったっけ——が、レックスに耳打ちしていた。あ。そういや、身分証があったんだ。

「ええと。その身分証にあるとおりなんだけど、黙っていてくれると助かる……かも？」

答えると、いつものようにレックスが額を押さえた。なんか、懐かしいな。みんなが俺を忘れてから、まだ一カ月しか経っていないのに、なんだか妙に懐かしい。

「フレドリック様の手の者か。なにが目的だ？」

「黒い稲妻の件について」

正直に答えると、レックスが苦虫を噛み潰したような表情を浮かべた。

「あの方は……。ご自分が動いてはいけない案件だと、ご承知だろうに。貴様、フレドリック様の従者であるなら、なぜ止めなかった。見たところ新参のようだが、従者として諫《いさ》めなければならないことくらいわかるだろう。庶子の部下が他領で調べ物をしているなんて、謀反を疑われても弁解のしようもないぞ。少なくとも妙な憶測を招くことくらい、貴様でも予想できるはずだ」

へえ、そうなのか。そういや、そうだな。ゴルドバーグ領でも、新顔のフレドリックの部下がウロウロしていたら、警戒する。……あれ？　これって結構ヤバイ？

「レックス様、この者、わかっていなかったようですよ」

「そのようだな」

サディアスにもレックスにも、エイベルをはじめとする従者たちにも呆れられた。そんな、可哀想な子を見るような目で見るな。

「はぁ、貴方のような、従者のなんたるかをなにひとつわかっていない者を傍に置くなど、あの方はなにを考えていらっしゃるのでしょうね。ましてや、厄介事に首を突っ込ませるなんて……。慎重なあの方の考えとは、到底思えません」

まぁ、フレドリックはゴルドバーグ領に行けって言ったからな。たとえ俺が不審者扱いされても、父上なら俺の話を聞いてくれたかもしれないし。少なくとも、フレドリックに恩を売る形で調査に参加させてくれたかもしれない。

ごめん、フレドリック。俺のせいで、余計な疑惑を持たれてしまった。

「どうやら、この者の独断のようですね。あの方はなにかしら手を打っていたのを、無下にしたようです」

サディアスがレックスに報告してるんだけど……。

ちょ、なんで俺の考えがわかるんだよ、こいつ。

「貴方、考えが顔に出過ぎですよ。まるであの方のよう——ッ、……いけませんね、思い出せないなんて……リチャードのご主人だったはずなのですが——ともかく、貴方は従者には向いていません。いますぐやめたほうがよろしい」

きっぱりと言い切る、サディアス。俺って、そんなに顔に出るのかな?

「まぁいい。あの方の従者であるなら、捕らえて尋問するわけにもいかないだろう。放してやろう。貴様の願いどおり、父上への報告もしないでおいてやる」

俺を睨みつけながらも、レックスは俺を解放してくれる発言をした。

「ただし、すぐさまブラックカラント領を出ていってもらおう。そして、あの方へ『余計なことはしないように』と、伝えろ。この件に関しては、国王陛下はもちろん、重鎮の方々も重要視されているし、それぞれ調査もされているはずだ。心配しなくとも、必要な調査は各所で行われている。貴様ごときが出しゃばる必要はない」

確かにレックスの言うとおり、本祭で落ちた黒い稲妻のことぐらい、調査されていると思う。おそらく、父上だって調べているはずだ。

だけど、もうすでに魔王は王国に潜り込んでいる。俺の立場を乗っ取って、レックス、お前の傍で何食わぬ顔をしてほくそ笑んでいるんだ。そのことに気づいているのは、俺とフレドリックだけだろう。まぁ、フレドリックも半信半疑みたいだけど。

魔王に立場を追われた俺だからこそ、気づけることがあるかもしれない。フレドリックが俺に調査をさせているのも、それが理由だと思う。あのフレドリックが、疑惑を持たれることをわかっていないはずはないのだから。

……まぁ、俺が忠告どおり、ゴルドバーグ領に行かなかったことは、想定外だっただろうけど。

うん、ごめん。笑顔で青筋立てるフレドリックを想像しながら、心の中で謝る。

「伝言くらいは、貴様でもできるだろう。すぐに帰れ」

レックスが言うけど、それはできないんだ。なんの成果もなく、おとなしく帰ることはできない。

《やるぜやるぜ！》

《仕方がない、手伝ってやろう》

先ほどから少しずつ溜め込んだ魔力を、赤の力を借りて一斉に爆発させる。ケヴィン直伝だ。

俺を縛っている縄を火の魔術で焼き切ると同時に、俺を押さえている男たちの眼前で猫騙しの爆発をさせた。男たちの目が眩み、手が緩んだところを、一気に土を盛り上げて、俺の体ごと上昇させる。黄色が手伝ってくれているせいか、さっきよりスムーズに土が動いてくれた。

「貴様！」

「悪い、レックス！　いま、追い出されるわけにはいかないんだ！」

「逃がすか！」

闇の魔力がレックスのところに集まっていくのが見えたと思ったら、鞭のように伸びて俺の足を掴んだ。

「うおっ！」

足を引っ張られて落ちそうになるのを、上昇する土にしがみついて必死に耐える。

《頑張れ頑張れ！》

《俺が手伝ってやってるんだ、気合いを入れろ！》

お前ら他人事だと思ってるだろ！　言っておくが、一蓮托生だからな！　くそう、レックスの足下の土も一緒に盛り上げてやる！

盛り上がる土壁の上でバランスを取りながら、レックスは闇の鞭を離さない。それどころかますます力を込めて、俺を引きずり下ろそうとする。ちょ、待て待て待て待て！

「本当に往生際が悪いのも、あの方にそっくりですねッ！」

サディアスが拳大の水弾の魔術を、いくつか放つ。水弾はしがみつく俺の腕を掠めていった。

やべ、危なかった。と思ったら、土の柱の上で弾けて、大量の水が降り注いだ。水を含んだ土は表面が泥になって、ぬるりと滑る。

「くっそ……！」

しがみつく部分を崩れないよう強化して、さらには小さな足場を作って、体を安定させる。とにかく、レックスたちから距離を取らないと。

レックスの手に向けて、石礫を放つ。怪我はしないでくれよ。殺されるから。頼むから、足から鞭を外してくれ。それだけでいいんだ。するとエイベルたちが、レックスを守ろうと風の防壁や炎で石礫を落としていく。

「貴様、私のレックス様に攻撃するとは、いい度胸ですね。いますぐ落ちなさい！」

またサディアスが水弾を放った。ちょ、やっぱりこいつ怖い！　水弾は俺の足下で弾け、ぐらりと土の柱が傾いた。黒い岩へ向かって。

「ちょ、ヤバイって！」

しゅるりと、レックスの闇の鞭が離れようとする。なので、慌てて飛びついた。このまま引っ張ってもらおう。

「なにっ⁉　貴様、離せ！」

「ごめん、無理！　というか、助けてくれ！」

だけど、傾いた俺のほうにレックスも引きずられてしまった。俺もレックスも、足場から足が離れて体が浮いてしまう。そのまま、黒い岩目がけて落ちていく。

「「レックス様！」」

レックスに怪我をさせるわけにはいかないので、闇の鞭ごとレックスを引き寄せる。レックスの頭を守るように抱きしめて、黒い岩に背を向けた。

「くっ、離せ。貴様に守られるほど、私は柔ではない！」

「暴れるな！　受け身が取れないだろ！　いいから、おとなしくしてろ！　お前を守らないと、俺が八つ裂きになるんだよ！」

暴れるレックスに怒鳴り返し、バランスを取ることに集中する。くそう、ちゃんと受け身を取れたらいいんだけど。

「レックス様をお守りするのは、私の役目です。貴方ごときが出しゃばるんじゃありません」

背後から声がした。サディアスだ。

こいつ、あの一瞬で俺たちの背後に回ったのか⁉　すげえ忠誠心だな⁉

チラリと背後のサディアスを窺うと、両手を広げて待ち構えている。宙を飛びながら。

ちょ、マジでどんな身体能力してるんだよ⁉

「さあ、レックス様。私へと飛び込んできてください！　貴方様のお体をお守りできるのなら、私は岩に叩きつけられようと構いません。むしろ、その痛みこそが私の生きている証！　レックス様が与えてくださる痛みならば、どんな痛みだろうと至上の喜びです！」

恍惚とした表情で、サディアスが語る。

怖い怖い怖い、こいつ怖い！

そして、真顔でとんでもないことを言い放った。

「——というわけで、貴方は邪魔です。いますぐレックス様から離れて、勝手に落ちなさい」

「そんな器用なことできるわけないだろ！」

慣性の法則に逆らえるわけないじゃないか！

俺とレックスは、新たにサディアスを巻き込んで落ちていく。

岩に叩きつけられる瞬間、

――トプン。

と、黒い岩に沈んだ。

「――え……!?」

黒い岩の向こうでは、焦った表情のエイベルたちが叫んでいるが、声は聞こえない。

「なんだ、なにが起こってるんだ……!?」

「おい、貴様、なにをした！」

「なにもしてねえよ！　俺が知りたいくらいだ！」

思わず腕を離した途端、レックスが上体を起こして周囲の状況を確認すると、俺を責めてきた。

俺だってわかんねぇよ。

「これは……岩の中を落ちていっているのですか？」

サディアスの言うとおり、俺たちは黒い岩の中をどんどん沈んでいった。周囲は真っ暗で、なにも見えない。それなのに、俺たちの姿だけは互いに確認できる。不思議な空間だった。

「どこへ向かっているんだ？」

レックスが尋ねるが、俺だってわからない。

《あっ……た。この……向こう……に、あ……る》

黒の声が聞こえる。この向こうに、なにがあるって？　尋ねてみたが、黒は答えてくれなかった。

もう一度尋ねようとしたとき、それが起こった。

――トプン。

「いだっ！」

「――ご無事ですか、レックス様」

「あ、ああ、問題ない」

黒い岩から突然放り出されて、俺は地面に放り出された。それなのに、サディアスは華麗に着地して、レックスを姫抱っこで救出していた。

……うん、ツッコまないぞ。

周りを確認すると、背後にはさっき沈んだ黒い岩と同じくらいの大きな岩があった。けれど、こっちは鏡のようにツルツルしていた。ただ、触っても魔力が吸い取られることはなかった。

そして一番の違いは、ここは森じゃなかった。正確に言えば、森の端かもしれない。黒い岩の後ろは木々が生い茂っていたから。だけど、こちら側にはのどかな田園風景が見えた。まばらに家々も見える。ひょっとして、ここがそうなのか？

「何者だ、貴様ら！」

気がつくと、俺たちは武装した男たちに取り囲まれていた。

一難去ってまた一難だ。

なんか、俺ってば、ここ最近、呪われてねえ？　不運続きなんだけど。

（二）　交渉は狐と狸の化かし合い

男たちは警戒も露わに、俺たちに槍を突きつけながら睨みつけている。だが、襲いかかってくることはなかった。どうも、俺たちが何者なのか、窺っている様子だ。問答無用で排除する気はないようだった。ありがたい。この様子だと、話くらいはできそうだ。

「もう一度、問う。貴様たちは、何者だ⁉」

　俺たちを取り囲んだ輪から、男がひとり前に出てきた。厳つい顔をした中年の男だ。父上よりも年上だろう。そいつは油断なく俺たちに目を配っていた。こいつがリーダーらしい。なので、そいつに説明しようと口を開く前に、レックスが俺を押しのけて説明しはじめた。

「騒がせてすまない。私たちは、あやしい者ではない。私の名は、レックス・ブラックカラント。父はローマン・ブラックカラント公爵だ。このふたりは私の従者だ。けして、貴方がたに危害は加えないと約束する。できたら、貴方がたの代表と話がしたいのだが、取り次いではもらえないだろうか？」

　毅然とした態度で、勝手に交渉を始めた。

　おい、俺はお前の従者じゃないぞ。とか思っていたら、いつのまにか傍に来ていたサディアスに、腕を掴まれていた。そして睨まれる。

「黙ってレックス様のなさることに従いなさい。邪魔をするなら殺しますよ。この状況です、レックス様に従っているなら、悪いようにはしません」

「わかってるよ」

レックスの行動は、俺たちを守るためでもある。俺だって、ケヴィンたちとこういう状況になったら、矢面に立つ。だからこそ、腹が立つんだろう。レックスがしていることは、俺がするはずのことだったから。

「ブラックカラントの若様……？」

「そうだ。私を知っているのか？」

リーダー格の男はひとまず槍を収めると「少し待っていろ」と言って、後ろに控えていた男たちのひとりに目配せした。そいつは頷いて、集落のほうへと走っていく。レックスの要望が通ったようだ。しばらく待っていると、戻ってきた男が大きく手を振った。

「ついてこい」

リーダーは踵を返して歩き出す。ＯＫだったようだ。レックスを先頭に、俺たちはリーダーに案内されて集落へと向かった。

集落の様子は普通の里と言ってもいいくらい、どこにでもあるような感じだった。畑があり、農作業をする人たち。手伝っているのは、十歳くらいの子供たちだろうか。その周りを、小さな子供たちが走り回っている。魔族ごっこ——鬼ごっこのようだ。穏やかで、のんびりとしたいい里だ。

「なぁなぁ、お前ら、森の外から来たのか？」

「里の外って、どうなってるの？」

「聖女様がいるって、ほんと？」

子供たちが俺たちを見つけて駆け寄ってきたと思ったら、矢継ぎ早に質問された。元気だなー。でも、話す内容からして、閉鎖的な集落だとよくわかる。

やっぱり、ここは隠れ里なのかも。まだ確信はできないけど、その可能性が高い。

俺たちにまとわりついてきた子供たちは、期待の目で俺を見ていた。よーし、外の世界をにーちゃんが教えてやろう。

「うるさいぞ、お前ら。外の話は聞くな。〝はぐれ者〟になりたいのか。さっさと手伝いに戻れ」

答えようとすると、リーダーが子供たちを追い払った。

そしてなにも話すなと、俺を睨む。里の外の話はタブーのようだった。ケチだな。

「ダンのケチー！」

「けちんぼー！」

「自分だって外に行きたいくせにー！」

ほら、子供たちだってこう言っているじゃん。

なのに、ダンと呼ばれたおっさんは子供たちを追い払う。

「いいから戻れ。ほら、心配させるな」

子供たちは文句を言いつつもダンの言葉に従って、心配な様子でこちらを窺っている親の元へと渋々戻っていった。ダンは、俺たちの視線に気づくと、厳しい表情で言った。

「客人もそのつもりで。里に、外の情報を教えないでもらいたい」

そう俺たちに釘を刺す。

「ずいぶん厳しいな。少しくらい教えても構わないと思うのだが。貴方がたも外の情報は必要ではないのか」

「それを決めるのは俺たちだ。いくら若様でも、この里への口出しはしないでもらおう。〝古《いにしえ》の盟約〟

を破るつもりか」

ダンはレックスの言葉を切り捨てた。かなり排他的だな。いろいろ制約があるようだけど、そんなに厳しくしなくてもいいんじゃないか？

けれど、それ以降はお互いに話すこともなく、黙り込んだまま、とある一軒家に案内された。レンガ造りの家はこぢんまりとしていた。ほかの家と比べても、手狭な感じだ。

「婆様、連れてきたぞ」

ダンは扉を乱暴に叩いてから、返事も待たずに扉を勝手に開けて入っていく。

勝手知ったる他人の家、か。田舎ではよくあるよな。

「お邪魔します～」

なぜかレックスとサディアスは驚いた表情で立ち止まっていたが、ダンが案内しているんだから、俺たちもお邪魔していいんじゃね？

ダンを捜して玄関から奥を覗き込む。玄関には、アンティークな台の上に黒い鉱石――黒い岩の欠片みたいなものが飾られてあって、その上にはドライフラワーがいくつか吊るされていた。玄関から続く居間には落ち着いた色合いの絨毯に、座り心地のよさそうな揺り椅子があり、カラフルなカバーをかけられたクッションや毛布が置いてある。サイドテーブルの上の籐籠には刺繍枠をつけた作業中の刺繍が入れてあった。

……ミュリエル、元気かな。レースを編む俺の横で、楽しそうに刺繍をするミュリエルが、思い出される。――絶対に、あの日を取り戻す。

家にズカズカ入ったダンはというと、奥の部屋に続く扉の前で、ちょいちょいと手招きしていた。

そこに〝婆様〟が待っているようだ。

「待て、先に行くな、馬鹿者！」

招かれたというのに、レックスの制止が入った。

なんだよ、せっかく見つけた手がかりだぞ。話を聞くくらい、いいだろう。

「案内もなく、人様の家に勝手に入り込む馬鹿がどこにいる！　無礼だろう！」

「いや、呼んでるし」

「呼んでいるから、いいというわけではない！　貴様はマナーすら知らないのか！　まったく、あの方はなにを考えて、貴様などを傍に置いているのだ……！」

ああもう、こいつめんどくせえ！　いつもいつも、文句をつけやがって！　ちょっとくらい、マナーから外れたって、構わないだろ！

「貴様も貴様だ！　家主の許可を得てからお邪魔するものだ。それを、返事を待たずに扉を開けるなど、失礼すぎる！」

手招きしていたダンが、怒っているレックスに目を丸くしている。わかるぞ、わけがわからないもんな。俺だって、わからねえよ。

そしてもうひとりは、本当にわけのわからないことを呟いていた。

「くっ、こんな従者として不出来な者に、レックス様に怒られる喜びを奪われるなんて、なんたる屈辱……！　リチャード《あの方》の主人のような手法を用いるとは……私も真似をすれば……いいえ、私は私の道を行くのです。真似るなど、私の美学に反します……！」

……うん、よくわからない。なにが、そんなに悔しいのかも。

そしてレックスも、俺と同じようにドン引きしていた。いや、お前の従者だろ。なんとかしろよ。

「と、ともかく、もう一度最初からだ。許可を得てから家に入れ！」

「いやもう、お邪魔してるんだからいいだろ。許可を出せない事情もあるかもしれないんだから」

たとえば寝たきりだとか。相手はお年寄りみたいなんだから、融通ぐらい利かせろよ。

「それでも――！」

「すまんね、若様。許可なんかしたことないもんでね。みんな勝手に出入りするものだから、答える必要なんてないと思ってたんだよ。構わないから、みんな家に入っておいで」

奥からダンに支えられて、杖を突いた老婆が出てきた。この人が、婆様なのだろう。

俺たちを見る目は白く濁っている。盲目らしい。

「――っ、も、申し訳ない。事情を知らず、出過ぎた真似をした」

婆様の目に気づいたレックスが、すぐさま謝罪する。だが、ダンには文句を言っていた。

「こういうことなら、先に事情を説明してもらいたい。無礼を働いてしまったではないか」

「あ？　ああ、悪かった？」

首を捻りながら、ダンが謝る。釈然としないのはわかる。だけど、素直に謝るんだから、ダンは結構お人好しなのかもしれない。

婆様はダンの手を借りて揺り椅子に座った。そして、俺たちにも席を勧めてくれた。座ろうとすると、なぜかサディアスに首根っこを掴まれて、ソファの後ろに立たされた。

ああ、そうか。俺、いまは従者だった。

「さて、若様。あたしのことは、婆とお呼びくだされ。名などとうに忘れたのでな。それと、礼儀を重んじる若様には、不快な発言をするやもしれん。そこはお許しいただきたい」

「ああ、勝手にお邪魔してしまったのはこちらだ。こちらこそ不躾で申し訳ない」

改めてレックスが謝罪する。俺もレックスの後ろで頭を下げた。

「では、この〝隠れ里〟に何用ですかな？　〝古《いにしえ》の盟約〟では、我らは不干渉であるはず。我らの暮らしを脅かすものであれば、我々はもう二度と扉を開けぬと申したはずです」

「やはり、ここは〝ブラッドの隠れ里〟なのだな」

レックスも察していたようだ。婆様の眉が上がる。

「すまない。我々は偶然この場所へ来てしまったのだ。どういう原理なのかわからないが、三人で黒い岩に落ちた？　と思ったら、ここに辿り着いていた」

そうだよな。落ちたとしか言いようがないもんな。

婆様はしばらくレックスを見ていたが、急に俺に目を向けた。なんだか鋭い視線を感じる。

ひょっとして、見えているのか？

「……〝精霊の守護を受けし者〟ね。まさか生きているうちに会うことがあるなんて思ってもみなかったよ」

なぜか、溜息をつかれた。厄介者だと思われているのは気のせいか？

婆様の言葉に、ダンが目を見張り、レックスとサディアスが首を傾げている。

「精霊？　精霊ははるか昔に魔力へと変化したのではなかったのか？」

《いるぜいるぜ！》

《――いるー》
《黙っていろ、お前ら》
レックスの疑問に、赤と青が答えてくれたが、レックスたちには聞こえていないからな。黄色がふたりに黙るよう、指示している。
というか、お前ら精霊だったのか？　魔力じゃなくて？　精霊かもって思ったことはあるけど、本当はなんなのか知らないからな。
《わかんねわかんね》
《――わからないー》
なんだよ、それ。赤も青も、自分のことなのによくわかっていないようだった。こういうとき、積極的に話してくれるのが白なんだよな。白がいないのは痛いな。あいつ、無事なんだろうか。
《あいつなら大丈夫だ。それより、お前も、俺たちのことは説明するな》
そうなの？　あの婆様、お前らのことわかっていそうなんだけど。
《それでもだ。俺はこいつらは信用しない》
《……メ。ダ……メ。嫌う……ダメ……》
黒が黄色を窘めた。むう。なんか、複雑な事情がありそうなんだけど、こいつら説明してくれないからな。
《お前は気にしなくていい》
いや、気にするだろ。もう少し説明しろよ。だけど、魔力たちはみんな黙ってしまった。くそう、肝心なところはいつもだんまりだな、お前ら。

そして婆様もダンも、レックスの疑問には答えなかった。本当は違うけど、正解を教えるつもりはないと言っているみたいだ。なんか、気に食わない。

「そして〝精霊の守護を受けし者〟だと？　精霊に守られているのか？　こいつが？」

レックスが俺を振り返る。胡散臭そうな目だ。信じられないのだろう。

うん、俺もそう思う。ほら、魔力たちに守護されているというより、俺がこいつらのお守りをしている感じだもんな。

《どの口がそんなことを言う。ちゃんと魔王の奴から守ってやっただろう。黒の奴は食われそうになったお前を、身を挺して守ったはずだ》

《守った守った》

《――まもったー》

うう、はい。ごめんなさい。夢の中で守ってもらいました。

つか、余計なことだけは言いに来るんだな。

「……なるほど。ならば、早々にここから立ち去ってもらおうかね。ダンに外まで案内させるよ。若様もそれでいいね」

「いや、ちょっと待ってくれよ。そんな意味深なこと言われて、はいそーですかって、帰れるわけないだろ」

けんもほろろに追い返されそうになって、慌てて口を出した。思った以上に閉鎖的だ。

サディアスが黙れと、肩に置いた手に力を入れるが、振り解く。くそ、痛えな。力一杯爪を立ててんじゃねえよ。

「だいたい、その〝精霊の守護を受けし者〟ってのはなんだよ。意味がわかんねぇよ。あんたたちの態度からして厄介な感じだけど、ちゃんと説明してくれ」

そうだよ。その精霊ってのは、俺の魔力たちのことを指しているんだろ。

魔力たちが厄介者扱いされるのは、我慢ならない。こいつらだって、ちゃんと存在しているんだ。疎ましがられる理由なんてない。

睨みつけていると、婆様が溜息をついた。

「そんな、怒りをぶつけないでおくれ。特にその土の精霊を宥めてほしい。悪かったね。だけど正直、関わり合いになりたくないんだよ。精霊には近づきたくないというのが本音なんだ」

「土の精霊？　黄色のことか？」

まぁ、さっきから不機嫌だけど、怒っているほどではないんだけどな。……怒ってないよな？

《こいつらにはな。祖先に対しては、いまだ思うところはある》

聞いてみると、黄色が答えた。赤と青も、黄色に同意するような意思を伝えてきた。黒だけは、そんなみんなを窘めているけど、三人の怒りはなかなか収まらないようだった。

というか、お前ら、俺の魔力なんだよな？　なのに、婆様の祖先だって？　どういう意味だ？お前ら、やっぱり何百年も生きているのか？

《気にするな。お前の魔力であることは変わりない。ただ、この世界への接点でもある》

俺の魔力を介して、精霊であるお前らが俺に話しかけてくれているってこと？　つまりは、俺はアクセスポイントなんだろうか？　首を捻っていると、肯定するような黒の意思が伝えられた。

「驚いたね。意思の疎通ができるのかい。お陰で土の精霊の怒りが収まったようだ。感謝するよ」

いや、宥めてはいないんだが。婆様は、魔力たちのおおまかな感情を感じ取ることはできるようだが、会話はできないようだった。

「婆殿、私も正直言って、先ほどの言葉はいただけない。盟約を破り、ここへ訪れてしまったことは謝罪しよう。だが、偶然であることもまた、考慮していただきたい」

レックスも納得がいかないと、婆様に説明を求めた。そうだよな。説明くらいしてほしい。

「だが、ここへ案内したということは、私たちに用があったのだろう？　帰らせるだけなら、里へ案内しなくてもいいはずだからな。まずは、その用件を伺いたいのだが。そして、私たちが偶然にここへ辿り着いたこと、この者が〝精霊の守護を受けし者〟だとわかった途端に、手のひらを返したのも、併《あわ》せてお聞きしたい」

レックスは真っ直ぐに婆様を見据える。

「はぁ……」

しばらく沈黙が続いたが、婆様が溜息をついた。

「ダン、こりゃあんたの落ち度だ。どうして先に事情を尋ねなかったんだい。……って、愚問《ぐもん》だったね。あんたが、外の世界をどう思っているかを考えるべきだったよ。ああ、ああ、連れておいでと言ったのはあたしだ。蒔《ま》いた種は自分で刈らないとね」

「婆様。俺はそんなつもりでは……」

婆様がダンを責めていたかと思えば、反省している。勝手に自己完結しないでほしい。

責められたダンは言葉を濁して目を逸らしていた。どうも、事情があるみたいだ。

「わかっている、わかっているよ。あんたはまだあの娘に惚れているんだね」

「婆様！　それはとっくに終わったことだ。俺は納得している。だけど、俺はあいつの姿を見た。それは、放っておけないだろう」

それだけだと、ダンが答えた。

ううむ。事情があるっぽいのはわかるけど、こっちになんの説明もなしに、突然シリアスな話はしないでくれないかな。レックスは真面目に聞いているが、サディアスなんか半眼で呆れている様子だ。早く茶番が終わってほしいと、顔に書いてある。

「――で、用件ってのは、俺たちにその人物を捜してほしかったのか？　なんで？」

埒《らち》が明かないので、聞いてみた。

「おお、さすが若様の従者ですな。話が早い」

嘘つけ。ババア、待っていただろ。

「当然、それなりの報酬は出るのでしょうね？」

サディアスが会話に割り込んできた。笑顔ではいるが、婆様を見る目はかなり冷たい。

「確かにレックス様は、将来、このブラックカラント領を治める領主になられます。領民の陳情に耳を傾けられ、解決するために力を尽くすのが義務づけられておりますが、ここ、〝ブラッドの隠れ里〟は不可侵であることが、盟約により定められておりますね？　ですので――レックス様に解決を依頼なされるのでしたら、それ相応の謝礼をいただかなくてはなりません」

「サディアス！　そんな、無粋《ぶすい》な話をするものではない！」

「いいえ、レックス様。こういうことはきちんとしておかなければなりませんよ。レックス様のお心は、それはそれは大変崇高《すうこう》で気高《けだか》きものでございますが、領民から税を取り立てている以上、レックス様のお力は領民のためにあるべきです。税も払わず、礼も尽くさず、ただ利用するような輩《やから》のために発揮するものではございません」

《やはり、アレらの末裔だな。簡単に他人を利用しようとしやがる》

　黄色も不快感を示していた。

「もしかしたら、将来、領民になるというのであれば、協力するのも吝《やぶさ》かではございませんが、契約を交わさなくてはなりますまい。きちんと書面で整える必要もあります。その場合、婆様、貴女様ひとりの意思で決断されることはないはずです。里人全員の意思確認が必要でしょう。全員の意見がまとまるには早くても数日、長くて数年はかかると思われます。それだけの時間を必要とする案件ですからね。安易に決められることではないでしょう。そのような時間がありますか？　となると、やはりいま現在の段階では、それ相応の報酬をいただくのが一番だと思われます」

　サディアスが流れるように説明した。要は『おととい来やがれ』だ。

　領民として納税の義務も責務も果たさない者に、庇護は与えられないというのは当然だろう。

　そうだよな。婆様の言い分は自分勝手すぎる。

「――婆様。ここは正直に言ったほうがいい。子供と侮った婆様の負けだ」

「当然でしょう。レックス様は六騎神となられるお方ですよ。侮るなど許されません」

　婆様は唸ったあと、大きな溜息をついた。

「わかったよ。利用しようとして悪かった。謝罪するよ、若様。ただね、あたしらは本当に、外の世界と関わりたくないんだ。外から里に来た者は皆、あたしらの子供たちを奪っていってしまう」

　顔を手で覆って、婆様が苦悩を滲ませた。

「また、茶番ですか」

「違う。お前たちは二十年近く前に婆様の娘を奪い、息子を狂わせた」

　サディアスが呆れると、ダンが睨みつけた。

「そしてその息子は、先日の黒い稲妻が落ちた近くにいたんだ。里を出ていったときの二十代前半の姿のままでな」

　――なんだって？


「つまり貴方は、婆様が私たちを利用しようとしたのは、外から来た者にお子様たちを連れ出されたからで、その罪の報いを、その犯人ではなく、なんの関係もない、ただ同じように里の外から来たというだけの私たちが、償《つぐな》うのが当然だと仰りたいんですね」

　サディアスは冷たく言い放った。

「そして、その息子さんを見かけたけれど、様子がおかしいから調べろと。冗談もここまで図々しいと笑えないですね」

「サディアス」

　レックスが止めようとするが、サディアスは止まらない。

　すでに婆様たちを見る目は、氷点下にまで達していた。

「第一、客人として迎えながら、お茶のひとつも出さないとは何事ですか。ましてや頼み事があるのでしたら、まずは丁重に持て成すのが礼儀というものでしょう。〝里の外から来た〟という共通点のみで、私たちが貴方がたの恨みを受ける覚えはありません。調査というのであれば協力することもできたでしょうが、一方的に私たちを使おうなどと、言語道断です」

　確かにダンが話したことは衝撃的であったけど、やっぱり頼み方ってものがある。

　主人を大切に思っているサディアスからすれば、レックスを顎でこき使おうとした婆様たちを、許すことはできないんだろう。

「サディアス！」

「はい、レックス様。どうされました？」

　しれっと、笑顔で答えるサディアスを、レックスが睨みつけた。

「少し黙っていろ。話ができないだろう」

「いいえ、申し訳ございませんが、こればかりはレックス様のご命令でも承諾致しかねます。この方々は、レックス様を顎で使おうとしたのですよ。許せることではありません」

「お前の言うことは理解している。だが、ここは私に免じて黙っていてくれ。たとえ、利用されようと〝黒い稲妻〟関係の話であれば私は聞かざるを得ない。頼む」

　サディアスの目をジッと見つめ、レックスが頼む。サディアスは驚いたような表情で、レックスを凝視していたかと思うと、次の瞬間には、なぜか感動していた。

「レックス様が、私に頼むなどと……なんという畏れ多い……ああ、聖女様、六騎神様に感謝致します……！」

　天を仰ぎ、涙まで流している。

　俺も婆様たちもドン引きだ。マジで、こいつのことがわからねえ。

　レックスもどうしてこんなのを傍に置いているんだか。そんな感動で打ち震えているサディアスをよそに、レックスは改めて婆様たちに向き直った。ただし、さっきよりは幾分か厳しい表情になっている。

「婆殿。私が聞きたいことは、さっきも言ったとおりだ。婆殿たちが私たちに依頼したかったのは、その婆殿の息子の捜索でいいのだな？　〝黒い稲妻〟の件に関しては、私たちも調査中だ。貴女の息子がなんらかの形で関与しているのであれば、私たちにも無関係ではない。むしろ積極的に捜させてもらう。むろん、無償で構わない」

　だが、とレックスは続けた。

「その代わり、見つけたあとの処遇はこちらが決める。貴女に会わせるかどうかもだ。そこは了承してもらおう」

　そりゃそうだな。レックスからすれば、婆様の息子は〝黒い稲妻〟に関する手がかりであり、容疑者だ。俺だって、そいつを捕まえたら簡単に家族に会わせることはできない。最低でも、調書を取ってからになる。それも、逃亡の危険がないことを確信しないと無理だ。

　婆様は深く深く溜息をついて、「わかったよ」と答えた。

「では、その男を見かけたという場所までの案内を頼む。こちらで調査してもいいのであれば、場所を教えてもらえれば、調査隊を派遣するつもりだ」

「それはできればやめてほしいね。このダンに案内させるから、あんたたち以外は、近寄らないでほしい」

「そこは少し特殊な場所でな、里の連中でも滅多に近寄らない場所だ。そして神聖だった場所でもある。大勢で来るのは遠慮してくれ」

婆様もダンも調査隊を編成することを断ってきた。それよりも……。

「神聖だった？」

「……あとで説明する」

ダンはしまったというように、口を塞ぐ。婆様はダンを睨みつけていた。口を滑らせたのか。厳つい顔からはあまり想像できないが、根が正直なんだろうな、ダンは。

「じゃあ、あとで説明してもらうとして、〝精霊の守護を受けし者〟ってのはなんだ？　そんなに疎んじられるようなものなのか？」

「――いいや。精霊の加護があるというのは喜ばしいことだ。……本来ならな」

不貞腐れて答えない婆様に代わって、ダンが答えた。

「では、案内しよう。ついてこい」

ダンはここからさっさと出ていきたいようで、足早に出ていく。俺も長居はしたくなかったので、ダンに続いて婆様の家を出た。

「では、失礼する」

レックスとサディアスは、律儀にきちんと挨拶をしていたけど。やべ、忘れてた。

(三)　うたた寝は心地よい

「――で？　本当に答えてくれるんだろうな？」

婆様の家を出て、里の奥へと向かうダンについていく。なんだか鬱蒼とした森に向かっているようで、不安になって聞いてみた。レックスもサディアスも俺のことを止めたりはしないで、ダンが答えるのを待っている。

「説明しないと、納得しないのだろう？　それならば、説明するしかないだろう。まずは〝精霊の守護を受けし者〟からになるな。――見えてきたぞ」

　ダンが案内したところには、小さな神殿があった。鬱蒼と茂った木々に囲まれてはいるが、きちんと手入れされている。

「――ここが俺たち一族の巫女が、代々守ってきた神殿だ。魔王の封印の要を司る場所だった」

　なんだって？　俺たちが驚いているのを気にもしないで、ダンは扉をノックした。神殿の扉が開いて、真っ白な神官服を着た女性が現れる。三十代くらいだろうか。生真面目な感じで、長い黒髪をポニーテールにしていた。この女性が巫女なのだろうか？

「どなたかと思えば、ダンではないですか。どのような……」

　俺を見て、言葉を失っている。

「……なるほど、そういうことですか。先日の〝黒い稲妻〟といい、〝精霊の守護を受けし者〟といい、彼が魔王の封印を解《と》いたことは事実のようですね」

　そうして、深く深く溜息をついた。

　なんか、さっきから聞き捨てならない言葉ばかり出てくる。だけど、説明を一向にしてくれないんだよな、こいつら。思わせぶりな言葉ばかり言うのは、やめてほしい。

「なぜこの者なのか、なぜ聖女ではないのか、不思議ですが……彼は六騎神なのですか？」

「いいや、ここにいるブラックカラント公爵の嫡男であるレックス様の従者らしい」

いや、いまはそうなんだけど、いちおう六騎神ゴルディアスの末裔ではあるんだけどな。だけど、レックスの従者として紹介されてしまったから、間違ってはいない。

どうする？　信じてもらえないかもしれないけれど、本当のことを話してみたほうがいいのか？

「そうですか。まぁ、この国の者であれば、六騎神のいずれかの血を引いているのは間違いないでしょう。これも大地母神様の導きなのかもしれません」

なにか納得したみたいだ。ともかく、厄介なことはわかるんだけど、いい加減、たらい回しはやめてくれないかな。そろそろ、説明をしてほしい。

この小さな神殿の巫女だという女性は、ドナと名乗った。

ドナは俺たちを邪険に扱うこともなく、神殿へと招き入れてくれた。通された礼拝所は天井が高く、思ったより広く感じる。奥に、大地母神像だけが祀られている祭殿があった。聖女と六騎神ではなく、一柱だけとは珍しいな。それに、古ぼけたネックレスをしているのも、変わっていた。

その礼拝所を抜けて裏手に回ると、中庭に出た。綺麗に手入れされている庭の中央に、大きな黒い岩があった。樹海の中で見た岩よりも、はるかに大きい。家一軒くらいはある。

「こちらから行きましょうか」

そう言ってドナが黒い岩に触れると、岩の表面に波紋が広がった。

「手を」

差し出された手は、俺に向けてだった。

「我々も同行させてもらえるのでしょうね？」

サディアスが確認する。しかし、ドナは首を振った。

「申し訳ありませんが、ご遠慮ください。私の力では、複数人を案内できません。許容範囲を超えてしまいますので」

「……それは仕方がないな。ここで待っていれば、戻ってくるのだな？」

レックスが尋ねる。

「それはもちろん。ダンとしばらくお待ちください」

「なんとも、むさ苦しいですね」

サディアスが文句を零すが、男ばかりで待つのは、仕方がないと納得したようだ。

「では参りましょう」

ドナに引き連れられて、俺は岩の中へと入った。


岩の中は、この隠れ里へ来たときと同じような、真っ黒い空間だった。周囲はなにも見えないのに足下には道があるようで、しっかりと歩けている。ただ、ドナとは手を繋いだままだ。はぐれてしまう可能性があるから、手は離せないんだそうだ。

そして歩きながら、ドナが話してくれた。

「かつては〝精霊の守護を受けし者〟は聖女だったと聞いております」

「悪かったな、聖女じゃなくて。でも、いちおう言っておくぞ。俺の本当の名前は、テオドール・ゴルドバーグ。ゴルドバーグ家の嫡男だ。この前の聖女祭では、六騎神の役割を担った」

そう言うと、ドナは驚いて俺をまじまじと見つめた。

「六騎神の末裔……なのですか？　本当に？」

「本当だよ。魔王の策略で、俺の記憶がみんなから失われたんだ。だから、従者と偽って、魔王に関することを調べている。たぶん、聖女祭で落ちた黒い稲妻が関係していると思うんだよな。それで、この隠れ里を探していたんだ。なにかわかるかと思って」

そうしたら〝精霊の守護を受けし者〟とか、婆様の息子のことだとか、なんだか、妙な方向に話が行っているんだけど。

「……そうですか……」

ドナが考え込む。

「ま、考えてもわかりませんね。だいたい、この前から妙なことが起こっているのです。私が考えてもわからないことはわかりません」

けれど、すぐに割り切った。割り切り方がすごく雑なんですけど、この人。

「俺も、そう言えたらいいんだけどな。でも、みんなに、大事な人たちに、俺のことを思い出してもらうためには頑張らないといけないんだ。わからないからって、投げ出すわけにはいかない」

そのために、ここまで来たんだから。

「そうですか。頑張ってください」

「他人事かよ」

「他人事ですので。でも、逃げることも諦めることも、選択肢のひとつですよ。誰かに責任を押しつけて逃げ出すなんてこと、世の中にはたくさんあります」

ドナがどこか遠くを見た。なにか思うところがあるのかもしれない。

「それができることと、できないことがあるさ。俺にとっちゃ、これは逃げることも諦めることも、ましてや誰かに任せることもできない」

「そういう人ほど、最終的には投げ出すんですよ」

なんだろう、妙に引っかかるな。

「諦めたことがあるのか？」

「任せられた――というか、押しつけられたほうです。この巫女職をね。資格もないのに、無理やり力を譲られて。……ま、もっとも、譲ったほうも不本意だったでしょうが。無理やりに、巫女を辞めさせられたのですから」

そして、「王には逆らえませんものね」と呟いた。

いま、なんか不穏な言葉が聞こえたんだけど……。

「……ええと、立ち入ったことを聞くけど、王様……国王陛下は、ここに来たことがあるのか？」

「ええ、先王が亡くなられた直後にね。まぁ、挨拶回りの一環で来たらしいですよ。隠れ里とはいえ、セレンディアス王国の一部ですからね。それで、当時の巫女に一目惚れしましてね、無理やり連れ帰りました。王はもうすでに、結婚もしていたのにね。さらには、その王妃よりも先に王子を産んでしまって、それ以降、彼女の話は聞きません。――貴方は聞いたことがありますか？」

「いや……俺はなにも……というか、ちょっと待ってくれ！　それって、誰も知らない話なんじゃないか!?　少なくとも、俺は知らない。そんな話、聞いたこともない」

ドナがさらりと言った話は、衝撃的なものだった。

これってアレだろ？　フレドリックの出生の話だろ？

「誰も知らないなんてことは、ありません。第一、この里に王を案内したのは、先代のブラックカラント公爵です。その息子――いまの公爵も、王の親友として同行していましたよ。もっとも、あの若様はご存じないようですね」

いや、そうだろう。レックスが知っていたら、きっとなにかしらのリアクションがあるはずだ。

それにしても、フレドリックの母親のことに、レックスの祖父と父親が関わっていたなんて。

「当然、箝口令《かんこうれい》を敷かれたのでしょう。ですが、まったく知らないとなると、徹底的に行ったようですね」

「そうかもな。俺は噂話すら聞いたことがない」

答えると、ドナは深く深く、溜息をついた。

「王が黙らせたのか、王妃が黙らせたのか……まぁ、どうでもいいですけどね。ほんと、重要な役割を押しつけられた、こちらの身にもなってほしいものです。でもまぁ、もう役割なんて、意味がないですが」

「どうしてだ？　いまも巫女として、なにか守っているんだろう？　たとえばこの里の結界とか」

こうやって、黒い岩の中を通れる能力があるんだ。きっと、隠れ里の結界もこの人が維持しているんだろう。王国の結界を維持する、神殿のように。

「それくらいですね。もうひとつの結界は壊れましたから。ある男の手によって」

「もうひとつ？」

「聖女が施したという、魔王の封印ですよ。リタを――巫女だった姉を王に奪われた弟は、王に復讐するために魔王の封印を解きました。おそらくね」

　なんだって⁉

「ええと、つまり、ドナさんのお姉さんが陛下に見初められて連れ去られ、弟さんが魔王の封印を解いたってこと？」

　尋ねると、ドナは首を振った。

「違いますよ。あのふたりと私には、血の繋がりはありません。それに、リタの弟のレイヴンは私よりも年上でした」

　ドナによると、前の巫女のリタが連れていかれてから、婆様との養子縁組がされたんだそうだ。次の巫女になるために。そのときすでに、レイヴンは里を出ていたらしい。

「当時、十五歳の小娘だった私は、流されるままに巫女に就きました。ですから、リタもレイヴンも義姉や義兄とは思えなかったですね。親がいなかったので、こんなものかと。まぁでも、最初は頑張ったんですよ。結界の維持に全力で取り組んで、毎日ぶっ倒れていました」

　昔を思い出したのか、ドナは遠くを見つめて話し出した。

「でもね、所詮は紛い物なんです。維持するための力しか譲られてないうえ、その維持も、私の魔力だけでは足りず、体力を削らなければできませんでした」

「……そんなにキツイ仕事だったのか？　手伝ってもらうことはできなかったのか？」

　思わず聞いた。ちょっと酷くないか？　力が足りなかったのなら、少しは他人から力を貸してもらってもいいと思う。神殿は、多くの神官が祈りを捧げて、結界を維持するための魔力を保持しているという。この里の結界の維持も、その方法が取れるんじゃないか。

　だけど、ドナは首を横に振った。

「そんなことができるなら、私のような孤児が巫女にはなっていませんね。この里の者は、王国の人たちに比べてもともと魔力が少ないですから。ほぼないと言っても過言ではありません。聞いたことありませんか？　魔力解放式前に魔術を見ると、魔術が使えなくなるということを」

「ああ。でも、ただの嘘かもしれないとも聞いている。たまたま、いろいろな要素が絡み合って、そういった噂が立ったたって」

　魔術解放式のあと、父上にそう教えてもらった。

「この里の者を揶揄したらしいですね。騎神ブラッドが公爵家に入ったことを妬んで立った噂だと聞いています」

「なんだ、そりゃ。最低じゃないか」

「でも、信じられている。そういうものですよ。訂正するにしても、なかなか難しいのではないですか？」

　そうだな。父上だって嘘だとわかっていながら、慣習を守っていた。俺もきっと、子供に伝えていくだろうと思う。続けたところで、実害はなにもない。逆にやめてしまうほうが大変だ。世間体というものは厄介なものだから。長いものには巻かれろ。そういうことだろう。

「そんなわけで、魔力の少ない里人たちには、手伝ってもらえることはできなかったのですよ。そして、ずっとひとりで巫女の務めをしていたある日、彼が戻ってきました」

　リタの弟、レイヴンか。

「里を出ていってから二年後くらいでしょうか。レイヴンがひっそりと帰ってきたのです。私が巫女をしていると知って、怒り出しましてね。魔力が多少あるだけの小娘に、巫女を押しつけるとは何事かと、婆様や王様に罵詈雑言を並べ立てたんです。そうして、『解放してやるから、待っていろ』と言い捨てて、また里を出ていきました」

　ドナは困ったような、嬉しいような、そんな複雑な表情で俺を見つめた。ひょっとして、ドナはそのレイヴンが好きだったのかな。

「再び彼が現れたのは、それから一カ月後ぐらいでしょうか。『もう祈らなくてもいい』と言って、また出ていきました。そのときは彼が言った意味なんて、わからなかったんですよ。でもね、そのあとの務めは、なぜか楽だったんです。魔力を捧げても、倒れることはなくなったので。務めに慣れたのだろうと、そう思っていました」

「そのレイヴンがなにかをしたんだな？」

　ドナが頷く。

「ええ。それから三年……いえ、四年後くらいですか……いまからだと十三年ほど前でしょうかね。王都の議会から里に、魔王の封印はどうなっているかと、問い合わせが来たのですよ。里は大騒ぎでした。でもね、誰も封印がどうなっているのかわからなかったんです。わかる者がいたら、私が巫女になんてなっていませんもの。先々代の巫女だった婆様ですらわからないのに、私がわかるはずもありません。ですが、山に登って確かめることもできませんでした。山は険しく、濃い魔力で満ちています。ただの人が踏み入ることはできなかったのですよ」

　だからと、ドナが続けた。

「そのため里は異常なしと返答しました。確認ができない以上、そう答えることしかできなかったのです」

事なかれ主義もいいところだな。調査が無理なら無理だと、理由を王都に報告すれば、調査隊が派遣されたかもしれないのに。

「――でも、あんたはわかっていたんだろう？　レイヴンがなにかしたかもしれないってことを。それだけでも報告すればよかったんじゃないか？」

だけど、ドナは首を振った。

「そうかもしれません。ですが、そのときは思いもしなかったのですよ。私は巫女の務めを、封印の維持をちゃんとしていました。そう答えるしかありませんでした。そうしなければ、私は責め立てられ、この里を追われたでしょう。親がいない私が生きていくには、巫女として務めを果たす以外、できなかったのですから」

そうか。問い合わせが来た時点で、ドナの立場は微妙になってしまったのか。

……陛下はわかっているのだろうか。ちょっと、これは酷すぎると思う。

「それにレイヴンがなにかしたのかもと、思い至ったのは最近です。先日、一カ月前に黒い稲妻が落ちたでしょう。その場所をダンが調査しました。彼も十三年前のことを思い出したのでしょうね。王都の調査が来る前に、場所だけでも特定しておこうと思ったそうです。そして、そこで見たそうです」

「なにを」

「レイヴンをですよ。里を出ていったときと変わらない、二十代の姿で結界石の近くにいたそうです。遠目で見たらしいですが、間違いないと言っていました。そこでようやく気づきました。魔王の封印を解いたのは彼だったのではないかと」

けれど、いまさら気づいてももう遅い。そのうえ、なにをどうすればいいのかもわからない。惰性で日々の生活に追われるなか、俺たちが里に現れた。

だから、ダンは——婆様は里の中へ迎え入れたのか。だけど、問題がはっきりしない以上、ダンも婆様も、そしてドナも愚痴と後悔しか吐き出せなかった。なにせ、みんな、自分が一体なにを望んでいるのか、自分自身もわからなかったのだろう。

　俺はミュリエルやみんなに俺のことを思い出してもらいたいけど、手段は一向にわからない。魔王がどうして復活したのかがわかっても、解決策は見えてこないからな。

けれど。この里の連中のように、諦めて、溜息をつきながら愚痴り続けることはしたくない。

「ドナ、話してくれてありがとう。〝黒い稲妻〟の調査が終わったら、次はレイヴンを捜してみるよ。魔王のことを話してもらおうと思う。それでさ、お節介かもしれないけど、レイヴンに伝えることはあるか？」

　すると、ドナは一瞬驚いた表情で俺を見ると、すぐに泣きそうになった。

「貴方という人は……。貴方のように行動に移すことができないのが、私たちの悪いところなのでしょうね。……そうですね……もし、伝えられるのなら……どうしてあのとき、私を里から連れ出してくれなかったのかを……いいえ、やめておきます。もう終わったことですから」

　そう零して、ドナは「もうすぐですよ」と、先を見据えた。


　それからは、俺もドナも黙ったまま進んだ。

　どれくらい歩いたのかわからないが、突然、暗闇の中に淡く光る空間が現れた。

そこには、椅子にだらりと座った青年がうたた寝していた。銀とも金とも見える髪はボサボサで、デザインが古くさい白っぽいローブを着ている。歳はいくつだろう？　二十代にも見えるのに、眉間に刻まれた皺のせいか五十代にも見える。年齢不詳だった。誰だ？

「精霊様、お連れ致しました。こちらが〝精霊の守護を受けし者〟である、テオドール様です」

「……へ、だ、誰？」

ドナが呼びかけると、その青年はよだれを拭きながら起きた。

なんだろう。ベイツと同じ人種に思える。

「あ、ああ、ドナか。久しぶりだね。ええと、どれくらいだっけ？」

「一カ月ぶりでしょうか。〝黒い稲妻〟が落ちた直後に、貴方様から語りかけられたときは、驚きました」

「だって、君が巫女だろ？　力がなくても、巫女は巫女だもの。僕が話せるのは、君しかいないんだから、仕方がないじゃないか」

なんか、幼い子供のようにも見えてくるな。

ドナは苦笑して、俺を紹介した。

「貴方様が捜されていた者が見つかりましたよ。こちらの方が〝精霊の守護を受けし者〟です」

そうして、俺を見た瞬間、そいつは叫んだ。

「なんで女の子じゃないの⁉　僕は女の子を召喚したはずなのに！」

おい、失礼な奴だな。

第四章

（一）お願いは真摯に

その男はガリガリと頭を掻いて、俺を胡乱げに見つめた。

「なんで男なんだよ。これじゃ、デュークを誘惑できないじゃないか。僕は、女の子を喚《よ》んだはずなんだ。セレも頑張ってくれたけど、あいつの心を溶かすまでには至らなかったからね。今回で終わりにしたかったのに、どうしてくれるんだ」

俺に文句を言われても困る。〝精霊の守護を受けし者〟なんて扱われても、俺にはちっとも自覚がないのだから。ただ魔力たちと話ができるだけで。

ドナは間違ってしまったかと、可哀想なくらいオロオロしているが、男は気にもしていない。俺をジロジロ見回してから、なにかに気づいたようで、とんでもないことを口走った。

「――あれ、ひょっとして……あいつが言っていた、ＴＳってやつか？　君、もともとの魂は女の子なんだろ？　なんだよ、早く言ってくれればよかったのに。いま、元の姿に戻してあげるよ」

男が指を鳴らしたと同時に、俺の足下から光が吹き上がる。その光が通り過ぎると、足が光へと分解されていった。

「ちょ、ちょっと待て！　なんだ、なにをした⁉」

光は俺の全身を包み込み、下半身から体が消えていく。それは徐々に上半身に及び、手も消えて、首まで達した。こんなの恐怖でしかない。

「待てって言ってんだろ！　俺は消えたく――！」

口が消えた。鼻も消え、なにも見えなくなる。そして、なにも考えられなくなった。

「――さあ、どんな魂なのかな？　――って、あれ？」

男の困惑した声が聞こえた。

そうっと目を開けてみる。よかった、見える。さっきのは一体なんだったんだ。

「お前、なにすんだよ！　びっくりしたじゃないか！　ふざけたこと、するんじゃねぇよ！」

男の胸倉を掴み上げる。

……あれ？　こいつ背が高くなってね？　なんだか、俺の視界が変なんだけど。

ドナを見てみると、ドナも背が高くなっている。俺より低かったのに、いまは同じくらいだ。

「あれ？」

「首を傾げたいのは、こっちだよ！　なんで、魂も男なんだよ！　ふざけるなと怒鳴りたいのは、僕のほうだ！」

慌てて俺は自分の姿を確認してみる。だけど、鏡がない。くそう。でも着ている服は、前世で見慣れた高校のときの制服だった。これ、ひょっとして……。すると、青年が鏡を出してくれた。

「真実の鏡だよ。――これで映しても男かよ。……ちっ」

鏡に映った姿は、間違いなく前世の俺だった。

あまり特徴のない顔に、短い黒髪。うん、普通の日本人だ。彫りの深い顔を見慣れているせいか、のっぺりした感じがする。前はそんなこと思ったことなかったのに。それはともかく。

「元に戻せ、馬鹿野郎！　いまはテオドールの姿が、本当の俺だ！　前世の姿でいたら、ミュリエルに会えないだろ！　俺の女神を取り戻しても、全部無駄になっちまうじゃねぇか！　いますぐ戻せ、すぐにだ！」

「えー、面倒くさい。顔なんか、どうでもいいじゃないか。男は顔じゃないって言うだろ。これくらい我慢しろよ」

「ぶっとばす」

　ようし、いい度胸だ。ボッコボコにされる覚悟はできているんだろうな。

　ここ最近、ストレスは溜まりまくりだ。お前で解消させてもらう。

《――ダメ……！　待っ……て……！》

　拳で殴りかかろうとすると、制止の声が入った。

　黒だ。少女の姿で現れ、俺と男の間に割り込んできた。

《気持ちはわかるが、やめてやれ。いちおう、そいつは俺たちの仲間でもある》

　後ろから声をかけてきたのは黄色だ。こいつもおっさんの姿で現れた。

《喧嘩だ喧嘩だ！　喧嘩だ喧嘩だ！　喧嘩で喧嘩だ！》

　煽るようにはしゃいで、俺たちの周囲を走り回る、赤髪の少年もいた。ひょっとして、赤か？

《けんかー？》

　首を傾げながら、黄色の後ろから覗く少女もいた。たぶん、青だろう。

「あー、やっぱり君たちもいたんだな。ということは、こいつが加護を受けているのは間違いないのかよ。あーもー、やってらんねー。面倒だし寝る。あとはよろしく～」

「待て！　元に戻せつってんだろ！　この、だるだる男！」

俺に襟首を掴まれたまま、器用に寝ようとする男を揺さぶりながら怒鳴るが、こいつ、全然聞いていない。むしろ心地よさそうに寝はじめ、いびきまで聞こえてきた。

「くそが！　起きろ、起きろよ！　おいってば！」

《イジワル……ダメ……。戻し……て、あげて……》

《黒の言うとおりだ。へそを曲げるな》

黒と黄色が援護してくれると、そいつは俺の手をするりと抜けて、胡座《あぐら》をかいた。

「君たちが、こんなに手なずけられているなんてな。お前、なにをした？」

さっきの怠そうな態度はどこへやら、男はギロリと俺を睨んだ。

「は？　なにもしてねぇよ。魔力解放式から傍にいてくれるからな。家族みたいなもんだ」

うん、ペットに近い感覚だけど、魔力たちが俺の家族であることに変わりはない。常に傍にいてくれて、いろいろ助言もしてくれる。たまに、余計なツッコミも入るけど、これはこれで、楽しいもんな。

「……家族、家族ねぇ……。いるんだよなぁ、この子たちをいいように利用するために、口先だけでそんなことを言う奴」

《違……う、テオ……は……絶対……違う……》

黒が俺の前に立って、男に抗議している。

《おい、拗ねるのもいい加減にしろよ。こいつを認めろとは言わん。だが、俺たちは認めているんだからな。そこは理解しろ》

黄色も男を睨みつけていた。

《認めた認めた！》

《みとめたー》

ガバッと、赤が俺の背中に抱きつき、青が俺の腰に抱きついた。

いい子だな、お前ら。ありがとよ。

赤と青の頭を撫でてやると、ふたりは嬉しそうにすり寄ってきた。もう、こいつらが認めてくれているだけで、嬉しい。別にこの男に認められなくても、構わない。

「……人間なんて、信じたって裏切られるだけだぞ」

《そうだな。だが、こいつは馬鹿だから、そこまで頭が回らない》

おい、黄色。確かに俺は馬鹿だけど、はっきり言わなくてもいいんじゃないか？

でも男は、黄色が自信満々に言い切ったせいか、溜息をひとつついて、「わかったよ」と、腕を振った。

また光が弾けて、視界が真っ白になる。そうして恐る恐る目を開けると、視線が高くなっていた。鏡を見ると、金髪の俺だ。この世界で生きてきた俺が映っていた。よかった。

「みんな、ありがとうな。助かった」

黄色に小突かれ、赤には頭をくしゃくしゃにされ、青にぎゅっと抱きしめられて、黒はそっと手を握って微笑んでくれた。ほんと、俺は幸せ者だ。お礼に、なにかできるといいんだけれど。

「そういえば」

黒の髪には、夢の中で作った蝶のレースが飾られていた。ピンクの小花に紫の蝶が留まっているやつだ。ストレートの黒髪にとてもよく似合っていた。

黄色もレース袖を着けてくれている。黒と金のレース袖に合わせるように、黒いシャツに白のパンツとジャケットを着ていた。なんだろう。ダンディさがめちゃくちゃ上がっているように見える。なんか悔しい。

青は、水色の髪に青いリボンを結んでいた。ああ、もう少し色を足して、可愛くしてやればよかったな。ごめんな。今度は似合うのを作るから。

赤はというと、腰紐にだらりとぶら下げていた。しかも絡まっている。そうか、男の子だもんな。リボンは着けにくいよな。

「赤、ちょっと下りろ」

《なんだなんだ？》

赤を俺の背中から下ろして、腰紐に結んであるリボンを解く。そしてタイのように首に巻いたんだけど、嫌がった。

《むー》

「じゃあ、こっちはどうだ？」

二の腕にクルクルと巻いて結んでやる。

《お、おー？　おー！》

腕を振って落ちないことを確かめた赤は、にかっと笑った。気に入ったみたいだ。

《かっけーかっけー！》

こんなに喜んでくれるなら、ほかにも作ってやるか。なにがいいかな。

「……そうやって取り入ったのか」

男が俺を睨みつけた。

「お前に言ってもわからないだろうけど、これはこいつらに対するお礼だからな。賄賂とかそういうものじゃねぇよ」

「どうだか」

信じられないと、男が悪態をつく。

《見て……》

そんな男に、黒が蝶のレースを髪から外して見せた。男が無視をしていても、辛抱強く見てくれるのを待っている。しばらくしてから、溜息をついて、男が折れた。

「いいかい、君がそいつをどんなに信用していようと、僕は男に手を貸す気なんかないんだ。次に期待して寝るからね。邪魔しないで——なんだ、これ」

文句をつけようとした男が、蝶のレースをまじまじと見つめる。

「……こいつ、どれだけ馬鹿なんだ。〝縁〟をこんな馬鹿げたものにするなんて」

《そうだろう、馬鹿だろう。こんな大馬鹿者だから、こいつが適任なんだ。おそらくな》

くそう、馬鹿で悪かったな。

わかっていることだけど、そんなに連呼されたら落ち込むんだからな。

「仕方がない。時間がないのも確かだし、この子たちに免じて、男であることは我慢する。……せめて男の娘だったら、まだよかったのに」

男がブツブツと愚痴る。そんなに女の容姿が大事だったのかよ。

「そこまで拘《こだわ》る理由はなんだよ」

「決まっている。僕が男だからだ！　相手は女の子がいいに決まっている！」

　きっぱりと言い切りやがった。ぶっとばしてぇ。

「はぁ……。男っていうだけでテンションが下がるんだけど、そうも言っていられないか」

　まだ言うか。

　男は——ああもう、名前がなくて不便だな。誰か教えてくれ。

　黄色を見ると、首を振る。え？　名前ないの？　黒も頷く。マジでか。

　じゃあ、どうするかな……。——よし、こいつをジンと呼ぼう。うん、こいつも精霊らしいからな。安易に考えた名前だけど、これが一番だろう。第一、なにを司っているのかわからないし。

　黄色と黒、赤、青が笑顔になる。お、いい名前みたいだ。俺の心の中の葛藤など知る由もない男——ジンは、グチグチとぼやき続けていた。

「ほんと、ディアス王国のことなんか、どうでもいいんだけどね。滅ぶなら、勝手に滅べばいいし。けど、泣かれるのは嫌だからなぁ」

　誰にだ？　俺のことじゃないよな。昔の聖女のことか？　どうも違うような気がするけど。

　もっともっと昔に思いを馳せているような、そんな遠い目をしている。踏み込んだらいけない雰囲気を醸し出していた。

「よし。ここはひとつ、デュークじゃなく、僕の手でディアス王国を滅ぼすってのはどうだい？」

「いいわけないだろ」

ジンがいい考えだとばかりに、膝を打つ。

しんみりしていた雰囲気を返せよ。だいたいお前、泣かれるのは嫌だと言ったばかりだろうが。それが誰かはわからないけれど。

「簡単に国を滅ぼすなんて言うなよ。ディアス王国なんて聞いたことない国だけど、お前の都合で勝手に滅ぼすな」

「え？　この国だろ？　お前、自分の国のことも知らないのか」

「は？　この国はセレンディアス王国だ。ディアス王国は知らん」

もともと、俺たちの国は、聖女と六騎神が興した国だ。それ以前にあった国のことは、教わっていない。それを説明すると、ジンは笑顔になった。もちろん、怖いほうの。

「どういう意味だい？」

ジンが黄色に尋ねる。

《俺が知っているとでも？　ただ、俺たちが眠りにつく前に、彼女が王子に言い寄られて、悩んでいたのは聞いた》

王子？　初代国王のことか？

「あのクソ王子が……。ディヴィッドを殺しておけばよかった。セレがディヴィッドを好きだったなんてあるものか。あいつ、里に隠れていたセレを無理やり連れ出しやがったな」

「ディヴィッド？　初代国王はセレンディアスだろ？　聖女セレンディアと結ばれて、騎神セレンディアスはセレンディアス王国を興したんだ」

「はーん。改名したな。歴史を闇に葬りたかったってか。わざわざセレの名前を取り入れやがって。

下心が見え見えなんだよ。こっちが手を出せねぇのをわかってやがったな。クソが」

ジンは舌打ちしてから、また深く溜息をついた。

「マジで今回は見送りたい。協力したくない。むしろ滅べ」

「そういうわけにいくか。滅ぼすのだけはやめてくれ」

けれど、こいつにも事情があるみたいだ。手伝ってもらうのは無理かもしれない。

「あのさ、俺が協力してほしいのは、魔王デュークを倒す方法があるなら、それを教えてほしいだけなんだ。その方法を調べるために〝黒い稲妻〟が落ちた付近の調査に来ただけだしな。できたらみんなが俺の記憶だけ失った原因を取り除きたい。そして、俺のことを思い出してほしい。そんな魔術の情報も知っていたら教えてほしい」

うん、俺が欲しいのは情報だ。ジンに力を貸してほしいわけじゃない。

「お前が協力したくないなら、しなくて構わない。そんなもの、強制するものじゃないしな」

だいたい、ここに来たのは〝精霊の守護を受けし者〟だと言われて案内されただけだ。黄色たちが俺を守護してくれていたのが、はっきりわかってよかったと思う。

でも、別に知らなくても困らない話ではあった。

ただ、婆様たちが警戒していた理由くらいは知りたいなと思ったくらいで。それが〝ジンの協力を得る〟ということなら、婆様たちには「断られた」と言えば済む話だろう。

ともかく、俺が魔王を倒すために――最低でも、記憶を奪われる魔術の解除ができる方法を見つければ、王国全体で魔王の対策を立てられる可能性が出てくる。

父上たちだって、数年前から魔王への対策を練っていたんだ。俺のことを思い出してくれさえすれば、父上と協力して魔王を追い詰めることはできるはずだ。聖女であるカトリーナや、六騎神の末裔であるエリオットたちとも力を合わせられる。

「頼む、ジン。情報が足りないんだ。お前の力を貸してくれなんて言わない。ただ、なにか知っているなら教えてほしい。それすらも嫌だと言われると、その……正直、困る。だから、お願いします。魔王を倒す方法を教えてください！」

　頭を下げてしばらく待っていると、盛大な溜息が聞こえた。

「力を貸さなくていいけど、情報はくれって……それ、協力しろって言っているようなものじゃないか。ほんと、図々しいよね、人間って」

　やっぱりダメか。でも、黄色たちすら知らない情報を、こいつは知っているかもしれない。なんせ、先代聖女を直に知っている。たぶん、それより昔のことも。諦められるわけがない。

「それでもお願いします。図々しい願いだってことはわかっています。俺にできることなら、なんでもします！　だから、俺に情報をください！」

　土下座して頼み込むと、俺の周りに黄色たちの気配がした。

　そっと横を見ると、黒が、黄色が、赤、青が、俺と同じように土下座していた。

「ちょっ、やめてくれよ！　こいつはともかく、君たちまで僕に頼み込む必要はないだろう！」

《テオドールは俺の主だからな。主が頼むのだ、仕方あるまい》

《お……願……い……》

《お願いお願い》

《おねがいー》

　ごめんな、ありがとうな。

『私からもお願いします』

　そう言って、白いワンピースを着た女性が、俺とジンの間にふわりと舞い降りた。

「……なんで、君が……ここに……！」

　ジンが驚いている。黄色たちもまた、目を丸くして驚いていた。

　一体、誰だ？

　女性は俺に微笑むと、髪に編み込んだリボンを示す。あれは確か、夢の中で会った女性にあげたリボンだ。え？　あのときの女性なのか？　よく見れば、面影がある。目の前の女性は夢のときより、少し大人びていた。そうして女性もまた、ジンに向かって土下座をした。

『お願いします。彼に協力してあげて』

「君までそんなことを言うのか、セレ……！」

　セレ⁉　ええと、この女性が先代聖女セレンディアなのか⁉

　驚いていると、セレが俺を見て微笑む。その顔が、神殿に祀られている聖女像と重なった。その聖女が、こうしてお願いしてくれているんだ。俺も。

「お願いします、ジン！」

「わかった、わかったよ、くそっ！　この卑怯者が！　セレにまで〝縁〟を繋ぎやがって！」

　根負けしたジンが、叫んだ。

　そのときだ。ジンと俺を囲うように、なにかの魔法陣が展開し、強烈な光が放たれた。

　え？　なにが起こっているの⁉

『――古《いにしえ》の盟約に従い、名を与えたテオドールと精霊王ジンとの契約がここに成された』

淡々とした声で、聖女――セレさんが呟く。

「セレ!?　じゃない、大地母神か！　セレの魂の陰に隠れてやがったな！」

『――意固地になるのもいい加減にするがよい。数百年も仕事を放棄していたのだ、休暇はもういいだろう。仕事に戻れ』

そうして魔法陣とともに光が消えると、セレさんがゆっくりと目を開く。

『ごめんなさい。でも、私……。お願い、デュークを救ってあげて……』

それだけ言うと、セレさんの姿が薄くなって消えた。

「クソババアに頼まれて、断れる君じゃないことぐらい、わかっているさ」

セレさんが消えた空間を寂しげに見つめて、ジンが呟いた。

（二）月は綺麗だった

先代聖女のセレさんが消えてから、ジンはおとなしく俺の話を聞いてくれた。勝手に名前を付けたことは怒られたのだが、まんざらでもない様子だった。

「まぁ、男だったことは仕方がない。涙を飲んで諦めてやる」

相変わらず、男ということに対しては、ブレずに文句を言いっぱなしだったけれど。そこまで残念がることはないだろうに。けれど、待ち望んでいた人が男だったらと考えると、わからないでもない……かな？

「そら」

ぽいっと、ジンがなにかを投げた。慌てて受け取る。なんなんだ。行動が突然すぎて、なにがしたいのかさっぱりだ。

投げられたものは短剣だった。銀製の鞘に柄。抜いてみると、刀身も銀製だった。なにか魔術的なものが施されているのか、青白く光っている。この俺でも、高濃度の魔力が込められているのが、見て取れるほどだった。なにかの〝力〟が一気にあふれ出しそうで、慌てて鞘に収める。

これ、めちゃくちゃ高価なものじゃね？　え？　なに？　くれるの？　これで、魔王を倒せってことなのか？　まぁ、この魔剣なら相当な威力がありそうだけど。

「それで僕を刺せば、お前の望むものが手に入るぞ。そのために来たんだろう。ほんと、なんで男に刺されないといけないんだ。くそう」

まだ言うか。グチグチと文句を垂れるくらいなら、やめておけばいいものを。

だいたい、刺せと言われて「はい、そうですか」と、人に刃物を向けられるわけないだろ。それに、この魔剣、マジでヤバそうだろ。刺したら、精霊のお前でも死にそうじゃないか。

「なんで、俺が望むものを手に入れるために、人を刺さないといけないんだよ。できるわけないだろうが。理由ぐらい、教えろ」

「嫌だよ。なんで懇切丁寧《こんせつていねい》に教えなきゃいけないのさ。契約したからって、なんでも答えると思うなよ。契約内容だと思って、サクッとやって、さっさと帰れよ」

ほら、と、ジンが袖をまくって腕を出してきた。

「なにも心臓に刺せと言っているわけじゃない。腕にチクッと刺せばいいんだ。針を刺すみたいに。

僕の気が変わらないうちに、さっさとやれよ。そうすりゃ、〝力〟が手に入る。デュークを、魔王を倒す〝力〟が欲しかったんだろう？」

ジンは簡単に軽く言うが、素直に頷いてはいけない気がした。現に、黄色たちの顔色が変わった。黒だって、心配そうにしている。ジンを刺したら、なにか取り返しがつかないことが起こりそうだ。

「いらねぇよ」

俺は魔剣を投げ捨てた。こいつの手の届かないところへ向かって。

「俺が欲しいのは、情報だって言っているだろ。俺ひとりが魔王を倒す〝力〟を得ても意味がないんだよ。みんなが、いますぐ俺の記憶を取り戻してくれるっていうなら、話は別だけど、そうじゃないだろう？　それに、刺したあと、お前はどうなるんだよ」

「へえ。なに、心配してくれているの？　人間風情が？　心外だな。僕が自分自身を傷つけるはずないだろうに」

そうかもしれない。だけど、黄色たちの表情が大変なことだと教えてくれている。理由を言うわけにはいかないのか、黄色が赤と青の口を塞いでいるし、黒だって自分の口を覆っていた。だいたい、シミオン以上に捻くれているこいつの言うことなんか、当てにならない。

「お前も人の話を聞いていないな。俺は〝力〟が欲しいわけじゃないって言っているだろう」

お互いに睨み合う。ダメだ、このままじゃ平行線を辿るだけだ。

「じゃあ、話をする気になるまで、お前、俺についてこいよ。こんな暗い場所にひとりでいるから意固地になるんだ。俺についてくれば、いつでも黄色たちと話ができるぞ」

そうだよな、いくら引き籠もりだって言ったって、少しくらい喋れる相手がいるほうがいい。俺はともかく、黄色たちとは仲がいいんだし、いつでも話せるようになる。俺と契約したんだから、一緒に行動できるだろう。

「無理だね。お前にこれが外せるわけないだろ。だいたい、お前と契約しても、こっちの強制力のほうが強いんだから」

　ジンが足下を示す。よく見ると、黒い鎖がジンの足に繋いであった。真っ黒な空間に、黒い鎖のせいで、指摘されるまで気づかなかった。

「なんで、捕まっているんだ。精霊の王だろう？　犯罪者みたいな扱いじゃないか」

「さあ。どうしてなんだろうな」

　そう言って、ジンはドナを見る。当代の巫女であるドナは目を見張っていた。

「わ、私が伝承で聞いているのは、貴方様が我が一族のために、ここに自ら籠もられたということだけです」

　ドナの説明によると、昔、精霊と交信できたドナの祖先たちは、当時の権力者たちにその能力を使って国に貢献するよう求められた。それを断ると、迫害されたそうだ。そして、隠れ里を作り、その周囲を結界で覆うために精霊――ジンの力を借りた。

　そのときに、ジンは自ら里の結界の中に結界を張り、その際に使用した魔力の回復のために、眠りについたらしい。

「だってさ」

　ドナの説明を面白くなさそうに聞いていたジンは、他人事のように呟いた。

「違うのか？」

「さあね。セレがいた頃よりも、さらに大昔のことだ。僕も覚えていないよ」

かなり違うようだ。ジンが説明するのも億劫なほどに。ドナが申し訳なさそうに小さくなっている。ジンの態度で、この伝承が嘘だとわかったけれど、これ以外のことは知らないようだ。

「――あんまりイジメてやるなよ。そいつは巫女を押しつけられただけなんだからな」

　知らない声が割り込んできた。

　声の方向を見ると、肩に鴉を乗せた痩せぎすな男がいた。年の頃は二十代後半。ドナよりも若く見える。それなのに、醸し出している雰囲気は、厭世的《えんせいてき》とでも言えばいいのか、人生に疲れたおっさんみたいだった。

　男は、俺が投げ捨てた魔剣を拾い上げた。

「レイヴン……！」

　ドナが驚いている。レイヴンって確か、婆様の息子か。つまり、〝黒い稲妻〟の関係者。イコール、魔族の関係者。手がかりが飛び込んできてくれた。

「どうして貴方がここに……。ここは巫女しか入れない場所なのに……」

「ああ、ババアにそう教わったか。ここは巫女一族なら、入れるんだ。ただ、男はそいつの許可がいるってだけだ」

　ジンを指さし、ドナの疑問にレイヴンが答える。婆様の息子だけあって、巫女やジンのことについて、ドナよりも詳しいみたいだ。

「でもまぁ、すでに男が招待されているし、結界もすでにボロボロだ。強引に綻びを広げたら、すんなり入れたよ。時間はかかったけどな」

　レイヴンは俺を一瞥してニヤリと笑う。

　俺がこの空間にいることで、男でも入れるようになったらしい。

「そいつはご苦労様。招いてもいないのに、こんなところまで来るような礼儀知らずは、さっさと帰ってほしいね。男は大嫌いなんだ」

「どこまで男嫌いなんだよ、あんた。正式な巫女がいなくて、まともな結界が張れずにいるところに、さらには〝黒い稲妻〟であんたを閉じ込めていた里の一族の結界をボロボロにしたんだ。ここまで手をかけたってのに、それでも男を疎んじるってのは、度が過ぎているんじゃね？　こっちはガキの頃から、あんたに会いたくてたまらなかったっていうのに」

「うるさいな。僕以外の男は死ねばいい。そうは思わないか？」

「俺に聞くな」

　どうしてこっちに話を振るんだ。

　俺の賛同を得られなかったジンは溜息をつくと、レイヴンに向き直った。

「男って生き物は争いばかりするし、僕の大事なものを奪ってばかりだ。僕の娘もセレも、勝手に奪っていく。それで、どうして好きになれって言うんだい」

「ああ、そうだな。男ってのはそういう生き物だ。人様の姉を奪ったくせに、取り戻しに来た弟は痛めつけて追い返す。けど、そいつは権力者に限ってのことだ。俺たち一般人は、いつも奪われる側さ。なぁ坊主、そう思うだろ」

「だから、俺に同意を求めるな」

　俺は、お前らの事情なんて知らないんだから、下手に同意なんかできない。

レイヴンは「まぁ、そうだな」と、笑う。

「ともかく、男ってだけで排除されるのは敵わないわな。お互い、裏切られた者同士、話くらい聞いても構わないだろうに」

「冗談だろ」

「その坊主の話は、聞いたんだろうが」

「セレに頼まれたから、仕方なくだ」

「じゃあ、仕方がねぇな」

レイヴンは躊躇なく、すらりと魔剣を抜くと、切っ先をジンに向けた。

「改めてはじめまして、精霊王。長年の務めはもう終わりだ。俺に〝力〟を与えて、死んでくれ」


レイヴンに魔剣を突きつけられたジンは、溜息をついて、俺を恨めしそうに見た。

「ほら、お前がさっさと僕を刺さないから、余計な邪魔が入ったじゃないか」

ちょっと待て。俺のせいなのか。違うだろ。

「まぁいいや、僕はどちらでもいいし。とりあえず、いちおう理由は聞いておこうかな。どうして〝力〟が欲しいんだい」

「あっさりしてるなぁ、あんた。仮にも、命を奪おうって奴に理由を聞くか。隠すほどのものでもねぇから、教えてやるけどさ。王国を――正確には王を殺すためだな」

ジンもレイヴンも軽く言いすぎだろ。

「魔王に期待したが、あのお坊ちゃん、ちっとも動かねぇ。大がかりな仕掛けをしたかと思えば、その坊主の記憶を、人間たちから奪うってだけの代物だった。まぁ、聖女が施した結界に対しても多少の影響はあったみたいだがな。お陰で里の結界にも干渉したようで、こうして壊して入ることができた」

　さらにはとんでもないことを、なんでもないことのように言いやがった。やっぱり、魔族の策略だったか。でも、なんで俺をピンポイントで狙うんだよ。俺はなにもしてねぇぞ。

「わかってねぇって、顔だな。無意識ってのは怖いねぇ。まぁ、運が味方してる奴らは、たいがいそういう連中だったな。まぁいいさ。魔族側が、一方的に坊主を一番の障害だと認識したってだけの話だ。気にすんな」

　レイヴンはククッと笑ったが、目が笑っていない。そういう、運が働くような偶然を憎んでいるようだった。

「けどなぁ、魔王のほうも気が長いにもほどがある。王国を恨んで、憎んでいるくせに、やっていることが回りくどい。さっさと滅ぼせばいいものを、なにを悠長にやってやがるんだか。魔族ってのは、長生きしすぎて時間を気にしないのかね。〝蛇〟の野郎は、シナリオに沿ったバッドエンドを目指したほうが効率がよさそうだとか、わけのわからねぇことを言いやがるしよ……」

『魔王様を侮辱するな、人間！』

　レイヴンの肩にいた鴉が翼を広げて、騒いだ。しかも、人間の言葉で。

　ひょっとして、魔物か？

　うわ、初めて見た。ほら、魔王の奴は人間形態だっただろ？　あとは黒猫だけど、あれ、猫だったし。「にゃー」しか鳴かなかったからな。喋る鴉の魔物だ。すげー。なんかすげー。冷静に考えると気持ち悪いけど、わくわくするな。でも、あいつと戦えるかどうかは、別問題だ。だって俺、ケヴィンと稽古しかしてねーし。魔物と戦うなんて、考えたこともなかった。

「あー、うるせー。馬鹿にしたんじゃねぇ。事実を言ったんだ。お前も、おとなしく俺の〝力〟でいろや。ここに入った途端、分離するなんて聞いてねぇぞ」

『お前が、俺の依り代になったんだ。お前こそわきまえろ！』

鴉とレイヴンが言い合っている。ふたりの仲はよくないようだった。

「依り代ねぇ……。どちらが主導権を握っているのかなんて、どうでもいいさ。やっぱりデュークは魔物と融合して魔族になったんだな」

ジンが呟く。

「ああ、そうみたいだな。俺も融合してわかった。大昔の伝承にあったとおり、一族の一部、引き籠もるのをやめて復讐を誓った連中は、魔族と融合して長寿になったんだろうよ。俺も里の一族の人間だからな。資格はあったんだろう」

くそう。ショートカットして重要地点に来たのはいいけど、超重要すぎて、情報が多すぎだ。なにがどれを示唆しているのか、さっぱりわからねぇ。やっぱりショートカットは、クリア後の強くてニューゲームからが本番だった。

ともかく、いま、魔族の秘密をサラッと聞いた気がする。

「それじゃ、もう質問はねぇな。さっさと終わらせようか」

言うや否や、レイヴンはジンに斬りかかった。ジンはというと、逃げる気配がない。

ちょっ、なにを考えてるんだ！

「壁っ！」

慌ててジンの前に土壁を作る。よかった。この空間では、里の外のように魔術が効きにくいなんてことはなく、スムーズに発動できる。

だけど、その土壁を、レイヴンが振るった魔剣は易々と斬り裂いて、次々と襲ってくる。

なんだよ、土壁が豆腐みたいじゃないか！　あの魔剣、マジでヤバい。連続で土壁を作ってレイヴンの攻撃を防ぎながら、ジンを連れて逃げた。

「お前ねぇ、邪魔をしないでくれるかな」

「うるせえ、黙ってろ。俺と契約したんだろうが。だったら、俺についてこい！」

ふざけたことを抜かすジンに怒鳴り返して、後ろに土壁を幾重にも作る。

その土壁を難なく切り裂いて、レイヴンが迫る。

「やめて！　やめなさい、レイヴン！」

ドナが制止するが、レイヴンは彼女には興味がないようで、見向きもしなかった。

『うるさいぞ、女！　食ってやる！』

鴉がレイヴンの肩を離れ、ドナへと向かう。間に合わない！

「そっちは獲物じゃねえぞ。間違えるな」

しかし、レイヴンが鴉に向かって手を突き出すと、突風が鴉を襲った。

突風は鴉を巻き込んだまま、俺たちに向かってくる。それを特大の土壁で遮った。

『ぐえっ！』

衝突した音と鴉の潰れたような声が聞こえたが、気にしていられない。距離を詰めたレイヴンの剣戟が、俺の頭の上を掠めていった。

くそ、こっちの態勢が整う前に畳みかけてきやがる。土壁をいくつ出しても、スパスパ切り裂かれていくと、マジで心が折れそうだ。かろうじて牽制《けんせい》になっているけれど、態勢を整えられねぇ。

さらにはジンが非協力的なうえ、黒い鎖が邪魔だ。逃げる範囲が限定されている。

「ちょこまか逃げるな。諦めたほうが、早く楽になれるぞ」

「できるか！」

振り下ろしたレイヴンの腕を狙って、土壁を下から突き上げた。

「ぐっ！」

やった、腕に直撃だ。反動で魔剣を落とすことに成功した。

俺は魔剣を拾おうと手を伸ばす。だが、顔を蹴られて、弾き飛ばされた。受け身を取ってすぐに立ち上がるけれど、ヤバイ、ジンと引き離された。

「やるねぇ、坊主。だが、終わりだ」

痛めた右腕をだらりと下げたレイヴンは、左手で拾い上げた魔剣をジンに向かって振り下ろす。

どっちも利き腕なのかよ！

《ダメ……！》

黒がレイヴンの前に立ち塞がり、魔術障壁を発生させた。

「なにをしているんだ、君は！　逃げろ！」

青ざめたジンが叫ぶ。振り下ろされた魔剣は、黒の魔術障壁を簡単に破壊した。

「黒！」

駆けつけようとするが、魔術も間に合わない。凶刃が黒に迫る寸前、大きな土壁が割って入った。黄色だ。俺の土壁とは違い、あの魔剣にスッパリと斬られることはなかった。けれど、削られていることは間違いない。

《早くしろ！》

「わかってる！」

黒を脇に抱え、ジンの腕を掴み、無理やり連れて逃げる。思ったより、素直についてきてくれたので助かった。

「でも、くそ……。どこに逃げりゃいいんだ……！」

この空間の外に逃げようにも、どうすれば出られるのかわからない。おまけに、ジンは鎖でこの空間に繋がれている。くそう。この鎖、どうにかならねぇかな。土壁で潰してみても、潰れなかった。なにかないかと周りを見回すと、立ち竦んでいるドナの姿が見えた。

「ドナ！　ここから出られるか？」

「は、はい。道は知っていますので……」

「逃がすと思うか？」

土壁の上でレイヴンが俺たちを見下ろしている。斬るのをやめて、上ったようだ。確かにそっちのほうが早い。そして、俺たちに向かってなにかを投げた。

「いい加減、ノビてねぇで、ちったぁ役に立て！」

『カー！　バカー！　投げるな、馬鹿人間！』

鴉だった。

「仲間じゃないのかよ！」

「立ってる者は親でも使えってな！　そこに落ちてたんだ、使うのが人情ってモンだろ」

　違うと思う。

　鴉は投げられつつも、空中で体勢を立て直す。そして、翼に風の魔力を纏うのが見えた。と、同時にスピードが上がったうえ、回転した。え、ドリル⁉

　慌てて土壁で遮るが、ぶつかった音のあとに、ギュルギュルと土壁を削る音がした。間違いなく、ドリルだ。ピシリと土壁にヒビが入る。そして逃げ道を塞ぐように、レイヴンが回り込んでくるのが見える。

　音を立てて土壁を突き破った鴉が、襲いかかってくる。そこを、ジンを捕らえていた鎖で絡め取った。いやだって、向こうからこっちは見えないから、チャンスだろ？

『ガー！　離せ、人間！　これを外せ！』

　暴れれば暴れるほど、鴉と鎖はこんがらがる。ふっ、行動不能に陥ったようだな。

よし、あとはレイヴンだ。振り返ったそこには、すでに魔剣を振りかざしているレイヴンがいた。狙いはやっぱり俺じゃなくて、ジンだ。

《燃えろ、燃えろ！》

　赤が、レイヴンに向かって、口から炎を吐く。しかし、炎は魔剣に切り裂かれた。

　炎まで斬るのかよ、あの魔剣！

　赤とジンを襲うレイヴンに、俺は鎖玉になった鴉を投げつけた。さすがに鴉は斬れないのか、レイヴンが舌打ちする。無理やり、魔剣の軌道を逸らしたのが見て取れた。だが、鴉を避けても、鎖は無理だ。

　魔剣が鎖に触れた途端、シャランと涼しげな音が鳴って、ジンを捕らえていた鎖が砕け散った。

　そして――あたり一面、俺たちごと、白い光に飲み込まれた。


　白い光が収束すると、あたりはまた暗くなった。

　けれど、少し冷たい風が吹いているのに気づいた。木々の匂いが風に運ばれてきて、同時に木々のこすれ合う音や、虫の声が聞こえる。見上げると、中天に真っ白い満月が輝いていた。

　ひょっとして、外に出たのか？

　すっかり夜になっているけれど、昼間に案内された、神殿の中庭だった。俺がドナに連れられて入った黒い大岩は、粉々に砕けていたけれど。その手前に、キラリと光るものが落ちていた。

　あの魔剣だ。ついでになぜか鞘も一緒に落ちていた。

　周囲を見回しても、魔剣を持っていたはずのレイヴンの姿は見えなかった。あいつ、あの光の中で魔剣を落としたのだろうか？　レイヴンに気をつけつつ、魔剣を拾う。

　相変わらず、刀身から放たれる魔力がすさまじい。ゆっくりと鞘に収めた。レイヴンに奪われないよう、いまのうちに剣帯に引っかけておく。

　そうして警戒しながら、もう一度、周囲を確認した。黒い大岩の瓦礫の陰に隠れるように、ドナが倒れているのが見えた。そして、もうひとり。

「ははっ。ちゃんと、出られたじゃねぇか」

俺はドナの隣に倒れている男——ジンに声をかけた。

「おい、ジン。起きろ。ドナも無事か？」

しばらくふたりを揺すっていると、ドナが先に目を覚ました。

「こ、ここは……帰ってこられたのですか……？」

ガバリと起き上がったドナは、すぐにキョロキョロと周囲を確認した。神殿の中庭だと、わかったようだ。

「そうみたいだ。無事に帰ってこれてよかったよな」

声をかけると、ドナはホッとした。だが、またすぐに周囲を警戒して、あたりを窺う。

「れ、レイヴンは……？」

「さあ、いまのところ見当たらない。ともかく、あいつが持っていた魔剣は回収したから、少しは安心していいと思うぞ」

腰に差した魔剣を見せると、ドナは力が抜けたようで、へなへなと座り込んだ。

一方、ジンはというと、いつのまにか起きたらしい。呆けたように夜空を見上げている。

「……月……か……？」

「そうだよ、満月だ。綺麗だよな」

「……ああ、綺麗だ……」

ぼそりと答えたジンの瞳が潤む。そして、一筋、涙が零れ落ちた。

「本当に、綺麗だ」

そしてジンは、びっくりするぐらい嬉しそうな笑顔を見せた。
一体、こいつはどれほどの長い年月を、あの暗い空間で過ごしたのだろう。誰が閉じ込めたのか知らないけど、酷いことしやがる。
《あのときは本当に、こいつの回復が優先だったからな。奪われた魔力を回復するために安全な場所で長い眠りにつく必要があった。その場所を提供してくれたのが、この里だ》
黄色の声が、俺の頭の中でした。外に出た途端、こいつら魔力たちは俺の中に戻ったようだ。
《だが、里の一族たちも自身の身を守るために、ジンを要として結界を作ったのだろう。そのため、ジンはあの空間に縛られた》
そしてこの里は〝隠れ里〟になった、か。
確か、先代聖女よりもさらに昔の話だって言っていた。それだけの長い年月を、ひとりきりで過ごしていたら、多少、性格が捻くれてしまうのも無理はないだろうな。
《ひねくれ、ひねくれ！》
《ひねくれー？》
《ダメ……。言っ……ちゃ……メ……！》
赤と青が俺に同調したのを、黒が窘めた。はは、悪い悪い。
――と、誰か来る。神殿のほうから幾人かの気配がしたので、警戒した。
「遅い、貴様ら！　一体いつまで、人を待たせている！　さっきの爆発音はなんだ⁉」
現れたのは、怒り心頭のレックスとサディアス、ダンだった。
あ……、ごめん。忘れてた。

どうやら、俺たちが帰ってくるのが遅かったので、神殿に戻って待っていたようだ。それで突然、爆発音が聞こえたので、様子を見に来たらしい。爆発音って、黒い大岩が砕けた音なのか？

「いやその、ちょっといろいろあったんだ、ごめん」

「そのいろいろとやら、たっぷり聞かせてもらおうか。なに、時間はいくらでもある」

レックスは真っ直ぐ俺に近づくと、肩をがっしり掴んで、笑った。

わぁい、目が笑ってねぇや。

「中でどのような話があった。その男は誰だ。そして、なぜ貴様が入った黒い大岩が、破壊されている。私が納得できるまで、とことん説明してもらうぞ」

「勝手ながら、お茶も用意させていただきました。存分にお話しできますよ。よかったですね」

サディアスも、ガッチリ俺の腕を掴んでいる。逃がしてくれそうもない。くそう。

「痛すぎるんだけど、手加減してくれない？」

「無理です」

とてもいい笑顔で、サディアスが答えた。

ダンはというと、座り込んでいるドナを起き上がらせていた。そして、ジンを見て驚いていた。

ダンには、ジンが精霊の王だとわかったのかもしれない。

レックスたちが俺を連行しようとしたとき、カラリと黒い岩の欠片が落ちた音がした。気になって振り返った瞬間に、黒い大岩の瓦礫が弾けて、土煙が上がる。煙の中から、人影が現れた。

「レイヴン⁉」

レックスとサディアスを振り払い、警戒する。

ふたりもまた、緊急事態と判断したのか、俺と同様に、レイヴンに対して警戒を強めた。

「てめぇ、マジでムカつくな。ここまで運に愛されてるなんざ、尋常じゃねぇぞ」

現れたレイヴンは、黒い空間にいたときとは違った姿をしていた。

あれだけ余裕を見せていたのに、なぜか服がボロボロで、どこかダメージを受けているのか、頭から血を流していた。そして、左肩から先が鴉の翼に変化していて、両足も鴉の脚になっている。

「まさか……本当に……！」

ドナとダンが、レイヴンの姿を見て驚いている。知り合いが異形の姿になったんだ。ショックを受けるのも当然だろう。だけど、ダンはすぐに気持ちを切り替えたのか、ドナとジンを守るように、ふたりを後ろに下がらせた。

「くそう、下手に融合しちまいやがった。クソッタレが！」

毒突《どくづ》いたレイヴンが、ジンではなく、俺に向かって襲いかかる。

融合したって、あの鴉とか？

《そのようだな。黒い空間では分離していたが、元に戻ったようだ。いや、アレを元に戻ったとは言いがたいが……》

黄色が答えてくれた。そうだよな、無理にくっつけられた感じだ。それでレイヴンはダメージを受けているのかもしれない。

余計なことを考えていたせいか、すでに目前にはレイヴンがいた。鉤爪になった右手で、頭上から攻撃してくる。寸前で、サディアスがレイヴンの鉤爪を鞭で弾いてくれた。

「貴方、呆けすぎではありませんか。緊張感を持ちなさい！」

「悪い！」

サディアスがレイヴンを相手してくれている隙に、レックスとともに下がって距離を取る。

レイヴンは舌打ちして左の翼を広げた。

すると、魔力を帯びた羽根の矢が俺たち目がけて放たれる。

「壁！」

土壁で、それらを防ぐ。同時に、ダンたちの前にも作っておいた。

あれ？　なんか、魔力の流れがスムーズだ。いつもより、すんなり壁が作れる。

視界の端で、ぷい、とジンがそっぽを向いた。なるほど。あいつと契約したお陰っぽい。

サディアスはというと、鞭で羽根を薙ぎ払いながら、俺たちのいる壁へと避難してきた。すげぇな、こいつ。万能執事じゃねぇか。いや、万能従者か？　……まぁ、ちょっと変わっているけど。

羽根は土壁に刺さるが、貫くほどの威力はない。よかった、鴉のドリルほどの貫通力はなかったようだ。

「なんだ、あいつ。魔族なのか⁉」

「ああ。婆様の息子で、先代巫女の弟、そしていまは魔族になった、レイヴンだ」

レックスに答える。

「中で、なにがあった！」

「襲われてたんだ、あいつにな」

端的に話すと、レックスが理解を示した。

「なるほど。ともかく、私が貴様から詳しい話を聞くには、あいつをどうにかするのが、先決だということだな」

「ああ」

「では、あとは任せろ。戦うことが苦手なお前が、よく頑張った」

レイヴンを見据えて、レックスは剣を構えた。

「え……？　俺、苦手って言ったっけ？」

確かにみんなと稽古していて、一番弱くて、そんなこと言った記憶があるけど。ひょっとして、思い出してくれたのだろうか。

「動きを見ていればわかる。素人は黙って見ていろ。まったく、このように使えない者を、なぜフレドリック殿下は使うのだろうな」

あ、ああ、そうか。びっくりした。なんだよ、ちょっと期待したじゃねぇか。

（三）魔族の秘密

「いいか、貴様はここでおとなしくしていろ」

言うや否や、レックスは羽根の矢が打ち終わったのを見計らって、レイヴンに向かっていった。サディアスも同時に、レックスとは反対側の土壁から飛び出している。

「くそっ、慣れねぇ！」

レイヴンは、鴉と変に融合した体が使いづらいのか、どこかギクシャクしていた。黒い空間にいたときのような、機敏な動きはない。俺でもわかるくらいだ。

　サディアスが繰り出す鞭を、レイヴンが鉤爪で弾いていく。その隙に、レックスがレイヴンの懐近く迫った。長剣で斬り上げるのを、上体を反らして躱すレイヴン。バランスを崩したところを見計らって、サディアスの鞭が襲うが、そのままバク転をしてレイヴンはふたりから距離を取った。そして、バサリと左の翼を動かすが、なにも起きない。

「やっぱり飛べねぇか。クソッタレが」

　毒突いて、腰に差した剣を抜こうとするが、大きくなった鉤爪の手では抜けなかった。

「とことんツイてねぇな」

「余所見をするな」

　再び、レイヴンへとレックスが迫る。サディアスはレックスの邪魔にならないよう、かつ、レイヴンを牽制するように、鞭で攻撃している。間断なく繰り出される攻撃に、レイヴンは防戦一方になった。

　俺はというと、その間にジンたちと合流した。はっきり言って、俺は防御のほうが得意だ。みんなを守るなら、固まっていたほうがいい。

「ダン、このまま固まって、下がるぞ。神殿の近くまで行ったら、お前とドナは逃げろ。いいな」

「しかし……レイヴンは……」

　レイヴンをどうにかしたいと思っているのだろう。

「……なんとも言えない。あいつを助けたいなら、レックスたち以上の実力がいる」

　そこまでの腕があるのかと、視線で問うたら、諦めたように首を横に振った。

「じゃあ、悪いが、覚悟しておけ。あいつを無傷で捕らえるなんて、レックスたちにも無理だ。運がよければ、生きて捕らえられるかもしれないけど……」

　そうなった場合、王都送りになるのは間違いない。レイヴンは魔族の一員で、事情を知っているのだから。俺の言いたいことがわかったのか、ダンもドナも黙って俯いた。

「……わかった、お前の言うとおりにしよう」

　ダンが頷く。ふたりとも複雑そうな表情だったけど。

「なら、行くぞ。レックスたちがレイヴンを抑えているうちに」

　そうしてダンたちを庇いながら、神殿へ移動する。レックスたちは俺の意図がわかったようで、レイヴンを牽制してくれていた。

　レイヴンも、チラリとこちらを気にした様子だったが、向かってはこなかった。

　思ったとおりだ。あいつ、幼なじみであるドナやダンを襲いたくないんだろう。ドナを襲おうとしていた鴉を、牽制していたし。

　お陰で、ふたりを神殿の裏口近くまで無事に連れていくことができた。

「さ、行ってくれ」

「せ、精霊様は」

　促すと、ドナが尋ねた。

「ジンは俺と残る。レックスたちの援護がしたいからな」

「勝手に決めるんじゃないよ」

「悪いな。俺と契約した以上、付き合ってくれ」

　ジンのお陰で、俺の魔術の威力が上がっているみたいだからな。

戦力になる以上、頼らせてもらう。

「まったく、人使いが荒い」

ジンはそう愚痴るけれど、残ってくれるみたいだ。

「助かる」

ダンとドナが神殿に逃げ込むのを確認してから、俺はジンとともに、レックスたちの元へ戻った。

相変わらずレイヴンが劣勢だったが、なにかおかしい。

レックスとサディアスのふたりがかりで戦って、有利な状況のはずだ。けれども、一向にレイヴンを追い詰めることができていない。

それにあいつ、傷が治ってきていないか？　一方で、レックスたちには疲れが見えはじめている。

「ちょっと、仕切り直したほうがいいかもしれないな」

俺はちょうどレイヴンが仕掛けようとしたタイミングを見計らって、魔力を土に流した。流れ込んだ魔力がレイヴンに向けて、鋭い円錐状の槍をいくつも隆起させる。

余裕で躱されたが、タイミングを外されたレイヴンは舌打ちして、後退した。

「ちっ」

「戻れ、レックス！」

レックスは苦々しい表情をしたが、このままではジリ貧になるのは目に見えていたらしく、おとなしく従った。

「貴様には策でもあるのか」

「ねぇよ。でも、あのままじゃ無理だろ。それに、レイヴンの傷が治ってきてやがる。魔力も徐々に増えてるから、態勢を立て直したほうがいいと思った」

「貴方にしては、賢明な判断です。レックス様、いかが致しましょう」

　レックスは少し考えて、

「こいつは使えるのか？」

　と、ジンを見た。数に入れていいのか、という意味だろう。

「ああ。そうでなきゃ、連れてこない」

　俺が答えると、ジンがあからさまに嫌な顔をした。

「はぁ、僕が契約しているのはお前だけだ。お前以外に、手は貸さん」

「なるほど。使えるが、使えない、ということですか。まぁ、私は構いませんが」

　なんか、サディアスが納得している。

「足手まといにならないなら、いいだろう。ともかく、逃げられないよう、追い込むぞ。そして、テオ。お前はあいつの――レイヴンの退路を防げ。いいな」

「わかった」

「せっかくの手がかりだ、レイヴンを捕らえるぞ。命があって、話すことができさえすれば、手足は潰しても構わん。だが、けして斬り落とすな」

　と、念を押して、レックスはレイヴンを見据えた。

　ああ、そういやそうだった。王都に捕らえられているはずのトレヴァーは、黒猫としても動いているってベイツが言っていた。クリムゾン将軍が斬り落とした右腕が、黒猫になったそうだ。そのことをレックスは危惧《きぐ》しているのだろう。

あの黒猫は、ミュリエルを命の危険に晒したうえに、この前の聖女祭にあったパーティーで襲われた。あいつだけは絶対に許さない。

ともかく、レイヴンもトレヴァーと同じように、斬り落とした手足から復活する可能性がある。鴉と融合したとも言っていたし、その確率は高いからな。用心に越したことはない。

「条件が厳しいですが、仕方がないですね。レックス様のお望みどおりに致しましょう」

ヒュン、と鞭を鳴らして、サディアスが答えた。

一方、レイヴンはというと、翼を動かし、鉤爪の調子を確認している。

「くそ、魔力はともかく、体は時間がかかりやがる。こりゃ、ダメだ」

そう言いつつも、レイヴンの体は異形でありながら、先ほどよりも歪《いびつ》さがなくなって馴染んでいるように見えた。

「はぁ……こんな体になるわ、意識は奪われそうになるわ、目的は果たせねぇわ……嫌になるな」

そしてチラリとこちらに視線を向けた。

「――出直したほうがよさそうだ」

「逃がさん！」

退こうとしたレイヴンに、レックスが襲いかかる。レイヴンがまた羽根の矢を放とうとしたところ、そこに水弾が当たった。サディアスだ。

「ぐっ！」

「させません！」

その間に、レックスがレイヴンに迫る。

また、先ほどのような攻防が起こった。レックスが剣で攻撃し、サディアスが鞭で牽制する。レイヴンはそれらを躱し、弾いている。だが、なかなか戦線を離脱できないことに、苛立っているように見えた。

どちらも一進一退の攻防をするなかで、レックスが仕掛けた。レックスの振り下ろした剣の先から、闇の網が広がったのだ。すげ、レックスの奴、戦いのなかでよく魔力を練れるな。しかも、あんな大きな網を。闇の魔術ってのは――光もだけど――四大元素とは違って、物質化させるのは難しい。なにしろ、闇も光も感じることはできても触ることはできないからだ。闇の鞭だけでもすごいのに、投網みたいに、捕らえるための網を作るなんて、簡単にできるものじゃない。

その闇の網を、レイヴンはまた風の魔力を纏わせた鉤爪で切り裂く。だが、一枚目だけだ。重なるように展開されていた二枚目の網が、レイヴンに覆い被さる。

「チィッ！」

「いまの、うちだ！　取り、押さえろ！」

「はっ！」

魔力を使いすぎたせいか、肩で息をしているレックスの命令を受けて、サディアスがレイヴンの身柄を拘束しようと近づいた。

《やめさせろ！》

黄色の声が頭の中で響く。

《魔力の流れが見えないのか、お前は！》

よく見ると、レイヴンの体の中で、風の魔力が集められている。ヤバイ。

「サディアス、逃げろ！」

危険を感じ取ったのか、サディアスが後ろに飛ぶ。

だが、遅かった。

レイヴンが解放した魔力は、暴風となって吹き荒れる。捕らえていた闇の網は、跡形もなく霧散した。土埃が舞い、地面が削られ、庭に植えてあった草花が散る。風の刃はそれだけでなく、さらに俺たちに襲いかかる。

俺は壁を、俺とジン、レックスの前に展開したが、サディアスの前に作った土壁は間に合わなくて、中途半端になってしまった。そのため、サディアスがダメージを負ってしまう。

「すまん、大丈夫か⁉」

「平気です。心配は無用。それより、レックス様をお守りしなさい！」

腕でガードしていたサディアスが答える。服は切り刻まれていたし、血も流しているけれど、重傷ではないようだ。俺は言われたとおり、警戒しつつ、レックスの傍に向かった。

『お前だ！』

土壁の上に立ったレイヴンが俺を見据えていた。足下の土壁に避難しているレックスには見向きもしない。

『お前のせいだ。お前が異物だ！　だから魔王様はお前を狙った。死ね！』

レイヴンのものとは思えない、甲高い声だった。

「うるせえ！　勝手に人の体を奪うんじゃねえ！　馬鹿鴉！」

今度はレイヴンの声だった。なにが起こっている？

「拒否反応みたいだな」

黙って俺の傍にいたジンが、説明してくれた。

「たいていは、契約したときに意識が同調して、どちらがどちらだったのか、わからないくらい融合してしまうんだが……。あの男、相当自我が強いようだ」

「……分離させることはできるのか？」

「無理だな。魂がひとつになったからな。分けるなら、殺すしかない」

そうすれば、ふたつの魂が勝手に分かれると、ジンは言った。

「それじゃ、意味がないじゃないか」

ドナやダン、婆様が悲しむだろう。

『うるさい、人間！　死ね！』

レイヴン――おそらく、鴉のほうだろう――が、土壁を蹴って跳躍し、俺を狙う。そして翼を広げ、羽根の矢を放った。とっさに土壁を作ろうとしたとき、

「余所見をするなと、言ったはずだ」

呼吸を整えたレックスが、背後からレイヴンの足を斬った。だが、勢いがつきすぎていたのか、剣はまるで豆腐を刺したようにレイヴンの足に深々と刺さり、そのまま斬り落としてしまったのだ。

「しまった……！」

レックスが焦る。倒れたレイヴンが、呻き声を上げている。そのレイヴンを、サディアスが鞭で捕らえ、動けなくしていた。

「足は、どこだ⁉」

レックスが怒鳴る。周囲を見回すが、見つからない。どこからか、鋭い風を切る音がした。と、思ったら、俺の背後で、なにかがぶつかった音がした。驚いて振り返ると、鴉が落ちている。

「いちおう、契約者だからな」

ジンが、魔力障壁で守ってくれたらしい。

「ジン、ありがとな」

礼を言うと、ジンは怒った様子でそっぽを向いた。

「言っているだろう、無理やり契約させられただけだと」

「んー、ひょっとして、照れているのか？」

「本当に馬鹿なんだな、お前は。自惚れるな」

めっちゃ冷たい目で見られた。ちょっとだけ厚意を持ってくれたのかと思ったけど、そんなことなかった。くそう。

「貴様ら！　まだ終わってないぞ！」

『死ね、人間！』

レックスの警告と同時に、地面に落ちていたはずの鴉が鋭い嘴《くちばし》で胸元まで迫っていた。間に合わない。俺の土壁も、ジンの魔力障壁も。くそう。こんなところで死んでたまるか！　少しでもダメージを減らさないと。そう思うと同時に、腰に手が伸びた。

とっさに魔剣を抜いていた。逆手に持って、胸の前で構える。それしかできなかった。

その瞬間だった。魔剣から勢いよく魔力が放射されて、鴉を飲み込む。

『ぎゃぁあああああ……！』

断末魔を上げて、鴉は黒い塵となって消えた。

「へ……？」

なにが起こったんだ。

「――僕を殺せる魔剣だ。果てしなく長い間、魔力を溜め込んでいたからね。たった一匹の魔物なら一瞬で消えるだろうよ」

ジンが言う。

「な……こんな、えげつない凶器、簡単に渡すな、馬鹿野郎！」

慌てて鞘にしまい込む。これ、魔剣に触れるだけで消えてしまいそうじゃ――。

「――おい、ジン」

「なんだよ。よかったじゃないか、魔族を倒せて」

「そうじゃねぇよ。お前、俺に殺させようとしたな。自分を」

睨みつけると、睨み返された。

「そうだよ。嘘をついていたわけじゃない。僕が死ねば、君に僕の〝力〟が与えられた。それのどこが不満なんだい」

「そんなことを言っているんじゃない！　ふざけんなよ。敵対していたならともかく、騙して俺を人殺しにさせるなって言ってるんだ！」

敵対していたのなら、戦闘をしていたのなら、人を殺すことだってあるかもしれない。

ケヴィンには、敵を倒すことを躊躇って、自分が傷つくような真似はするなと、教えられた。

……まだ、覚悟なんてないけれど。

だけど、これは違うだろう。あんな嘘をついて、自殺に加担させるなんて、卑怯すぎる。

「僕は人間じゃない。お前の庇護の対象にはならないはずだ」

「だから、そうじゃないっての！　お前が死んだら、黄色たちが悲しむんだぞ。あのセレさんだって、大地母神だって悲しむんだ。ひとりで勝手に死ぬな、馬鹿！」

「知らないよ、そんなの。僕はもう疲れているんだ。眠らせてくれたって構わないだろうに」

淡泊にジンがぼやく。なにもかもが煩わしいといった感じで、言葉が届かない。

「――もういい、俺は絶対に、この魔剣をお前に向けない。俺が一生預かっておく」

「そう。好きにすれば。だいたい、その剣は僕と契約した時点で、すでにお前のものだしね。だけどいいのかい？　僕から〝力〟を得てないと、魔王は倒せないよ。さっきみたいな雑魚とは違うんだから」

「うるせえ！　そんなもの、どうにかする！」

そうだよ、どうにかしてやるさ。

道筋はちっともわからないけれど、俺が魔王をぶっ倒してやるよ。

「テオ！　貴様、そういうものがあるなら、なぜさっさと使わなかった！」

我に返ったらしいレックスに、怒鳴られた。

「や、生け捕りする予定だったし？　第一、抜く気はなかったし……」

「馬鹿者！　使えるものを、もったいぶるな！　殺されてしまったら、元も子もないのだぞ！」

そう答えたら、ますます怒られた。

「いいか。力を得てしまったのなら、それをどう使えば正しく使えるのか、すぐに考えろ。自分が使うのが嫌なら、誰か責任を負ってくれる者に託すのも、選択のひとつだ。時間があるならともかく、切羽詰まっているときに、ぐずぐずと中途半端に悩み続けて、結論を先延ばしにするほうが、迷惑だ」

うう、ごめん。

「貴様がその魔剣を使いたくないのなら、陛下に献上しろ。報告は俺がしておく」

「ふざけるんじゃないよ。王なんかに渡したら、なにに使われるかわからないだろ。だいたい、この魔剣は、いま、こいつしか使えないようにしたからね。死にたくなかったら、黙ってろ」

ジンがレックスを睨みつけた。

「おい、ジン。レックスに変なことはするなよ。俺の友達なんだから。——ごめんな、レックス。そういうわけだからさ、この魔剣のことは内緒で頼むよ」

「それは貴様の報告を聞いてから判断する。それと——私は貴様の友達などではない」

レックスに冷たくあしらわれて、ちょっと寂しい。ま、でも、魔王の仕業なんだから仕方がない。

「そっか。思い出してもらえるよう、頑張るよ」

なにか言いたげなジンを抑えて、俺はレックスに笑った。

「レックス様、尋問をお急ぎください。この者、持ちそうにありません」

サディアスが俺たちに忠告してきた。

見ると、レイヴンの息が絶え絶えになっている。そうだった、まだあいつが生きていた。

「レイヴンだな。単刀直入に聞くぞ。魔王はどこだ。なにを企んでいる。あの〝黒い稲妻〟はなんだ。意味があるなら教えろ」

「……へっ、俺が答えるとでも？」

鞭でぐるぐる巻きになったまま、レイヴンが不敵に答える。体中——特に異形の部分から、黒い煙のようなものが立ち上っていた。そして、煙になった部分から少しずつ消えていっている。

なんだ、どうしてこんなふうになっているんだ？

《魂はあの魔物と繋がっていたからな。魔物が消えれば依り代も消える》

黄色が答えてくれた。

「いいから答えろ！」

「ああ、あのトロくせぇ魔王をぶっ倒して、さっさとこの国を滅ぼしたかったなぁ。あの〝蛇〟、シナリオ強制力がどうのとか、わけわかんねぇこと言いやがって……」

レックスの質問には答えず、レイヴンは意味不明なことを言った。

そして俺と視線が合うと、妙なことを頼んだ。

「……坊主、もし、お前に慈悲があるなら、俺の娘を救って——いや、いいわ。忘れろ。馬鹿に付ける薬はねぇしな……」

死なせてやるのが、せめてもの慈悲だろう。と、レイヴンは呟いた。

なんなんだ。娘がいたのか？

「助けろというなら、助けるぞ。俺ができる範囲でだけど」

レイヴンが目を見開く。次いで、吹き出した。

「自分を嵌めた奴を囲っている女を助けるってか。本物の馬鹿だな、お前」

どういう意味だ。

「ま、そんな馬鹿だから運が味方するのかね……クソッタレが」

レイヴンの体はどんどん消えていっている。

レックスがいろいろ質問するが、笑うだけで答えなかった。

そして、首だけになったとき、

「レイヴン！」

武装した男たちを連れたダンと、婆様を連れたドナが戻ってきた。

「うぁ……サイテーだ……」

さっさと消えりゃよかったと言い捨てて、レイヴンは塵となって消えた。

あとにはなにも残さずに。

（四）奇跡の無効化

俺たちはダンの案内で、〝黒い稲妻〟が落ちた地点へ向かっていた。

森を歩くことに慣れているダンに置いていかれないよう、必死にあとを追う。

ちなみにレックスもサディアスも、平然と歩いている。チラリと後ろを見ると、ジンもまた、苦もなくついてきていた。

くそう、余裕かよ。ジンと目が合うと、フッと鼻で笑われた。負けねぇからな！

ジンは俺と一緒に来てくれた。

——あのとき。

レイヴンが死んだとき、目が見えないはずの婆様には、ジンだけが見えていたようだった。

消えるレイヴンには目もくれず、真っ直ぐにジンに歩み寄り、里から出ていかないでくれと、頭を地面にこすりつけて懇願したのだ。

「新しい岩は必ず用意します。ですからお願いです、精霊様。我らを見捨てないでくださいませ」

勝手な言い分だった。ジンにまた、あんな暗くて寂しい場所に戻れと言うのか。ひとりぼっちのまま、ただ里のためだけにそこにいろと。

ジンは冷めた目で婆様を見ていた。レックスもサディアスもだ。たぶん、俺も。

婆様はジンが戻らないとわかったのだろう。今度は俺に向かって怒鳴りつけた。

「——なんて、なんてことをしてくれたんだ。〝精霊の守護を受けし者〟だからこそ、丁重に対応してやったというのに。これでは里が立ちゆかなくなる。我らに死ねと言うのか！」

「婆様、この方たちは魔族に狙われた精霊王をお守りしていたのです」

「そうだ。レイ……いや、魔族は精霊王を狙っていた。婆様、精霊王を守ってくれたことに対して礼を述べずに、罵倒するのは間違っている」

「うるさい！　お前は……お前たちは、この里がどうなってもいいのか！」

ドナやダンが取りなしても、婆様の怒りは収まらない。怒りの矛先をふたりに向けて、怒鳴り続けた。始末に負えない。しまいには、ひきつけを起こして倒れてしまった。里人たちは事情がわからないのでオロオロしていたが、婆様が倒れてしまったので、慌てて運んでいく。

「こっちだ」

　そのどさくさに紛れて、俺たちはダンの家に匿われた。

「精霊王様、申し訳ありませんでした」

「婆様がすまなかった。助けてくれて感謝している」

　ドナとダンはただ謝り、言い訳はしなかった。サディアスの傷を治し、ささやかな食事と寝床を提供してくれた。

　そうして、疲れていたのだろう、泥のように眠るドナを置いて、俺たちはダンとともに夜明け前に里を出たのだった。


「ここだ」

　ダンに連れてこられた場所は、ほかの場所と、なんら変わりないように見えた。

　森のあちこちに黒い岩が見えるのはいつものとおり。でも、なんか肌がザワザワして、気持ちが悪い。妙な気配がする。

「あの岩が里の結界石だったものだ」

　ダンが示した一際大きな岩を見た瞬間、ぞわりと肌が粟立《あわだ》った。

「あれが触媒にされたのか？」

　レックスが尋ねる。

　聖女祭での〝黒い稲妻〟は王国を囲むように五カ所に落ちた。その場所を線で結ぶと逆五芒星になる。フレドリックの予想では、その逆五芒星を使って、魔族が王国に対し、なんらかの術を施したというものだった。確認のために俺が調査に来たんだけど……ビンゴみたいだ。里の結界石を利用して、逆五芒星の頂点のひとつとしたんだろう。

「たぶん」

　ダンが頷く。なぜか額から汗が滲んでいた。

「すまないが、俺はここから近づけない。あそこから漂う気配に、俺は耐えられない」

「だろうな。この濃い魔素の中では、普通の人間には厳しいだろう」

　顔を顰《しか》めたジンが、説明してくれた。どうも、ここが気に食わないみたいだ。

「魔素？」

　あんまり聞いたことがない言葉だ。

「意思のない魔力だ。魔力の元と言ってもいい。しかし、ここまで魔素濃度が高いと、生命には害になるな」

「なんでだ？」

「そもそも、アレは害のないものだ」

　ジンによると、魔素は空気と一緒で、普通にそこらに漂っているものらしい。魔術を使って魔力を消費すると、体内に取り込んだ魔素が魔力に変わって、魔力が回復するんだそうだ。

一晩寝れば、魔力が回復するのは、そういう仕組みらしい。

「ただ、魔素は多く取り込みすぎると、体内に溜まるからな。弱い魔力しか持たないものだと、魔力に変わることなく体内に溜まり続けて、そのうち魔物になる」

「マジか」

なんだよ、それ。いつのまにか魔素が溜まってたら、怖いだろうが。

「普通に暮らしてたら、大丈夫なんじゃないか。たぶん」

無責任に言うジン。

「そうですね。そんなに危険な代物であれば、注意喚起が行われているはずです。ひょっとしたら、宮廷魔術省や魔導具研究所でも知っている方は少ないのではないでしょうか？」

「今度、ベイツ先生に聞いてみるか。あの方なら、ご存知だろう」

サディアスとレックスが話す。そうか。ベイツなら、こういうことに詳しいはずだ。

もし、知らなくても、嬉々《きき》として調査に来るに決まっている。

「それはともかく、あの周辺をどうやって調べるか、ですね」

「危険でも行くしかないだろう。ほかに方法がない」

そう言って、レックスが進もうとすると、サディアスが羽交い締めにして止めた。

「サディアス！」

「申し訳ありません、レックス様。危険とわかっている場所へ、貴方様を向かわせるわけには参りませんので」

暴れるレックスを押さえ込むサディアス。細身に見えて、意外と腕力があるんだよな、あいつ。

「幸い、ここには適任者がおります。ねぇ、テオ」

「俺かよ！」

「ええ、よろしく頼みましたよ」

とてもいい笑顔を見せて、サディアスが俺を指名した。

「お前は図太いから、大丈夫だ」

なぜかジンも太鼓判を押した。その言い方はないだろうが。

でも、誰かが調べないといけないからな。不安だけど、やるしかない。

「本当に大丈夫なんだろうな？」

ジンはニヤニヤと笑っているだけだ。くそう、からかわれているのか、本当なのか、どっちだ。

《まぁ、おそらく平気だろう。お前ならな》

黄色もいちおうの保証はしてくれた。でも、確証じゃないんだよな。

「本当の結界石は、あの巨石の陰に隠れている小さな岩だ。あれは偽物《ダミー》なんだ。……レイヴンはわかっていたから、誤魔化せなかったけれどな……」

巨石に向かおうとした俺に、ダンが詳しく教えてくれた。

「そうか、ありがとな」

お礼を言って、俺は巨石に向かって、ゆっくりと慎重に歩き出す。なんか空気が重い。それに息苦しい。足まで重くなってきた。

《気をしっかり持てよ。つらければ、魔剣を少し鞘から出せ》

黄色の言うとおり、魔剣の根元部分だけを鞘から抜くと、楽になった。え、なんで？

《魔素を取り込んで魔力変換しているんだ。だからって全部を抜くんじゃないぞ。暴走してしまうからな》

ふぅん。よくわからないな、魔剣って。昨日はあれだけの魔力を放出したのに、いまは取り込んでいるって……。もしかして、出した魔力を補充しているのかな？

《まぁ、そのようなものだ》

それ以上、黄色の奴は詳しく教えてくれなかった。なんだよ、もう。

近くで見た黒い巨石は、そこそこ大きかった。ジンが囚われていた岩ほどじゃないけど、俺たちが里に入ったときの岩くらいはある。その周辺を探すと、結界石はすぐに見つかった。両手で抱えられるくらいの小さな岩だが、見た瞬間、気持ち悪いと思った。もう、妖気と言ってもいいくらい、不気味なオーラを撒き散らしている。

「それで、これをどうすればいいんだ？」

《魔剣で刺せ》

「わかった」

ゆっくりと魔剣を引き抜く。相変わらず、気を抜くと暴走しそうだけれど、いまはなんか落ち着いているような気がする。剣先を岩の表面に当てて、そのまま突き刺そうとしたとき、すすり泣く声が聞こえた。

『やめてやめて！　私たちがなにをしたっていうの⁉　私たちは幸せになりたかっただけよ！　ここにいれば幸せなの！　どうして邪魔をするの⁉』

『やめろ！　俺たちの居場所を奪うな！』

泣く女性の声や、怒る男性の声が聞こえる。

《聞くな！　ただの亡霊の声だ。いいからさっさと刺せ！》

『やめろぉぉぉ！』

鬼のような形相の亡霊が襲いかかってくる。

「テオ！」

レックスたちが叫んだ。

「ごめんな。安らかに眠ってくれ」

ゆっくりと魔剣を刺し込むと、亡霊が一気に吹き飛んだ。

そうして軽い音を立てて、小さな岩は粉々に砕けた。

亡霊が消えた岩の周辺は、嘘のように魔素がなくなっていた。あれだけ息苦しかったのに、いまはもうなんともない。心なしか、森まで生き生きとしているように思えた。

「テオ、無事か。無事だな。危険な目に遭わせてしまい、すまなかった」

駆け寄ってきたレックスが、怪我などないかと心配してくれた。

「だが、貴様のお陰でこの場が浄化されたことには感謝している。フレドリック殿下にも貴様がおおいに役立ったと伝えておこう」

レックスは喜んでいるが、俺は少し複雑だった。結界の一部を壊したのに、レックスは俺を思い出してくれていないからだ。やっぱり、全部をぶっ壊さないとダメなんだろうか。それとも、この結界は記憶を失うこととは別のものなんだろうか。

そういや、そもそも、この結界や〝黒い稲妻〟のことは、なにもわかっていなかった。事情を知るはずのレイヴンは死んでしまったし、ドナやダンたちが、魔族側の思惑なんて知っているはずもない。くそう、ここまで来て手詰まりかよ。

「どうした？　浮かない顔だが、まだなにか懸念すべきことでもあるのか？」

「いや、その……思い出してもらえないんだなと……」

「なにを……うっ……」

レックスが頭を押さえて呻く。

「……貴様……ひょっとして、私が幼い頃に会ったことがあるか？」

「おう、あるぞ！　一緒に勉強会もしたしな！」

「それはない。……いや、勉強会に来ていたフレドリック殿下の供《とも》で来ていたか……？」

勢い込んで答えたけれど、すぐさま否定された。

でもさ、すごい進歩じゃね？　勉強会でフレドリックのお供として会ったことがあるかもって、思ってくれたんだしさ。この調子で、ほかの〝黒い稲妻〟が落ちた場所――魔族の魔法陣の頂点を壊していけば、みんなの記憶が戻るかもしれない。そうすれば、またミュリエルとデートができるはずだ。よーし。俄然《がぜん》、やる気が出てきたぞ！

「……そう、上手くいくといいがな」

ジンが不安なことを呟く。どうしてそう、水を差すんだ、お前は。

「思った以上に、デュークの術が強いなと思っただけだ。お前が誰に忘れ去られようと、僕には関係ないし」

そう言って、ジンは考え込む。

薄情だよな、お前は。まぁ、ジンが俺のことをなんとも思っていないのは知っているし。期待もしていない。俺は、俺のできることを頑張るだけだ。

少しは希望が見えたんだ。ほかの場所にも、なにか手がかりがあるかもしれない。

この術が本来どういう術式で、なにを狙ったものなのか、解明してみせるぜ。


「レックス様、こちらをご覧ください」

俺が砕いた結界石の周辺を調べていたサディアスが、なにかを見つけたようだった。

レックスとともに覗き込むと、割れた岩の周囲に、頭蓋骨が埋められていた。それも何人も。

「うげっ」

「……酷いな」

つい、目を背けてしまった。レックスも顔を顰めている。頭蓋骨はサディアスが触れようとすると、砂のように崩れた。成仏したんだろうか。しているといいな。

「禁術だったようですね。太古の昔、人骨を用いて呪いの儀式を行う秘術があったと、確か文献で読んだことがあります」

思わず手を合わせて祈っていると、サディアスが知識を披露した。

すげぇな、こいつ。なんでも知ってやがる。

「この術は、人だろうと動物だろうと、死体ならなんでもいいからな。まぁ、一番使いやすいのはやはり人間だろう。なまじ知性があるぶん、一度持った恨みつらみは深くなる。肉体が死んだあとでも、それが続くのが人間だ。この術にとって相当な〝力〟になっただろうよ」

　ジンも説明してくれた。

「この禁術の意図はわかるか？」

　レックスがジンに尋ねる。

「さぁね。僕にわかるわけがないだろう。そのときは、あの岩の中にいたんだから」

「ですが、貴方が本当に精霊の王であれば、ある程度はわかるのではないですか？　どういう術なのかは、ご存知のようですし」

　答えようとしないジンに、サディアスがさらに尋ねた。

「……王国に対する復讐だろ？　魔王自身の恨みつらみを、人間の怨念と魔法陣で増幅したんじゃないか？」

「それでどのような効果があるのだ？」

「知るか」

　レックスの問いに、そこまでわかるわけがないと、ジンは吐き捨てた。

「もうすでに効果は出ている。お前たちが気づいていないだけだ」

　ジンがチラリと俺を見る。

　気にしていないと言いつつ、気にかけてくれているのは、なんか嬉しい。

「なにを笑っているんだ」

「別に、なんでもない」

　ニマニマしていたら、殴られた。

「……術式は完成していて、その変化を私たちが感じられないということですか……？　ひょっとして……」

　思い当たる節があるのか、サディアスがレックスを見る。

「どうした。私に、なにか術でもかけられた痕跡があるのか？」

「いえ、そうではなく……。そうですね。この際ですので、お聞かせください。幸い、エイベルさんもいませんしね」

　サディアスは、改めてレックスに向き直ると、真剣な表情で尋ねた。

「あの娘――アイリーン嬢をどう思われておられますか？」

　サディアスが尋ねると、傍目にもわかるくらい、レックスが動揺した。

　なんだ。なんで動揺するんだ。

「な、なにを聞くんだ、貴様は。わ、私がアイリーン嬢をどう思おうと、関係ないだろう」

「いえ、大事なことですので。あの娘を好いておられるのでしょうか？」

　なにを馬鹿なことを言ってるんだよ、サディアスは。あんなお騒がせ娘を、レックスが好きになるわけないじゃん。いつもいつも尻拭いばかりさせられて、迷惑かけられっぱなしだったんだぞ。

　それなのに、レックスは頬を赤く染めて、サディアスから視線を逸らした。

「そのとおりだ。私は、アイリーン嬢に好感を持っている」

「はあ――っ⁉　ちょっと待て！　なんだ、なにがあった。あんな我儘娘のどこがいいんだ⁉　いいところなんて、ひとつもないぞ⁉」

　あまりの豹変っぷりに、思わず叫んでしまった。

「なぜ貴様が驚く！　それより、貴様にアイリーン嬢のなにがわかるというのだ！」

そりゃ人の好みなんてそれぞれだけど、レックスの好みからはかなり離れているだろう。

「どう見たって、お前は真面目なシェリーのほうが好みだろうが！」

俺はミュリエルが好みだけど。

「そうです。シェリー様とのご婚約はどうされるおつもりなのですか」

俺とサディアスに詰め寄られて、レックスは一瞬たじろいだが、反論した。

「シェリーには悪いと思っている。だが、真摯に向き合えば、シェリーはきっとわかってくれるはずだ」

「馬鹿言うなよ！　シェリーはお前が好きなんだぞ。好きだから、あれこれ世話を焼いてくれているんだろうが！　お前が少しでも楽になるように、アイリーンがやらかしたことを、おおごとになる前に対処していただろう。好きじゃなかったら、そこまで手助けしてくれるもんか」

俺だってお前を助けずに、投げていたのに。

「もともと、シェリーは人の世話を焼くのが好きだからな。私の手助けと言って、自分のやりたいことをしていただけだろう」

「おい、お前。本気で言ってるのか⁉」

レックスの胸倉を掴み上げる。その言い草はないだろう。

「この手を離せ、テオ。従者ごときが図に乗るな」

「うるせえ。心変わりは仕方がないのかもしれないけどな、彼女の想いまで否定すんな」

レックスと睨み合う。俺のことは忘れても、シェリーを想う気持ちを忘れてどうするんだ。

「――レックス様。無礼なのは重々承知しておりますが、テオの言うとおりですよ。……おそらくこれが魔族の結界の効果かと推測致します」

サディアスが胸倉を掴んでいる俺の手を引き剥がし、諭すようにレックスに話す。

いや、ちょっと、手を捻るのはやめろ！　痛いから！

「なに……!?」

俺の痛がる様子など目もくれずに、レックスはサディアスを睨みつける。

「確か、魔王を倒すことができるのは、真実の愛が込められた『聖女の装飾品』を纏った聖女様というお話でしたね。数年前、ミュリエル嬢が死の淵から戻ってこられたのは、六騎神であるあの方の――デューク様の深い愛情があったからだと聞いています。そのときは、王国の結界が強化されるという奇跡が起きました」

「いや、俺だから。デュークは魔王で、俺がミュリエルを愛しまくってるから！」

叫んでも、サディアスにもレックスにも無視された。

「そのとてつもない力を発揮する、真実の愛を――六騎神である貴方様の愛情を、偽りの愛情としてほかの女性に向けさせたかったのではないでしょうか？　そうすれば、六騎神の、聖女様の奇跡は起こり得ません。魔族の狙いとは、奇跡の無効化と考えるべきです」

きっぱりとサディアスが断言した。

「そうでなければ……レックス様がシェリー様を蔑ろにされるはずがないのですから」

「……私は、この想いが偽物などと思わない」

「レックス様！」

「いや、偽物だろ。だいたい、アイリーンのどこが好きなんだ」

俺が聞くとレックスは嬉々として答えた。

「確かに顔は可愛いけど、あの、他人を見下したような態度や表情は嫌いだし、シェリーのほうが美人だろう。可愛さで言うなら、ミュリエルが一番可愛い」

「可愛らしいだろう」

「それに気さくだ」

「単に無礼なだけだ。シェリーだって、結構冗談を言うぞ。本人はわかっていないみたいだけどな。ミュリエルだって、誰とでも楽しく話ができる気配り屋さんだ」

「……優しい」

「シェリーも優しいだろ。それ以上に、ミュリエルは優しさであふれている」

「……貴様、なぜミュリエル嬢を褒め称える。というか、なぜシェリーやミュリエル嬢を知っているんだ」

「当たり前だ。俺がミュリエルの婚約者、テオドール・ゴルドバーグだからだ！」

……あれ？　レックスが固まっている？

「なんだ、この脱力感は……まるで、デュークと話しているような……？　いや、デュークはこんな馬鹿なことを堂々と言う奴ではない……いや、待て……うぅっ……！」

レックスが頭を抱えて呻き出した。

「大丈夫ですか、レックス様！」

サディアスがレックスを介抱する。

「おい、魔剣を貸せ」

それを見ていたジンが、唐突に言った。

「なにをするつもりだよ」

「いいから、貸せ」

と、無理やり魔剣を鞘ごと奪い取る。そして、レックスの元に近寄ると、トン、と、柄頭でレックスの眉間を軽く突いた。

「うっ……」

レックスが意識を失った。慌ててサディアスが支える。

「なにをするのですか！」

「ただの気休めだ。二重に術をかけられているみたいだからな。そのひとつを弱めた」

しれっと、ジンが答える。

「ちょっと待て。その魔剣の柄頭で眉間を突けば、術は解けるのか⁉」

「気休めだと言っただろう。暴走ぎみだった魔素を弱めただけだ。解除には至らない。それだけ強力な術だ」

「……なるほど。やはり、レックス様がシェリー様ではなく、あの小娘を慕うのは、魔族の策略だったというわけですね」

「それは知らん」

「なんだよ、気を持たせやがって！」

「知らないものは知らない。正直に言って、なにが悪い。魔族の目的なんか知るか」

冷たく突き放す、ジン。

「さあ、テオドール。さっさと行くぞ。もう用は済んだだろう」

「待ちなさい。どこへ行くつもりですか。貴方たちには、私たちと一緒に王都に来てもらいますよ。この結界のことや、その魔剣のことを宰相閣下にお伝えしなくてはいけませんからね」

「嫌だ。なぜ僕がお前たちの言うことを聞かなければならない。王家なんて滅べばいい。僕は僕の好きなようにする」

　サディアスの制止を、ジンは切って捨てた。

「テオ！　貴方も王家に逆らうつもりですか！」

そのせいか、サディアスは俺を繋ぎ止めようと切り替えたようだ。

だけど、悪い。それはできない。

サディアスに謝る。せめて、全部の結界を壊すまでは自由でいたい。

「いや、俺は逆らうつもりはないんだけど……。でも、拘束されるのは嫌だから、ごめん！」

「おい、ダン」

「は、はい、精霊王様！」

ジンがダンに命令した。

「お前、こいつらと里の今後を相談しておけ」

「へ？」

「里の結界がなくなったんだ。後ろ盾がいるだろう。なぁ、お前たちは里の連中を見捨てたりしないだろう？」

嫌みったらしく、ジンがサディアスに言う。

「くっ、断れないのをわかっていて、仕事を増やしましたね……」

「せいぜい、時間をたっぷり使うんだな」

そう言い捨てて、ジンが歩き出す。その背中に、ダンが頭を下げた。

サディアスは歯噛みしたまま、ジンを睨みつけている。だけど、〝隠れ里〟のみんなを放り出して、俺たちを追う気はないらしい。

「ごめんな。けど、魔族の——魔王デュークの張り巡らした結界は、俺がなんとかするから。レックスを頼んだぞ。ちゃんとシェリーと仲直りできるように、祈ってる」

それだけ言って、俺はジンのあとを追った。

第五章

（一）愛情の結晶化

「おい、テオドール。これはなんだ。食わせろ」

ジンが興味津々で露店を覗いている。

たい焼き屋だ。……うん、そうだよな。お好み焼き屋もあったもんな。そういう世界だったよ。

早く王都へ向かわなければいけないというのに、ジンがなんにでも興味を示して足止めを食らっている。

街道にある宿場町に着くたび、ジンがなんにでも興味を示して足止めを食らっている。

ほんと、いい加減にしろよ。子供かよ。こっちは懐がさびしいんだよ！

「買い食いはするなって、何度言えばわかるんだよ！　余計な金なんかないぞ！」

そう。ジンもいるせいで、宿泊費も食費も倍増だ。

さらには買い食いをねだられるせいで、路銀は尽きようとしているのだ。

宿で皿洗いや掃除をさせてもらって、いくらか割引をしてもらってはいるが、ほんの僅かだ。くそう。こういうとき、冒険者制度がある世界はいいよな！　モンスターを倒せばお金が手に入るんだから！　俺が倒せるかどうかは、別問題だけど！

「なにを言う。お前は僕の契約者だろう。だったら、僕の面倒を見るのは義務だ。早く支払え」

もぐもぐと、ひとつ手に取って、すでに食べていた。泣く泣くおっちゃんに代金を支払う。

こいつも、魔力たちみたいに、魔力だけ食ってくれればいいのに。

「俺もひとつください」

美味しそうに食べるジンを見ていたら、俺も欲しくなったので買ってしまった。

疲れた体に、甘いあんこが美味しかった。

あれから——俺とジンはグローリー山の黒の樹海を抜け出して、王都を目指した。

フレドリックへの報告と、ほかの地域に落ちた〝黒い稲妻〟の情報がないかの確認のためだ。

いやほら、レックスの話だと、ほかの地域でも調査が行われているようだし、その情報を王宮に報告しているかもしれないだろ？

聖女祭から一カ月以上も経つんだ、なにか見つかっていると思う。

たとえば、〝黒い稲妻〟が落ちた場所には、酷い魔素溜まりが発生していて、その中心には魔法陣の結界石になり得るものがあるとか——そういった情報くらい出てきてるはずだ。

今回、南に落ちた〝黒い稲妻〟では、隠れ里の結界石が利用されていた。

各地でも、そういったものが、魔族の魔法陣に使われているんじゃないだろうか。

フレドリックなら、きっとその場所を絞ってくれていると思うんだよな。そうしたら、わざわざ探す手間も省けるし、最速で魔族の企みをぶっ潰すことができる。

対処方法だって、この魔剣で結界石を刺せばいいってわかったしな。ほんと、ジン様々だ。

「ありがたや、ありがたや」

「なんだ、気持ちの悪い」

街道を歩きながらジンに向かって手を合わせていると、気持ち悪がられた。

感謝してるっていうのに、酷いな。

《あんまり、それに期待しすぎるなよ》

黄色が忠告してきた。

《その魔剣はジンを——精霊の王すらも殺すことのできる、諸刃の剣だ。人間が扱うには大きすぎる力だ。気を抜けばすぐに暴走する。そうしたら最後、すべての魔力を食い尽くすぞ》

「僕を殺せるように、ずっと力を溜め込み続けてきたからな。その反動のせいか、魔力があればあるほど食うようになった。そのうち際限が利かなくなるかもね」

「限界まで達したら、どうなるんだ？」

「どうって、依り代は壊れて、溜め込まれた魔力が解放されるだけだよ」

「それだけ？」

《魔力が一気にあふれ出るんだ。それだけで済むわけがないだろう。あたり一帯——おそらく王国全土が吹き飛ぶ》

な——！

「なんだってー!?」

「だから、あの結界内で僕を刺しておけばよかったんだ」

そうしたら、被害はジンとあの結界が破壊されるだけで済んだと、ぼやく。

「僕が死ぬことで、大昔にデュークに渡した魔力も一緒に世界に還元される。その魔力の一部は、刺した者に――お前に渡るはずだったんだ。そうすれば、大幅に魔力が減ったデュークとやり合うこともできただろうに。残念だったな」

ちょっと待て。

「デュークに魔力を渡した？　なんで？」

精霊の王たるお前が？

その魔力って、めちゃくちゃすごい魔力量になるんじゃないか？

「なんでって、僕の娘が最低な人間に殺されたから、親である僕はもちろん、恋人だったデュークも、ぶち切れたんだよ」

なんか、すごく重要な情報をさらりと言われたような気がする。

「ええと、お前の娘って精霊なのか？」

「決まっているだろ」

「精霊と魔族って恋人になれるの？」

ファンタジーな物語ならよくある話だけど、この世界に生まれてからは聞いたことがない。

「意思が通じ合う者同士だ、なれるだろう。と言っても、デュークは当時人間だった」

そうして、ジンが語ってくれた。

ジンがまだあの結界に囚われていなかった頃、人間には精霊と交信できる一族がいた。ドナやダン、セレさんや騎神ブラッドの祖先だな。その一族のなかで、デュークは稀に見る才能があった。精霊に好かれ、精霊の守護を一身に受け、精霊をこよなく愛した。

そして精霊王の娘と出会い、互いに愛し合った。

だが、それをよく思わない人間がいた。

「貴族だった。ディアス王国よりも古い国のな」

その貴族は、精霊王の娘を手に入れるためにデュークを殺そうと画策するが失敗し、娘のほうが死んだ。その際に娘を救おうとしたジンは深手を負う。

「精霊であるお前に深手を？」

「……人間ってのはずる賢いからね。まんまと嵌められたよ。——侮った僕が悪かったんだけど」

貴族は一族のひとりを買収して、交信している精霊を魔素溜まりに浸らせて狂わせた。

精霊はひとたび狂うと、司る自然現象を狂わせる。人の精神もだ。そして感染する。

そのため、同族の精霊から忌避《きひ》される。

貴族はデュークの精神を狂わせ、精霊王の娘から引き離そうとしたのだ。

「気づいた娘は、デュークを庇い、感染した」

狂気に冒された娘が眼前のデュークを傷つけようとしたところを、ジンがその身で止めた。

「娘はデュークを傷つけなくてよかったと思ったことを、僕に謝ったよ」

親が身を挺したのに、親の心配より先に恋人の無事を喜んでしまったのが、許せなかったらしい。

そして自らの存在を消した。つまり、自殺だ。

それは……ぶち切れても仕方がない。

「僕は自殺とは思っていない。デュークもそうだろうな」

そもそも、そいつがデュークを殺してジンの娘を手に入れようとしたのが、間違いだ。振り向いてほしいなら自分を磨くべきだろう。

その貴族はというと、自分を磨くどころか、計画が失敗したのを知って次の手を打った。

デュークが精霊を使い、反乱を起こそうとしていると、当時の王様を唆して軍を派遣させたのだ。

「もともと、精霊の力を手に入れようと画策していた王だったからな。渡りに船だったらしい」

訓練を重ねた軍を相手に、精霊と交信しかできないデュークの一族は追い込まれた。

そりゃそうだろ。相手を無力化するために訓練してきた連中を、ただの一般市民がどうこうできるものじゃない。

ましてや、精霊王のジンが傷ついている。為《な》す術《すべ》もなく追い詰められ、隠れ里を作り、そこでジンを癒やすとともに、結界に閉じ込めた。そして、デュークは有志の者たちを連れ、反撃に打って出たが、撃退された。

《精霊たちのなかにもついていった奴らがいる。たぶん、そいつらが魔物になったんだろう》

黄色も付け加えてくれた。

「そして、魔物となった精霊と融合して魔族となった。おそらくな」

そうか。ジンはこのときすでに閉じ込められていたから知らないのか。

《魔王となったデュークは国を滅ぼそうとした。だが、奴らはとっくに寿命で死んでいた》

国に対抗するための手段を探していたら、思いのほか長い時間が過ぎていたと、黄色が話す。

《ディアス王国に替わっていたしな。だからかもしれないな。魔王は暴れに暴れた》

八つ当たりだとわかっていたらしい。

だけど、わかっていても抑えられない感情はある。

俺もミュリエルがそんなふうに死んでしまったら、世の中を恨んで復讐するかもしれない。
《ううん……。しな……い。テオドールは……そんな……こと、しな……い》
意外にも、黒が否定してくれた。
《そうだな、こいつは嘆《なげ》きはしても、復讐はしない。馬鹿だからな。自分の心を殺すだけで周囲に当たり散らさない》
それ、褒めてんのか？　そりゃ、ミュリエルが死んだら、俺も死んでしまうだろうけど。
なんか納得いかない。

デュークの事情はわかったけど、セレさんはどうして聖女になったんだろう。
《大地母神はこのままじゃ大地が荒廃すると危惧して、創造神に相談した。創造神は魔王を倒す勇者を探したんだが……見つけたのがセレだった》
勇者を探して聖女に当たるとは、これいかに。
《神託を受けたセレは、神託に沿ってそれぞれの属性の騎士を見つけ出し、結界の一部として機能させ、魔王を封じた》
あれ？　俺の聞いている聖女伝説と違う。
「六騎神は、結界のために集められたのか？」
《結論から言うと、そうだ》
「じゃあ、真実の愛とか、聖女の装飾品はなんなんだ？」
「愛情を結晶化して、封印の要にしたんだ――ろうな。人の心はそれだけの〝力〟があるらしい」

黄色はあまり知らないようだったが、ジンが説明してくれた。閉じ込められていたから、推測でしかないみたいだけど。

《そうか、あの紅水晶か》

黄色は心当たりがあるらしかった。ともかく、セレさんはそれで魔王を封印したようだ。

「愛情の結晶化か。いいな、それ。手に負えない魔剣より、よっぽどいい」

「お前もセレと同じことを言うんだな」

そうなのか？

「セレもその魔剣で僕を刺すことを拒んだんだ。魔剣に僕の魔力が込められていることを、一発で見抜いたよ」

セレさんも、ジンの結界に行ったことがあるらしい。里の巫女だったようだから、当然か。

「魔剣を受け取らずに結界を出ていった。そのあと彼女は考えたんだろうね。どうしたらデュークを止められるか。そこで魔剣を参考にしたようだ。魔剣に大量の魔力を溜め込んだように、なにかに魔力を溜めてデュークの魔力を上回ろうとしたんだろう」

「それが、愛情の結晶化なのか」

《そして、セレは俺たち精霊にも協力を求めてきた。俺たちは承諾して、セレの持つものに入り込んだんだ。お前の持つ、ヒヨコみたいにな》

なるほどなるほど。そうすると、セレさんもヒヨコを頭に乗せていたのかな？

《言っておくが、セレのときはヒヨコじゃないぞ。お前たちが聖女の装飾品と呼んでいるものだ》

へえぇ……って、ちょっと待て。

「じゃあ、いまの聖女の装飾品が使えないのって、お前らがいないからか⁉」

《いや、六騎神たちの魔力も関係している。結界のために集められた者たちだからな》

それに、古すぎてもう住めないと、黄色がぼやく。

そりゃそうだな。いくら立派な家だって数百年も経てば、補修やリフォームが必要になってくる。それを後生大事にしまっておくだけで、修繕もしないなら、出ていきたくもなる。

《まぁ、大切にしてくれれば、新品のように生まれ変わるような、奇跡が起きないこともないが》

黄色が遠い目をするような雰囲気を醸し出している。

ああ、そんな奇跡を頼りに、待つだけはできないよな。

「でもまぁ、違う方法があるってわかっただけでも、よかったよ。——というか、知っていたなら、教えろよ！」

《聞かれなかったからな。それに、俺は愛情の結晶化は知らなかった。だいたい、聖女の装飾品が結界増幅だとわかったところで、ほかの連中の記憶を戻さないことには、どうにもならん」

そうでした。そうだよな、六騎神と聖女が揃ってないと、封印の結界はできそうもないもんな。そっちのほうが重要だった。

くそう、デュークの野郎、俺に精神的ダメージを与えるだけじゃなくて、レックスとシェリーの仲だとか、六騎神の結界とか、諸々に影響があるように仕掛けてやがった。

「ともかく、魔族の結界を全部ぶっ壊すのが先だな」

結界を壊せば記憶が戻るなんて保証はない。けれど、レックスは昔、俺と出会ったことがあると思い出してくれた。それに賭けるしかない。

もし、記憶をなくしたままだとしても、レックスやサディアスとまた友達になれたんだ。

ミュリエルとも、また恋人になればいい。

（二）恋人たちの泉

ようやく、王都の城門が見えてきたときだった。

「おい、テオドール。あんなところに行くのか？」

酷く険しい表情で、ジンが尋ねる。

「当たり前だろ？　あそこが王都なんだから」

「いちおう忠告してやるぞ。やめておけ。魔素の溜まり場になりつつあるぞ」

「なんだって？」

城門をよく見てみる。だけど、樹海で見た魔素溜まりのような、妙な気配は感じなかった。

王都から出てくる人たちも、城門前で検閲を受けている人たちにも変化はない。もちろん兵士たちにもだ。どう見ても、普段どおりの光景だった。

「魔素なんて感じないけどな。お前の勘違いじゃねぇか？」

「だからお前は馬鹿なんだ」

「知ってるけど、その言い草はないだろうが！」

「よく見ろ。あの場所に特に溜まっているのが見えるはずだ」

ジンが指さしたのは、王城から東へ少しずれた場所だった。あそこは学園がある場所だっけ。

それでも距離があるためか、俺には全然わからなかった。

「悪い。俺には見えない。でも、お前の気のせいってわけでもないだろうからな。……気をつけていこう」

なにも感じ取れない俺に、ジンは呆れているようだった。仕方がないだろ。俺には特別な力なんてないんだから。でも。

「あそこには、俺の大好きな女の子と、大切な家族と友達がいるんだ。みんなを放っておくなんてできないんだよ。それに、王都に異変があるというなら、調べないといけない」

そう。なにかが起こっているのなら、俺が調査しないと。

気づいているのは、たぶん、俺たちだけだ。

「ジン。悪いけど、付き合ってもらうぞ」

「借りはいつか返すからさ」

この距離で異変を感じ取れるんだ、これから先も頼りにしている。

「……あのババアが無理やり契約させたからな。僕に拒否権はない」

ブツブツと大地母神に文句を言いながらも、ジンは仕方がないとついてきてくれた。

城門を抜けた途端、空気が違うのがわかった。王都を出る前とは、活気が違ったのだ。

妙に活気のない目抜き通りに、浮浪者が目立つ。人々は足早に歩き、露店に目も向けない。店主たちの呼び声も、張りがなく、弱々しい気がした。

「……なんか、雰囲気が悪くなったな……」

「魔素の影響が出はじめているんだろう」

俺にはまだ魔素を感じることができないけど、少しずつ浸食されていると、ジンは言った。

もしそうなら、怖い話だ。魔素溜まりに長く居続けると、魔物になるって、ジンが言っていた。

いつのまにか自分のいる場所が、気づかないうちに魔素溜まりになっていたとしたら？

……考えるだけでも恐ろしい。

ひょっとしたら、魔素を感じさせないようにしているんじゃないだろうか。ジンに聞いてみたら、「可能性はある」と、同意してくれた。

早く、結界を壊していかないと、大変なことになりそうだ。


目抜き通りを進んでいくと、広場がある。そこには『恋人たちの泉』と呼ばれる噴水があって、王都のデートスポットになっていた。けれど、そこもいつもの賑わいはなく、閑散としていた。

そんなところに彼女がいた。

綺麗に梳《くしけず》られた髪はツヤツヤで、新調されたドレスはオレンジを基調にした明るいものだったが、彼女の表情は暗かった。デートかと思ったが、誰かと一緒ではなく、ぽつんと、噴水の縁《へり》に座っている。傍には侍女が控えているだけだ。

すぐさま、彼女の元へと向かった。

「おい、テオドール」

「悪い、大切な用事だ」

ジンを置き去りにして、俺は彼女の前に立った。

「こんにちは」

「……こ、こんにちは……？」

久々に見たミュリエルはやっぱり可愛かった。

困惑した表情で、俺を見上げている。やっぱり、思い出してもらえない。でもいいんだ。彼女のせいじゃないから。それに、聖女祭の夜のことを覚えていないだけでもありがたい。あのときは魔王だと疑われていたからな。結界のひとつを壊した成果かもしれない。

「隣、いいですか？　いいですよね」

無理やり隣に座った。

「えっ、あっ、そ、その、困りま……あうぅ……」

俺の素早い行動のせいで断れなかったためか、ミュリエルの語尾が変になる。

笑いかけると、顔を真っ赤にして俯く。くそう、めげるものか。邪険にされないだけでも、進歩だろうが。

それにミュリエルは、チラチラとこちらを見ては、俯き、ぶんぶんと首を振って、溜息をついて、また俺を窺って、視線が合うと、慌てて目を逸らすのを繰り返している。可愛い。

好意を持ってくれているのだろうか。そうだったらいいな。

希望が出てきたので、ミュリエルとの距離を詰めようと思う。物理的に。つまりはミュリエルに座りながら近寄ったのだ。

すると、ミュリエルは驚いたようで、すっと、俺から離れた。

俺はすっと、ミュリエルに近寄る。

そうしたら、また、すすっと離れた。

また、すすっと近寄る。

すすすっと、離れる。

すすすっと、近寄る。

すすすすっと、離れる。

すすすすっと、近寄る。

すすすすすっと、離れる。

すすすすすっと、近寄る。

すすすすすすっと、離れる。

すすすすすすっと、近寄る。

そうして噴水を、くるりと一周してしまった。

「な、なんで近寄ってくるんですかぁ！」

「君が、大好きだからだ！」

「うぇぇえ⁉」

いつものとおりにミュリエルに告白したけど、変な叫び声で返事をされた。

普段ならめっちゃ嬉しそうに照れて「私もです」って言ってくれてたのにな。くそう。

「そこまでです！」

ミュリエルの侍女であるシーラが、俺とミュリエルの間に入って止めた。

「どなたかは存じ上げませんが、お嬢様を追いかけ回すのはやめてください！」

「テオドールです、よろしく！」

知らないと言うので、自己紹介したら、ミュリエルにもシーラにも目を丸くされた。

「な、名前を言えばいいというものではございません！」

「ふっ……ふふふ……」

シーラに怒られてしまったが、口元に手を当てて、ミュリエルが楽しそうに笑い出す。

「ははっ。あはははははは！」

俺も一緒に笑う。

「おうおう、見せつけてくれるじゃねぇか」

笑っていたら、チンピラ三人が因縁をつけてきた。

「いいねぇ、若い者は。お兄さんたちにも幸せを分けてちょーだい」

「ぎゃはは。そうそう、ほんの少し、分けてくれたらいいんだよ。具体的に言うとぉー、コレ？」

手のひらを上に向けて指で丸を作る。金か。

「それとぉー、お嬢さんたちは俺たちと一緒に遊んでもらいますー」

「やめろ」

ミュリエルに手を伸ばしてきたので掴んで捻り上げる。

「いでででで！　は、離せ、離しやがれ！」

痛がるので、離してやった。

「こ、このヤロー」

チンピラが睨むので、ミュリエルが見えないように、前に立つ。

　珍しいな、こんなチンピラが白昼堂々、往来でこんなカツアゲをするなんて。閑散としているといっても、王都の目抜き通りにある広場だ。人がまったくいないわけじゃない。周囲を見回すと、野次馬や関わりたくなくて無視する通行人がまばらにいるなか、路地に入る角の陰で見知った顔が並んでいた。意地の悪そうな笑みを浮かべている。中等部でミュリエルをイジメていたクラスメイトの令嬢たちだ。なるほど、ミュリエルが困る顔を見たいのか。悪趣味な連中だな。

「おいコラ、無視しているんじゃねぇよ」

　胸倉を掴んできたのを、そのまま躱しながら腕を引っ張る。重心を前に移動させたところを足払いすると、そいつは盛大に転んだ。

「この、やりやがったな！」

「覚悟はできてんだろうな！」

　残るふたりが一斉に襲いかかる。だが、連携はできていない。ひとりが殴りかかってきたところを、一歩下がって躱しながら、土魔術でそいつの足を固める。そいつがつんのめったところを、もうひとりがぶつかって自滅した。三人目も土魔術で拘束する。もちろん、最初に転ばせた男の手足を、土魔術で拘束しておくのも忘れない。

　言っておくが、俺はみんなより弱いが、護身術くらいは身に付けているからな。これくらいの動きはできる。お前らごときに後れを取ったら、長年俺を鍛えてきたケヴィンが嘆くだろうが。

「な、なんだ、動けねぇ！」

「しばらくそうしてろ。さて……」

　路地にいる令嬢たちのところへ走る。向かってくるとは思わなかったのか、慌てて逃げ出そうとするが、遅い。だが、俺が到着する前に、悲鳴が聞こえた。急いで路地を覗くと、ジンが逃げる令嬢たちの前に立ち塞がっていたのだ。ナイス。

「言ったよな、次はないって」

喚《わめ》いている令嬢たちの後ろから、声をかけた。令嬢たちは、怯えた表情を見せて従者たちの陰に隠れていたが、俺がひとりだとわかったのか、居《い》丈高《たけだか》に怒鳴りつけた。

「な、なによ、貴方。誰なのよ！　わ、私たちに刃向かおうっていうの⁉」

「そ、そうよ、そうよ。生意気だわ！」

「私たちが誰だか知っているの⁉」

「知っている。だが、こんな悪趣味な真似をするなら、容赦はしない。生徒会長にも話しておく」

「しょ、証拠はあるの！　私たちがあんな男たちを嗾《けしか》けたという証拠は！」

「あるだろ。いまの発言だ。俺は悪趣味な真似と言っただけだ。あいつらを嗾けてミュリエルを襲わせたのかなんて、聞いていない」

しまったと、口を滑らせた令嬢が口を覆う。

「平民風情が、偉そうな口を利くんじゃないわよ！　行きましょう。私たちは関係ないんだから。いいわね、私たちは見ていただけよ。あの娘とあんたが仲よくしてたのを……ね」

別の令嬢が意味深に目配せをすると、令嬢たちがクスクスと笑う。

うん？　俺とミュリエルが仲よかったのがそんなにおかしいか？

ああ、そうか。婚約者のいるミュリエルが平民の俺と仲よくしていたら、それだけで醜聞になる。

それを言いふらすつもりなのか。

……いや、俺はミュリエルと噂されるのは、嬉しいというか、むしろウエルカムなんだが……。ミュリエルにとっては迷惑だよな。やめさせないと。

考え込んでいる間に、令嬢たちに逃げられてしまった。くそう。

「おい……って、逃げられた！」

「ジン、なんで逃がすんだよ」

「知るか。僕が興味あったのは、あの娘たちから発せられる魔素濃度を見たかったからだ」

「へ？　なんで？」

「あの娘たち、魔素の影響が街の連中よりも濃いぞ。お前が好いている、あの娘もだ」

なんだって⁉　そういや、街に入る前、ジンが学園の方角を指さしていたな。もしかして、学園が魔素の中心だったりして？　まさかな。でも、フレドリックは無事なんだろうか。

「……安全地帯が必要かもな」

もし、学園が魔素であふれているなら、少しでもマシな場所を確保しておきたい。できれば、この王都でだ。ゴルドバーグ邸は無理だろうから、そうなると、あそこしかないか。

見てろよ、デューク。すぐに逆転してやる。

「危ないところをありがとうございました」

チンピラたちを憲兵に引き渡し、土魔術で盛り上げた土を均《なら》し終えたあとに、ミュリエルが丁寧にお礼を言ってきた。

「お礼はいいから、この短剣の柄を……触ってくれないかな？」

魔剣を鞘ごと見せながら、ミュリエルに頼んでみた。

こんな場所で、柄頭で額に触れさせてほしいとは言えなかった。そんなことをしたら、変人だと思われてしまう。でも、魔素の影響があると聞いては黙っていられない。せめて、影響を薄めたい。

「これですか……？」

ミュリエルは首を傾げながらも、そっと左手で触れてくれた。利き腕じゃないのは、礼儀だとわかっているからだろう。

ミュリエルが柄に触れた途端、静電気のような光が発生し、左手が弾かれた。

「きゃっ！」

「大丈夫ですか⁉　手はなんともないですか⁉」

慌てて魔剣を引っ込める。手を看てあげたかったが、シーラに睨まれた。

「い、いえ、びっくりしただけです。手は……さっきより調子がいいような？」

そうだろう。さっき弾かれたとき、服の上からでも微かに見えた。黒い蔓草が消えていったのを。

あの野郎、ミュリエルの左腕にまた細工してやがった。ジンを見ると「大丈夫だ」と頷いた。

「よかったら、これを包帯代わりに巻いておいてください」

金糸で編んだレースを左手首に結ぶ。夢の中で作ったやつだ。

「あ、ありがとうございます。綺麗ですね」

「ええ、俺の自慢の品です」

「改めてありがとうございました。私はミュリエルと申します。先ほどは、大胆な告白をありがとうございます。ですが、私には婚約者がおりますので、お断りさせていただきます。それでは」

ミュリエルはまた深く頭を下げて、今日は人と会うのを諦めると言って、辻馬車を捕まえて帰っていった。送ると言ったけど、固辞されてしまった。

「イヤリングは渡せなかったな……」

リボンは渡せたけれど、夢の中で作ったイヤリングは、まだ俺のポケットの中だ。

「……『縁《えん》と月日は巡り合う』か……」

遠ざかる辻馬車を眺めながら、ジンがぽつりと呟いた。

「なんだ、それ。どういう意味だ」

確か、チェスターが俺を占ってくれたときの言葉だ。調べようと思いつつ、いろいろゴタゴタがあって、まだ調べていなかった。

「焦るなということだ。機会は巡ってくるものだからな。良縁を願うときに使う言葉だ」

「そっか、良縁か……そうか！」

つまり、ミュリエルとまた結ばれる可能性があるってことだ。

ありがとう、チェスター。出来のいい弟を持って、俺は幸せだ。

「それに、縁は結ぶものだ。……切るものでもあるがな」

淡々とジンが話す。ジンにとっては当たり前のことなのかもしれないが、俺にとって、その言葉は励ましてくれているように聞こえた。

「よし、希望が出てきた！」

絶対、諦めるもんか！

『イケメンに転生したけど、チートはできませんでした。』
３巻で活躍するキャラクターのデザイン画を大公開！

Illustration 桑島黎音

テオドール・ゴルドバーグ

高等部一年生。現代日本に生きる高校生だったが、事故死をきっかけに転生。侯爵家嫡男で、攻略対象者。ミュリエル大好き。

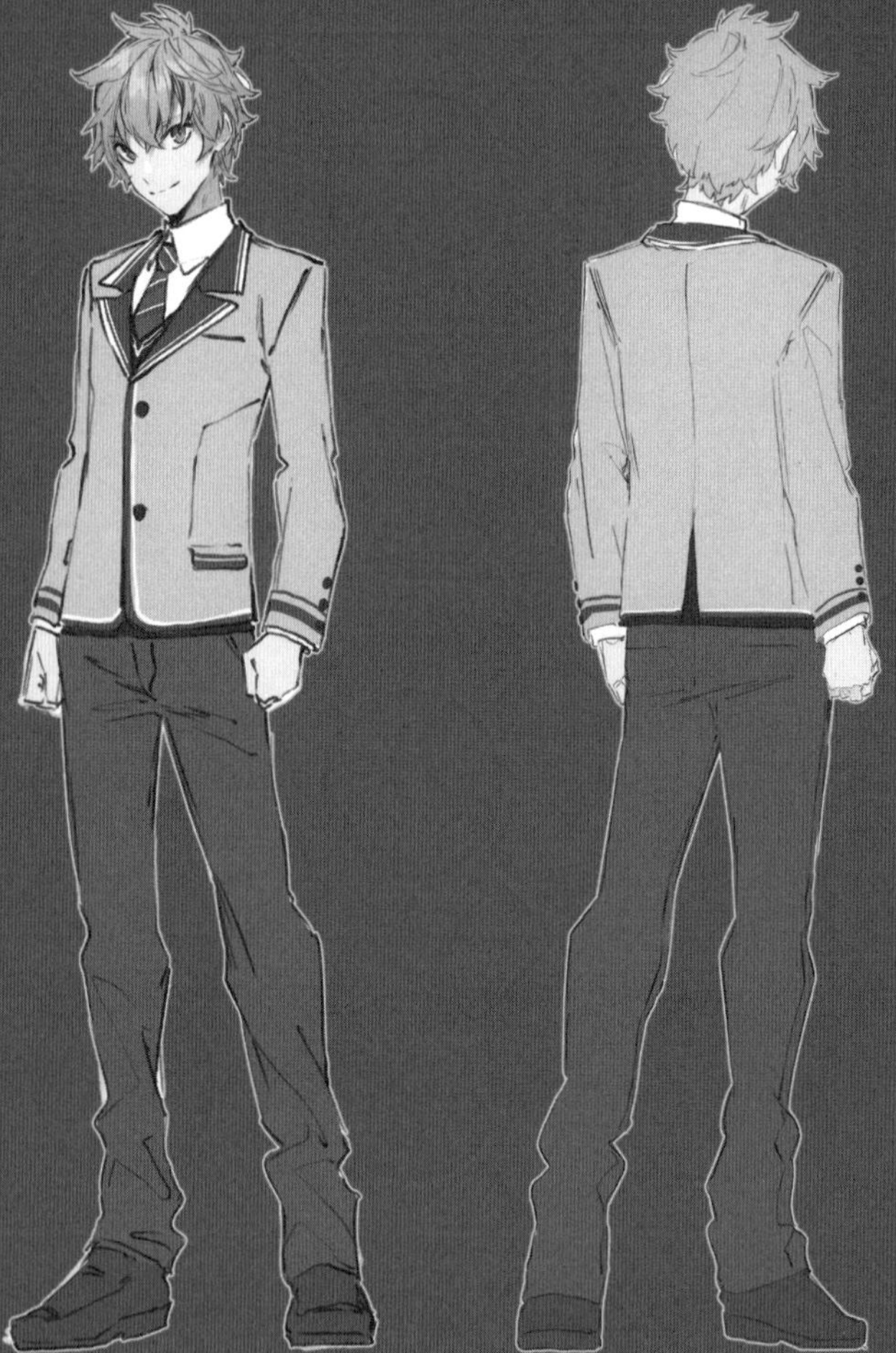

Special
キャラデザ大公開 Part.3

ミュリエル・アンバー

高等部一年生。子爵令嬢。美味しいものに目がない、素直で優しい女の子。テオドールとは相思相愛だったはずが……。

アイリーン・プラム

高等部一年生。現在は男爵令嬢。乙女ゲームの世界にヒロインとして転生した自覚がある。

カトリーナ・ライラック

高等部一年生。公爵令嬢。転生者で、自分が生まれたのが乙女ゲームの世界だと気づいている。

フレドリック・セレンディアス

高等部三年生。攻略対象者。国王の長子だが庶子のため立場が弱い。

デューク

攻略対象者。封印を解かれた魔王。

あとがき

ついに、第三巻目が出ました。お久しぶりです、みかんゼリーです。

お手に取っていただきまして、ありがとうございます。

いやもう、ここまで来ると感慨深いですね。自分の本が世の中に三冊も出たのですよ。

こんな幸せでいいのだろうかと頬をつねっています。痛いです。夢じゃなかった。

これもひとえに皆様の応援があってこそです。

あまりの遅筆っぷりに、見放されないかなと思いつつ、ホッとしています。


先日、ようやくガラケーからスマホに替えました。時代に追いついた感じです。

アンドロイドなのですが、iPad miniとは操作方法が違うので、戸惑っています。フリック入力をするのも、なかなか慣れません。

けれど、ちょっとしたことをメモするにはとても使いやすいです。

持ちやすいし、片手で入力できるし、少し感激してしまいました。

いや、そりゃもちろん、キーボードで打つほうが早いですし、文章の推敲もしやすいのですが、電車内で立ちながらとか、待ち合わせ場所で待っている間とかに思いついたことをメモするには、もってこいですね。

それにアプリでスマホとパソコンで共有できるのが地味に嬉しかったりします。勝手に保存してくれているのが、めっちゃ楽です。

それでも、文明の利器を駆使しても、遅筆に変わりないのが残念なのですが……。


さて、この三巻ではようやくゲーム本編に入りました。

しかし、当然のことながら、ゲームのシナリオどおりにはなりません。

さらには、魔族の策略に嵌まったテオドールが右往左往しています。

精神的に追い詰めようとしたのですが、本人はわりと元気に前向きで行動しています。

ですが、作者のほうが精神的にやられました。

……作者よりメンタル強いキャラってなんなの……?

それだけ強いキャラクターを生み出せたことを誇るべきなのかどうか、悩むところです。

ともかく、いろいろと裏設定も出てきましたし、反撃準備もできました。

頑張っていってほしいものです。


今回も素敵イラストを描いてくださった、桑島さん。十六歳のテオドールもミュリエルも格好よく、そして美人に育ててくださって、ありがとうございます。また、遅筆な作者に付き合ってくださった、担当さん。新紀元社の皆様、そして、読者の皆様に感謝を。ありがとうございました。

また皆様にお会いできるのを願っています。

みかんゼリー

イケメンに転生したけど、チートはできませんでした。3

2020年7月9日 初版発行

【著　　者】みかんゼリー

【イラスト】桑島黎音
【編集】株式会社 桜雲社／新紀元社編集部
【デザイン・DTP】株式会社明昌堂

【発行者】福本皇祐
【発行所】株式会社新紀元社
〒101-0054　東京都千代田区神田錦町1-7　錦町一丁目ビル2F
TEL 03-3219-0921 ／ FAX 03-3219-0922
http://www.shinkigensha.co.jp/
郵便振替　00110-4-27618

【印刷・製本】株式会社リーブルテック

ISBN978-4-7753-1822-5

※本書は、「小説家になろう」（http://syosetu.com/）に掲載されていたものを、
改稿のうえ書籍化したものです。